P

Speyerer Geheimnisse

Kerstin Lange, Jahrgang 1966, schreibt seit 2009 Kriminalromane mit meist regionalem Bezug und kann auf einige Auszeichnungen blicken. Die idyllische Domstadt Speyer liefert ihr den Rahmen für psychologische Krimis rund um den pensionierten Kriminaloberrat Ferdinand Weber.

Dieses Buch ist ein Roman. Handlungen und Personen sind frei erfunden. Ähnlichkeiten mit lebenden oder toten Personen sind nicht gewollt und rein zufällig.

KERSTIN LANGE

Speyerer Geheimnisse

Der zweite Fall für Ferdinand Weber

KRIMINALROMAN

emons:

Bibliografische Information der Deutschen Nationalbibliothek
Die Deutsche Nationalbibliothek verzeichnet diese Publikation in der Deutschen Nationalbibliografie; detaillierte bibliografische Daten sind im Internet über http://dnb.d-nb.de abrufbar.

FSC
www.fsc.org
MIX
Papier aus verantwortungsvollen Quellen
FSC® C083411

Umschlagmotiv: mauritius images/Colouria Media/Alamy
Umschlaggestaltung: Tobias Doetsch
Gestaltung Innenteil: César Satz & Grafik GmbH, Köln
Lektorat: Susann Säuberlich, Neubiberg
Druck und Bindung: CPI – Clausen & Bosse, Leck
Printed in Germany 2016
ISBN 978-3-95451-975-0
Originalausgabe

1

Der Wecker zeigte fünf Uhr zehn. Zu früh, um aufzustehen. Seit Stunden lag Ferdinand Weber wach, drehte sich von rechts nach links, auf den Bauch, auf den Rücken. Ohne Erfolg. Gefühlt hatte er nicht eine Minute geschlafen, seit er sich ins Bett gelegt hatte. Stattdessen erinnerte er sich an bessere Zeiten, träumte von seiner Louise und streckte seine Hand zur Seite, als könne er sie berühren.

Der Stich in seinem Herzen, den er spürte, wenn ihm die Leere bewusst wurde, nahm ihm den Atem. Das Wälzen, die Tagträume, ins Dunkle schauen, auf Geräusche achten – all das zermürbte ihn. Der Schlaf kam nicht. Nur die Gedanken an Louise.

Er begann sich vorzustellen, sie sei noch da. Träumte davon, was sie noch miteinander erleben wollten, bis ihm die Tränen über das Gesicht liefen. Diese Nächte machten ihm den Verlust seiner Frau so deutlich, wie es am Tag kaum möglich war. Sein Herz raste, sein Atem kam stoßweise, und er glaubte, kurz vor einem Infarkt zu stehen.

In diesen Momenten wusste er, dass er keine Angst vor dem Tod hatte. Nur vor dem Sterben. Selbst der Gedanke, dass er dann bei ihr war, nahm ihm nicht diese Angst. Bis jetzt war noch niemand zurückgekommen, um zu sagen, dass man im Tod bei seinen Lieben war.

Louise war immer bei ihm. Tagsüber sprach er mit ihr, integrierte sie in seine Abläufe, fragte sie um Rat. Er erzählte von Jeannette, seiner Bekannten aus der Buchhandlung, mit der er seine Leidenschaft für Bücher teilte. Dass das Café in der Buchhandlung »Osiander« geschlossen wurde und er sich einen neuen Ort für seine gemeinsamen Mittagessen mit Jeannette suchen musste. Dass sie Ärger mit ihrer Wohnung hatte, ständig Handwerker im Haus waren und sie eine Mieterhöhung nach der anderen bekam.

Die Gespräche halfen ihm, den Alltag zu bewältigen. Manchmal glaubte er sogar, dass Louise antwortete. Zwar hörte er nicht ihre Stimme, aber sein Inneres hatte eine Antwort für ihn parat, und er war der Überzeugung, ihr Geist oder was auch immer, stehe mit ihm in Kontakt.

Aber im Bett zu liegen, in diesem seltsamen Zustand zwischen Schlafen und Wachen, in dem er nicht wusste, was Realität oder Traum war, setzte ihm körperlich zu, raubte ihm Kraft, Zuversicht und Lebensmut.

Gegen sieben Uhr stand er endlich auf. Er fror und zog den Frotteemorgenmantel über, stellte die Kaffeemaschine an, nachdem er Pulver und Wasser eingefüllt hatte, und blieb einen Moment orientierungslos im Flur stehen.

Noch immer schlaftrunken, holte er die Tageszeitung aus dem Briefkasten. Dafür musste er zwei Treppen bis ins Erdgeschoss gehen. Er hoffte, dass ihn keiner seiner Nachbarn sah.

Im Flur war es eiskalt, er spürte den Luftzug, der unter der Haustür durchkam. Seit dem Bau des Wohnhauses war sie nicht ausgetauscht worden und im Laufe der Zeit undicht geworden. Mit einem Dichtungsband hatte er versucht, die Lücken zu schließen – mit mäßigem Erfolg.

Fröstelnd zog er den Mantel enger und beeilte sich, den Briefkasten aufzuschließen und die Zeitung herauszunehmen. Auf dem Weg zurück in die Wohnung überflog er die Schlagzeilen und schüttelte den Kopf. Krisen, wohin man sah. Anschläge, Kriege, Entführungen, Demonstrationen – die Welt kam nicht zur Ruhe. Das deprimierte ihn, dennoch spürte er mit Entsetzen, dass er mit jeder neuen schlimmen Nachricht abgestumpfter wurde. Verzweifelte Menschen auf der Flucht, tote Kinder, Vergewaltigungen, Hinrichtungen. Korrupte Politiker, die ihre Scherflein ins Trockene brachten – und das nicht nur in weit entfernten Ländern.

Weber erschrak über seine eigene Gelassenheit, die an Gleichgültigkeit grenzte. Das durfte nicht sein, nicht er, und doch war es der einzige Weg, um das Grauen zu ertragen. Die Augen zu verschließen war dennoch keine Lösung. Er versuchte, die Hintergründe von Hass und Gewalt zu begreifen, deren Ausmaß an Unmenschlichkeit kaum zu übertreffen war.

Dabei spürte er mit jeder neuen Information die Unmöglichkeit seines Vorhabens.

In der Küche erwartete ihn der Duft von frischem Kaffee. Er setzte sich an seine Seite des Tischs und faltete die Zeitung auseinander. Dabei folgte er einem Ritual, das sich zu Louises Lebzeiten etabliert hatte. Seine Frau hatte darauf bestanden, den ersten Teil, Politik und Weltgeschehen, zu lesen, und ihm den Speyerer Lokalteil zu überlassen. Erst hatte es ihn geärgert, einige Male hatte er aufbegehrt, doch jeder Widerspruch war zwecklos gewesen. Auf ihre leise Art hatte Louise sich immer durchsetzen können.

Sie war nicht mehr da, nichts sprach dagegen, dass er nun die Zeitung Seite für Seite, von Anfang an, las. Doch wäre es ihm wie ein Verrat vorgekommen. Er legte den ersten Teil auf die gegenüberliegende Seite, als könnte Louise jederzeit die Küche betreten und sich zu ihm setzen.

Bereits die Schlagzeile des Speyerer Lokalteils sorgte dafür, dass sein Blutdruck nach oben schnellte.

»Abriss der ›Reithalle‹?«

Das Foto zeigte die Halle auf dem ehemaligen Exerzierplatz der Kaserne Normand. Ursprünglich als Sporthalle erbaut, nannte sie jeder Reithalle, obwohl mit Sicherheit niemals ein Pferd sie betreten hatte. Als die Planungen für das Gelände anstanden, hatte man beschlossen, sie zunächst als Sporthalle zu nutzen, weil es wie immer zu wenig öffentliche Räume gab. Bestandsschutz war nicht geboten, wie man damals glaubte. Aber seit einigen Jahren überlegte die Stadt, was sie damit machen sollte.

Man hatte geplant, sie weiter als Turnhalle oder für kulturelle Zwecke zu nutzen. Doch dafür musste man investieren, die Substanz war marode. In den 1930er Jahren gebaut, war nicht an Dämmung und andere Dinge gedacht worden, die heute für die Nutzung öffentlicher Räume nötig waren. Das kostete Geld. Sehr viel Geld. Zu viel für die Stadt. Also Verkauf. Es folgten Ausschreibungen und Planungen.

Webers letzter Stand war, dass eine Kindertagesstätte daraus entstehen sollte. Baubeginn im letzten Frühjahr. Warum das

Projekt nicht umgesetzt wurde, wusste er nicht. Gerüchte gab es immer, und eines besagte, dass sich Anwohner gegen weiteren Kinderlärm ausgesprochen hatten. Anscheinend war das Projekt gekippt, wie er jetzt irritiert las. Die Stadtgärtnerei nutzte das Gebäude als Lagerraum, doch es sei einsturzgefährdet, wie ein neues Gutachten bestätigte.

Ferdinand Weber holte tief Luft. Das konnte doch nicht wahr sein! Neugierig las er weiter.

Die Unternehmerin Ingeborg Schindler setzte sich vehement für den Erhalt der Halle ein und hatte eine Bürgerinitiative ins Leben gerufen. Am morgigen Samstag sollte ein Demonstrationsmarsch vom Dom in Richtung Quartier Normand stattfinden, um ein Zeichen für den Erhalt zu setzen. Die Speyerer Bürger seien herzlich eingeladen, daran teilzunehmen.

Weber war sprachlos, spürte eine unendliche Traurigkeit in sich. Die Halle sollte verschwinden? Was für eine Katastrophe! Es wühlte ihn so auf, dass ihn die restlichen Artikel nicht mehr interessierten.

»Louise, weißt du noch, wie oft wir gemeinsam auf der Bank am Kinderspielplatz gesessen haben und uns über Zeiten unterhielten, als die Franzosen noch das Stadtbild prägten?«, sagte er und sah auf den leeren Stuhl ihm gegenüber. Wie gern hätte er jetzt mit ihr überlegt, was man noch tun könnte, um das Baudenkmal zu retten.

Auf dem ehemaligen Platz der Kaserne erinnerte nicht mehr viel an die Franzosen. Auf dem Exerzierplatz standen nun Mehrfamilienhäuser, Stadthäuser, umgeben von angelegten Rasenflächen, beleuchteten Wegen und Blumenrabatten. Mittendrin gab es diesen wunderbaren Kinderspielplatz, mit Bänken, Liegen, Klettergerüsten, Sandkasten und einem Outdoor-Fitnessparcours.

Wie oft hatte er dort auf einer Bank mit Louise gesessen und den Kindern beim Spielen zugeschaut. Ihr Lachen und Streiten genossen. Dort war Leben, Betriebsamkeit, es gab immer etwas zu gucken. Auf dem kleinen Gebiet trafen sich ältere Damen und Herren mit Rollatoren aus dem Altenheim, Bewohner der angrenzenden Lebenshilfe und natürlich viele Kinder, die die Spielgeräte nutzten, Ball oder Fangen spielten. Und die Sporthalle mit der Glasfront und dem auffälligen Uhrenturm passte wunderbar in die Umgebung, gab dem Ganzen einen Hauch von Nostalgie. Auch wenn die ehemaligen Soldatenunterkünfte an der Franz-Schöberl-Straße und Rulandstraße stehen geblieben waren und nur das Innenleben kernsaniert, ausgehöhlt und völlig neu gestaltet worden war, gab seiner Meinung nach die Halle dem Ganzen erst das besondere Flair.

Es war eine Frage der Ehre, dass er an der Demonstration teilnahm – und er war überzeugt, dass seine Freundin Jeannette Altmeyer ebenso dabei war.

Er nahm einen Schluck Kaffee, der mittlerweile kalt geworden war, und spürte, wie in ihm das Gefühl von Kampfgeist erwachte. Er setzte sich aufrecht auf den Stuhl, straffte den krummen, müden Rücken. Viel zu lange hatte er in den Tag hineingelebt. Die Müdigkeit und Schlappheit, die er nach dem Aufstehen in jeder Faser seines Körpers gespürt hatte, waren wie weggeblasen. Er hatte eine neue Aufgabe.

2

Clément Aust gab ungern zu, dass das Warten auf den Postboten zu den Highlights seines Tages gehörte. Vom Küchenfenster aus sah er, wann Lutz Gruber, der ihn seit Jahren mit Briefen versorgte, mit seinem gelben Fahrrad vor dem Einfamilienhaus im Vogelgesang-Viertel ankam.

Tagtäglich, sogar meist um die gleiche Uhrzeit, kam Lutz. Manchmal trat Aust vor die Tür, um ihn vor dem Haus abzufangen, einen kleinen Plausch zu halten oder ein wenig über die aktuelle Lokalpolitik zu diskutieren. In Frankreich geboren, war er in Speyer heimisch geworden. Hier fühlte er sich wohl. Das Viertel gefiel ihm, die Rheinauen waren fußläufig oder mit dem Fahrrad gut zu erreichen, und Nachbarschaft wurde großgeschrieben.

Er fror in seinem dünnen Hemd, während er auf Lutz wartete. Die Ladefläche des Postfahrrads war überfüllt, und es schwankte jedes Mal gefährlich, wenn Lutz in die Pedale trat.

Auch kein Spaß, dachte Aust. Er beobachtete, wie Lutz vor dem Nachbarhaus anhielt, einen Stapel Briefe sortierte und in den Briefkasten warf. Als er ihn sah, hob er seine Hand und winkte ihm zu.

Austs Frau Katharina hatte auf den Briefkasten außerhalb der Haustür bestanden. Ein amerikanischer, so einer aus Aluminium, bei dem der Postbote die rote Fahne nach oben stellt, wenn er etwas dagelassen hat. Clément hatte, wie so oft, der Begeisterung seiner Frau nachgegeben. Heute fragte er sich allerdings immer öfter, ob sie ihn nicht verlassen hätte, wenn er ihren Wünschen widersprochen hätte. Einfach mal einen kräftigen Streit vom Zaun brechen, statt immer zu allem Ja und Amen zu sagen. Inklusive seiner Namensänderung. Hervier fand sie zu schwierig. Pfälzisch ausgesprochen klang es tatsächlich nicht sonderlich harmonisch, auf Französisch jedoch wunderbar.

Aber er war verblendet gewesen, verliebt und nicht im Vollbesitz seiner geistigen Fähigkeiten. Keine Frau vor Katharina hatte das in ihm bewirkt, er hielt es für die große Liebe. Anders konnte er es sich heute nicht mehr erklären, dass er zu so vielen Kompromissen bereit gewesen war. Harmonie war wichtig für ihn, und solange es nicht um existenzielle Dinge ging, hatte er sie gewähren lassen. Wobei die Einteilung in wichtige und weniger wichtige Dinge im Auge des Betrachters lag. Irgendwann hatte Katharina ihre Sachen gepackt, ihm einen Brief auf den Küchentisch gelegt, in dem stand, dass sie ihn verlassen werde. Er sei zu lieb.

Anfangs hatte er es für einen Scherz gehalten, eine Laune oder eine Folge von Hormonschwankungen und geglaubt, dass sie bald zurückkommen würde. Selten hatte er sich so getäuscht. Eine Woche später rief sie an und erklärte ihm, dass ihr eine andere Art der Trennung nicht möglich gewesen wäre, weil er ihr sicherlich eine Auszeit vorgeschlagen, alle Zeit der Welt gegeben und größtes Verständnis gezeigt hätte.

Wie gut sie ihn kannte! Genau so hätte er reagiert, hätte ihren Wunsch, ihn zu verlassen, nicht ernst genommen.

»Nimm dir alle Zeit der Welt, die du brauchst«, hatte er am Telefon dann auch zu ihr gesagt.

Sie hatte laut aufgelacht, bevor sie ihm mit klarer, fester Stimme antwortete: »Mein Entschluss steht fest, ich brauche keine weitere Zeit.«

Vor ein paar Monaten war der Brief eines Anwalts gekommen, und erst allmählich begriff er, dass er verlassen worden war. Weil er zu lieb war. Es klang für ihn wie ein vorgeschobener Grund, den wahren wusste er bis heute nicht, vermutete aber, dass ein anderer Mann dahintersteckte.

Lutz fuhr auf ihn zu und reichte ihm einen Stapel Post. »Habe keine Zeit heute«, sagte er und setzte ohne eine weitere Erklärung seine Fahrt fort.

Aust blieb einen Moment stehen und blickte ihm irritiert hinterher, bevor er die Post durchsah. Ein Möbelgeschäft versprach dreißig Prozent Rabatt, eine Wohltätigkeitsorganisation für Kinder appellierte an sein Gewissen. Auch ein anderer Brief erregte seine Aufmerksamkeit. Ein einfacher weißer Umschlag, auf dem ein Aufkleber der Post mit seiner Adresse klebte. Vergeblich suchte er einen Absender. Eine Glückwunschkarte? Zu Ostern? Aber von wem? Seit Jahren bekam er keine persönliche Post mehr. Weder zum Geburtstag noch zum Weihnachtsfest, schon gar nicht zu Ostern.

Aust legte den obskuren Brief obenauf und ging ins Haus. Gerade als er die Tür aufgeschlossen hatte, öffnete sein Nachbar ein Fenster.

»Guten Morgen«, grüßte er, doch Aust beließ es bei einem kurzen Nicken.

Das interessierte seinen Nachbarn wenig, er sprach direkt weiter. »Heute findet die Demonstration gegen den Abriss der Halle im Quartier Normand statt. Sie nehmen doch auch teil, oder? Wir müssen etwas unternehmen. Es geht um den Erhalt wichtiger Kulturgüter!«

Der Schreck fuhr Aust in die Glieder. Die Kundgebung hätte er beinah vergessen. Natürlich stand sie heute auf seinem Programm.

»Selbstverständlich«, antwortete er, während er versuchte, mit seiner freien Hand die Tür aufzuschließen. Dann besann er sich und legte die Post auf den Boden. »Sagen Sie mal, finden Sie auch, dass die Werbebriefe überhandnehmen? Werden Sie auch so zugeschüttet? Schauen Sie mal«, sagte er und zeigte auf den Stapel. »Das ist doch nicht normal. Per E-Mail wird man kaum mehr belästigt, ob sich das für die Firmen überhaupt lohnt, jetzt, wo das Porto erhöht wurde?«

Sein Nachbar starrte in Austs Gesicht, dann auf den Stapel Briefe. Sein Gesichtsausdruck verriet, dass er eine andere Antwort erwartet hatte. Er presste die Lippen aufeinander. »Nein. Schönen Tag«, sagte er, bevor er das Fenster schloss.

Irritiert betrat Aust die Wohnküche und legte die Briefe auf den Küchentisch. Der weiße Umschlag rutschte herunter und blieb kurz vor der Kante des Tisches liegen. Neugierig nahm Aust ihn in die Hand und drehte ihn ein paarmal hin und her. Wer dachte an ihn und schickte Grüße? Ad hoc fiel ihm in seinem Bekanntenkreis niemand ein.

Seine Hände zitterten ein wenig beim Aufreißen des Umschlags. Es war kein kitschiges Blumenmotiv. Keine Osterwünsche, sondern eine Postkarte mit dem Konterfei des Papstes Johannes Paul II. vor dem Speyerer Dom. Auf der Rückseite stand mit akkurat gemalten Druckbuchstaben ein Zweizeiler:

»Nicht immer ist man gut, manchmal fehlt der Mut.«

Keine Unterschrift, kein Hinweis auf einen Absender. Ein grüner Aufdruck: »Papst Johannes Paul II. am 4. Mai 1987 in Speyer«.

Daneben ein grünes Wappen, das ihm völlig unbekannt war. Darunter las er: »Totus Tuus«.

Was sollte das? Irritiert ließ Aust die Postkarte sinken. Sie fühlte sich sehr dünn an, war vielleicht nur halb so dick wie eine der hochglänzenden Ansichtskarten, die man sonst von Speyer kaufen konnte.

Welche tiefere Bedeutung verbarg sich hinter diesen Zeilen? Wer schickte so etwas? War es eine verrückte Werbeaktion eines ortsansässigen Unternehmens? Mutmacherpost der Kirche? Wann kam die Auflösung?

Eine düstere Vorahnung überfiel Clément Aust, er hasste Rätsel und Dinge, die ihm unbekannt waren.

Immer noch über den Sinn der Karte nachdenkend, öffnete er die restliche Post. Wie erwartet, handelte es sich hauptsächlich um Werbung. Aber er war nicht bei der Sache. Sein Blick blieb auf den weißen Umschlag geheftet, und das mulmige Gefühl in seinem Bauch verstärkte sich. Wieso wollte ihn jemand an den Besuch des Papstes erinnern und die Vergangenheit auferstehen lassen?

Langsam erinnerte er sich. Bilder aus längst vergessenen Zeiten entstanden in seinem Kopf. Was hatte das zu bedeuten?

Nachdenklich nahm er die Karte wieder in die Hand. Er musste überprüfen, ob noch jemand eine bekommen hatte, und griff zum Telefon.

Ferdinand Weber musste sich beeilen. Er hatte sich mit Jeannette, seiner Bekannten aus der Buchhandlung »Osiander«, um Viertel vor drei am Dom verabredet, um fünfzehn Uhr sollte die Demonstration losgehen. Jeannette hatte noch Urlaub, und

Weber freute sich, dass sie ihre freie Zeit so häufig mit ihm verbrachte. Was für ein Glücksfall, jemanden zu finden, mit dem man ein gemeinsames Ziel verfolgte. Jeannette erinnerte ihn stets ein wenig an die junge Louise. In ihrer Gegenwart fühlte er sich vitaler und nicht ganz so alt.

Die Demonstranten sammelten sich vor dem Dom neben dem Domnapf. Weber mochte den alten Steinhaufen, der wie ein riesiger Kelch geformt war. Im Mittelalter war er erbaut und im Laufe der Jahre ein paarmal umgesetzt worden. Zur Französischen Revolution musste er einem Freiheitsbaum weichen, später wurde er in den Domanlagen aufgestellt, wieder vor den Dom gesetzt und wieder zurück in die Anlagen gebracht. Erst zur Neunhundertjahrfeier der Grundsteinlegung des Doms wurde er wieder an der Beinah-Ursprungsstelle aufgebaut und durfte bleiben. Zu besonderen Jubiläen füllte man den Napf mit Wein. Das letzte Mal war Weber noch gut in Erinnerung geblieben: das neunhundertfünfzigjährige Domjubiläum 2011.

Als Jeannette und er am Domplatz ankamen, hatten sich bereits einige Befürworter der Reithalle eingefunden. Viele bekannte Gesichter waren unter ihnen, und Jeannette grüßte eifrig Kunden aus der Buchhandlung.

Zwei Streifenwagen und einige Uniformierte standen bereit, um den Gang durch die Stadt zu begleiten.

Ingeborg Schindler war natürlich schon da, umringt von einer Menschentraube. Wie immer sah sie sehr gut aus, wenn auch für Webers Geschmack etwas zu sehr gestylt. Die Haare waren in gleich große Wellen gelegt, beim Gehen wippte nicht eine Haarspitze. Die Haarfarbe glänzte haselnussbraun. Ihre Augen wirkten kühl. Weber wusste nicht, ob es an ihrem stechenden Blick oder an ihrer Art lag, jedem beim Sprechen sehr nahe zu kommen. Das störte ihn massiv, und unwillkürlich trat er einen halben Meter zurück, wenn er solchen Menschen begegnete.

Just in diesem Moment wurde ihm bewusst, dass das nicht der einzige Grund war, warum er die Frau nicht mochte. Sie war ihm zu künstlich. Alles an ihr wirkte in Szene gesetzt, jede

Bewegung war auf ihre Außenwirkung getestet, nichts kam spontan oder gar von Herzen.

Ein junges Mädchen mit zerzausten blonden Haaren, die am Morgen wohl mit zwei geflochtenen Zöpfen in Fasson gebracht worden waren, sich aber jetzt mit aller Kraft aus dem Geflecht und dem Haargummi befreien wollten, erregte Webers Aufmerksamkeit. Ihr Anorak war mit braunen Flecken übersät, auf ihrer Nase prangte ein roter Kratzer. Ein Kind wie von Astrid Lindgren erschaffen. Glücklich, Kind sein zu dürfen.

Eine Frau, er schätzte sie auf Mitte dreißig, lief hinter dem Kind her, versuchte, es einzufangen. »Lieselotte, bleib stehen. Du kannst doch nicht …«

Lieselotte konnte. Mit leicht wackligem Gang lief sie auf Ingeborg Schindler zu und hielt ihr etwas hin. Weber bemerkte, wie zwei Männer in dunklen Anzügen aufmerksam wurden und sich vor sie stellten.

»Da!«, rief das Mädchen, lachte laut und dreckig, wie es nur Kinder können. Sie hielt einige Grashalme und blühendes Unkraut in der Hand, das sie Ingeborg Schindler schenken wollte. Die setzte ein Lächeln auf, das an Zahnpasta-Werbung erinnerte.

Hinter Weber flüsterte jemand. »Man kann sich diese Frau überhaupt nicht mit einem Kind vorstellen, oder? Es spricht für die Kleine, dass sie immer noch lacht. Ein Bild, das einem zu Herzen geht, finden Sie nicht auch?«

Weber blieb stumm, während Jeannette ihren Kommentar loswerden musste. »Die Frau wirkt kalt wie eine Hundeschnauze. Aber jetzt hat die Presse ein tolles Foto. Ich bin sicher, das wird ihr wieder einige Stimmen für ihr Vorhaben einbringen. Zumindest setzt sie sich für das Richtige ein, auch wenn ich nicht weiß, was ihre Beweggründe sind. Der Erhalt der Halle ist wichtig. Wir können doch nicht alles abreißen, was unsere Geschichte ausmacht, und Neubauten mit einer Gedenkplakette versehen. Damit hat Frau Schindler wirklich recht.«

Weber nickte vehement. Doch der Fremde war schneller als er. »Egal, was hinter ihren Motiven steckt, ich unterstütze sie in dieser Sache. Die Stadt sollte Geld für den Erhalt der Halle zur Verfügung stellen. Wenn die noch länger warten, fällt das Gebäude in sich zusammen.«

Weber lag eine Erwiderung auf der Zunge. Woher nehmen, wenn nicht stehlen? Die Stadtkasse war leer.

In diesem Moment begann Ingeborg Schindler mit dem Willkommensgruß. Die Männer in dunklen Anzügen standen unauffällig an ihrer Seite.

Wieso braucht die Frau Personenschützer? Ist das Teil der Show?, fragte sich Weber.

»Sie ahnen nicht, wie sehr ich mich über Ihre Unterstützung freue. Es ist mir eine Ehre …«

Weber hoffte von ganzem Herzen, dass ihre Ansprache nicht zu lange dauerte. Politische Selbstdarstellungen hatte er in seinem Leben zu oft gehört. Meist ging es immer nur für einen Bruchteil der Redezeit um die Sache, das Hauptaugenmerk bestand aus Eigenwerbung der redenden Person.

Er blickte sich nach bekannten Gesichtern um. Der Mann hinter ihm lächelte ihn an. »Ich kenne das Quartier Normand von früher, als noch die Kaserne stand«, sagte er. »Eine schöne Zeit damals, wie so vieles, wenn man zurückblickt. Wie heißt es so schön: Früher war alles besser.«

»Wie wahr«, bemerkte Weber, der genau wusste, was der Mann meinte.

Ingeborg Schindler gab kluge Worte von sich, eingepackt in nichtssagende Phrasen. Natürlich brauchte Speyer Wohnraum, das war seit Jahren ein Thema. Aber bezahlbaren Wohnraum. Ob der Abriss der Halle günstige Wohnungen oder gar bezahlbare Reihenhäuser bringen würde? Sie verteilte Flyer, erläuterte immer wieder ihre Motivation.

Weber war ehrlich, sympathischer war sie ihm nicht geworden, doch ihr Anliegen unterstützte er von ganzem Herzen. Und in Jeannette hatte er eine willensstarke Helferin gefunden.

Die Menschen setzten sich in Bewegung, sobald Ingeborg Schindler zum Ende kam. Gemeinsam gingen sie in Richtung Maximilianstraße, gleich einer Prozession. Vorn fuhr ein Streifenwagen, ein anderer bildete das Schlusslicht.

Wenn Weber gut zu Fuß war, schaffte er die Strecke vom Dom bis ins Quartier Normand in einer guten Viertelstunde. Im Pulk, neugierig von Touristen betrachtet, die immer wieder Fragen stellten, dauerte es wesentlich länger.

Sie gingen über die Maximilianstraße, marschierten durch das ehemalige Stadttor. Da die Demonstration angemeldet war, war der Verkehr an der Gilgenstraße umgeleitet worden. Der Weg führte an der Josephskirche vorbei, sie bogen auf den Bartholomäus-Weltz-Platz ab.

Das Gitter der Gedächtniskirche war geöffnet und gab den Blick auf die Luther-Statue frei. Weiter ging es die Schwerdstraße entlang, bevor sie in die Hilgardstraße abbogen. Kreuztorstraße, Friedensstraße, Diakonissenstraße. Am Feuerbachpark vorbei, zur Rulandstraße, Ecke Franz-Schöberl-Straße, Paul-Egell-Straße.

In den alten Gebäuden im Quartier Normand residierte früher das Bayerische Regiment, und nach dem Krieg fanden die französischen Pioniere hier Platz. Heute erinnerten noch die Fassaden eines Gebäuderiegels und einzelner Bauten daran. Und natürlich die Sporthalle, um die es ging.

Der Fremde suchte erneut das Gespräch. »Es ist schön geworden. Kein Vergleich zu früher.«

Ein typischer Speyerer, dachte Weber und lächelte. »Ich kann mich auch noch gut erinnern. Hier in der Nähe gab es doch früher eine Kneipe, nicht wahr? Da ging es oft hoch her. Musste mehr als einmal in meiner offiziellen Funktion als Polizist hierherkommen. War die Besitzerin nicht eine Frau? Warten Sie … Mir fällt der Name gleich ein.« Weber überlegte angestrengt. Vor seinem inneren Auge sah er die Bilder der Gaststätte, auch die Frau, der Rest blieb im Dunkeln.

Der Fremde half. »›Bei Krause‹ hieß die Kneipe. Die Wirtin, Mechthild Krause, war eine, die jeden unter den Tisch getrunken hat. Ich war auch ein paarmal da.« Er lachte verlegen, als fiele ihm gerade etwas ein, das er lieber wieder vergessen wollte.

Weber, der das bemerkte, ging nicht darauf ein. Mit Erinnerungen kannte er sich aus, auch mit Dingen, die man besser nicht erwähnte.

»Ich war schon lange nicht mehr hier«, sagte der Fremde und las die Inschrift auf der Granittafel vor. »Hier waren von 1945 bis 1997 das 12., 1., 32. und 10. französische Pionierregiment stationiert.« Er drehte sich zu Weber und Jeannette um. »Da vorn war übrigens der Exerzierplatz. Dort, wo jetzt die Mehrfamilienhäuser stehen. Es sah wirklich ganz anders aus. Ich war hier stationiert und bin hängen geblieben. Aust ist übrigens mein Name, Clément Aust.«

Er hielt Weber und Jeannette die Hand hin.

»Sehen Sie dahinten das Haus?«, fuhr er fort. »Dort befand sich früher das Kasino. Während des Umbaus habe ich die Baustelle besucht und Interesse an einem Kauf bekundet. Einfach, um es mir anzuschauen. Das war wie eine Reise in die Vergangenheit. Viele Erinnerungen sind hochgekommen. Das ist nicht immer gut.«

Jeannette nickte mitfühlend, während Weber sich zurückzog. Was fand Jeannette bloß an alten, melancholischen Männern? Oder war sie einfach nur höflich?

Statt weiter über Jeannette nachzudenken, besann er sich auf die Gegenwart. Einige der Mitdemonstranten trugen Banner, auf denen stand: »Ja zur Halle!« und »Kein Abriss!«

Die meisten Befürworter beschränkten sich wie Weber und Jeannette auf das Mitgehen und waren erstaunlich ruhig. Weber hatte schon andere Menschenaufläufe erlebt, bei denen sich die Leute gegenseitig aufwiegelten und gewalttätig wurden. Er war zufrieden, dass es hier und heute anders war.

Mit langsamen Schritten gingen sie am Haus der Vereine vorbei. Der Stein des Anstoßes war bereits zu sehen. Weber drehte sich um, wollte dem ehemaligen Soldaten etwas sagen. Doch der unterhielt sich noch immer angeregt mit Jeannette.

Der Anblick der Halle versetzte Weber einen Stich. Sie sah schlimm aus. Rundherum stand das Unkraut hoch, Papierreste, Plastiktüten und anderer Müll befanden sich zwischen den Sträuchern und Bäumen. Weber hörte Vogelgezwitscher, das so laut klang, als würden auch die Vögel über den Zustand schimpfen. Selbst die ersten Triebe an den Bäumen verschönerten den Anblick nicht. Noch waren die städtischen Palmen und Oleanderbüsche im Innern des Gebäudes in ihrem Winterquartier. Wo sollten die hin, wenn die Halle abgerissen wurde?

Erst jetzt sah Weber den abbröckelnden Putz. Der imposante und charakteristische Uhrenturm verlor die Farbe. Mehrere der Sprossenfenster waren zerbrochen und notdürftig repariert worden.

Die Menge versammelte sich, als Ingeborg Schindler ihre Arme hob und um Ruhe bat.

»Noch ganz kurz: Herzlichen Dank, dass Sie den Erhalt der Halle unterstützen. Alle Befürworter treffen sich übrigens kommenden Mittwoch im ›Philipp Eins‹. Details finden Sie auf dem Flyer, der Ihnen gegeben wurde. Ich freue mich auf Ihren Besuch. Es ist von zentraler Bedeutung, dass wir zum Wohl der Stadt zeigen, was uns wichtig ist. Unterstützen Sie die Bürgerinitiative ›Ja zur Halle!‹. Ich denke, wir haben heute ein unübersehbares Zeichen gesetzt.«

Sie machte eine theatralische Pause, hob erneut die Hände, als wolle sie wie Queen Elizabeth winken. Im letzten Moment nahm sie sie wieder herunter. »Zum Abschluss gibt es noch eine besondere Überraschung. Der Chor der deutsch-französischen Freundschaft wird uns mit einem Lied erfreuen. Begrüßen Sie unsere Freunde mit einem herzlichen Applaus.«

Die Sänger gaben gut gelaunt ein französisches und ein deutsches Volkslied zum Besten, danach löste sich die Versammlung auf. Nur Ingeborg Schindler stand noch da, schüttelte Hände, grüßte und lachte. Sie gab das Bild einer engagierten Speyererin, die sich um ihre Stadt sorgte und stets ein offenes Ohr für sämtliche Belange der Bewohner hatte.

Irgendwie unehrlich, dachte Weber und fragte sich, was der wahre Grund für ihr Engagement war. Engagierte sie sich nur deshalb, weil sie in die Lokalpolitik wollte, wie diverse Gerüchte sagten? Reichte es ihr nicht mehr, Mitglied einer einflussreichen Unternehmerfamilie zu sein?

»Was machen wir noch mit dem angebrochenen Nachmittag?«, fragte er Jeannette und den Ex-Soldaten. »Trinken wir noch einen Kaffee? Da vorn beim Bäcker kann man draußen sitzen. Kommen Sie mit, Herr Aust, dann können wir noch etwas in Erinnerungen schwelgen.«

Aust schüttelte den Kopf. »Danke, nein, das ist sehr nett, dass Sie fragen, aber ich habe noch einiges zu tun. Hat mich aber sehr gefreut, Sie kennenzulernen.« Er reichte Weber und Jeannette die Hand zum Abschied und wandte sich zum Gehen.

Weit kam er nicht. Er schien das Gleichgewicht zu verlieren und stolperte. Ein roter Kleinwagen kam ihm gefährlich nahe.

Weber reagierte umgehend. Mit einem riesigen Schritt war er bei Aust, packte ihn am Arm und zog ihn zurück auf den Bürgersteig.

Die Bremsen des roten Autos quietschten. Der Oberkörper der Fahrerin flog nach vorn. Sie schrie, fuchtelte mit den Armen in der Luft, bevor sie nach einigen Sekunden die Beifahrerscheibe öffnete und mit zittriger Stimme fragte, ob alles in Ordnung sei.

Jeannette verständigte sich mit Weber durch Blickkontakt, bevor sie zu der Dame ging, um sie zu beruhigen. »Es ist nichts passiert. Sie haben zum Glück sehr gut reagiert. Da kann Ihnen der Mann auf ewig dankbar sein.«

»Aus dem Nichts fiel er fast vor mein Auto. Warum hat er denn nicht aufgepasst? Das ist mir noch nie passiert. Kann ich denn weiterfahren? Oder soll ich einen Krankenwagen rufen und warten, bis die Polizei kommt?«

Weber versicherte ihr, dass sie weiterfahren könne. Als das Auto aus seinem Blickfeld verschwunden war, krallte sich seine Hand noch immer in Austs Arm. Es gab so viele Fragen.

»Sind Sie verrückt? Haben Sie öfter Gleichgewichtsprobleme? Ist Ihnen schwindelig? Brauchen Sie einen Arzt?«

Das Gesicht des Mannes war blass, sein Atem kam stoßweise. »Ich …«, begann er, suchte nach Worten, »nein, nein.« Er holte erneut tief Luft, versuchte sich zu sammeln. »Ich bin nicht krank. Mir geht es gut, ich habe auch nicht mein Gleichgewicht verloren.« Er schob Webers Arm zur Seite. »Ich bin nicht ohne Grund gestolpert. Jemand hat mich gestoßen.«

3

Ingeborg Schindler stand auf dem Balkon ihres Schlafzimmers und blickte in den Garten. Die Magnolie, ihr Lieblingsbaum, zeigte die ersten Knospen. Ein sicheres Zeichen, dass der Frühling kam und es bald wieder wärmer wurde. Sie sehnte sich nach Sonne, der Winter war nicht ihre Jahreszeit.

Hinter ihrem Rücken hörte sie Geräusche, doch sie drehte sich nicht um.

»Hier, meine Liebe, dein Kaffee«, sagte Walter und hielt ihr die Tasse hin. Cappuccino stilecht in einer italienischen Tasse, gekauft in der Toskana im letzten Urlaub. Volterra, San Gimignano und Siena. Zehn Tage Rundreise, die sie einander wieder näherbringen sollten. Walters Idee, ein misslungener Versuch.

Die Luft war raus aus ihrer Ehe. Trotz der vielen gemeinsamen Jahre, vieler Höhen und Tiefen, der Sorgen um Julius, des Ärgers im Betrieb hatten sie sich auseinandergelebt. Doch sie mussten zusammenbleiben. Eine Scheidung würde sie beide ruinieren.

Dabei hatte sie damals wirklich geglaubt, Walter zu lieben. Er hatte etwas Geheimnisvolles an sich gehabt, etwas, was sie ergründen wollte. Seine Schüchternheit, seine Unsicherheit, seine Liebe zu Literatur und Musik: All das war ihr fremd und faszinierte sie. Anfangs hielt sie es für Liebe, heute war sie schlauer. Eine Art Muttergefühl, bei Männern nannte man es wohl Beschützerinstinkt. Er brauchte sie, das gefiel ihr. Für ihn hatte sie in all den Jahren die Kastanien aus dem Feuer geholt, für ihn wieder und wieder Lösungen und Auswege gesucht und gefunden. Ohne sie hätte er alles verloren, würde er nicht existieren. Und er hatte sie machen lassen, ohne Vorschriften oder Bedenken. Alles, was sie tat, war gut.

Sie war schon immer eine starke Frau gewesen. Zu ihrem analytischen Verstand kamen schnelles Denken, Durchsetzungsvermögen und eine gute Menschenkenntnis hinzu. Nur bei Walter hatte sie sich getäuscht. Dabei hätte sie es besser wissen müssen. Bei dem Vater war es kein Wunder, dass Walter so geworden war. Schindler senior war ein Unternehmer alter Schule gewesen, der sich in der Rolle des Förderers und Wohltäters seiner Angestellten gefallen und sie wie Kinder behandelt hatte. Taten sie, was er wollte, und standen sie loyal zu ihm, war alles gut. Kehrten sie ihm den Rücken zu, reagierte er mit verletztem Stolz. Ein Patriarch wie aus dem Bilderbuch. Walter hatte immer Angst vor ihm gehabt und war schon als Kind in Bücher geflüchtet. Ingeborg fühlte sich nicht nur von Walter angezogen, sondern wollte in das Unternehmen einheiraten, was ihr kurz nach dem Kennenlernen gelang.

Mit ihrem Schwiegervater hatte sie von Anfang an eine Hassliebe verbunden. Vielleicht waren sie sich im Wesen zu ähnlich. Er hatte nur nicht verstanden, dass man eine Firma in der heutigen Zeit so nicht mehr führen konnte. Jede Diskussion mit ihm endete in Streit. Es war ein Segen, dass er so bald gestorben war und die Veränderungen nicht miterleben musste.

Was war nur los mit ihr? Diese Selbstzweifel kannte sie nicht von sich, noch nie hatte sie eine einmal getroffene Entscheidung in Frage gestellt.

»Alles wird gut, oder?«, fragte Walter in ihre Gedanken hinein.

»Rhetorische Frage, oder?«

Er kam näher, sie spürte seinen Atem in ihrem Nacken.

»Danke. Ich weiß, dass ich mich auf dich verlassen kann. Wie immer.«

Er war ein Weichei. Niemand, der Entscheidungen treffen konnte, schon gar nicht unpopuläre. Hatten in der Vergangenheit im Betrieb Entlassungen angestanden, war sie diejenige gewesen, die die Gespräche geführt hatte. Sie saß mit den Gekündigten an einem Tisch, immun gegen Tränen, Beschimpfungen, Bitten und Bestechungsversuche. Ihre Entscheidung beruhte auf korrekten Recherchen und Analysen, auf welche Mitarbeiter sie verzichten konnten. Sie zahlten gute Gehälter, über Tarif, ein Erbe von Walters Vater. Die Angestellten konnten doch nicht ernsthaft davon ausgehen, dass ein

Arbeitgeber sich immer um sie kümmerte. Die Zeiten waren definitiv vorbei, die Arbeitsmarktlage hatte sich verändert und die Arbeitsbedingungen auch.

In der Regel erklärte sie die Situation dem Personal so lange, bis sie es verstanden hatten. Persönliche Schicksale durften nicht die Entscheidungsgrundlage bilden. Walter versteckte sich in diesen besonderen Situationen stets, las Gedichte oder verbrachte einen Tag im Bett, weil ihm Entscheidungen wie diese körperliche Schmerzen verursachten.

Das Ergebnis war, dass man sie hasste und ihn liebte. Aber damit konnte sie leben, es war ihr egal, was die Menschen über sie dachten.

»Kommst du frühstücken?« Walter stand noch immer hinter ihr. Seine Nähe nahm ihr den Atem, erdrückte sie.

»Gleich. Gib mir noch einen Moment.«

»Zwischen Gartenhäuschen und Terrasse würde sich gut ein Pool machen«, sagte Walter. »Was meinst du?«

»Würden wir den nutzen? Wer macht die Arbeit? Hans ist jetzt schon überfordert.«

»Hans schimpft immer über zu viel Arbeit. Und wird sie trotzdem machen. Du weißt doch, was passiert, wenn man über seinen Kopf hinweg Entscheidungen trifft.«

»Er vergöttert dich. Er würde dich nie im Stich lassen. Wenn du einen Pool möchtest, wird er ihn auch gut finden.«

»Manchmal denke ich, so eine Veränderung würde die Erinnerung vollkommen auslöschen, weißt du? Aber so ist es auch gut.«

Ingeborg war alarmiert. »Ist es wieder so weit? Wegen der Halle?«

Er schüttelte den Kopf.

Besorgt sah sie in sein Gesicht. Wenn seine Angstzustände jetzt wiederkamen, war das ganze Projekt gefährdet. Damals hatte er das Haus auf einmal nicht mehr verlassen, den Garten nicht mehr betreten können. Schlaflosigkeit und Depressionen quälten ihn.

»Denkst du oft daran?«, fragte Walter und klang traurig. Er legte seine Hand auf ihren Rücken.

Augenblicklich verspannte sie sich. »Wieso sollte ich? Nein.« Sie holte tief Luft und drehte sich um. »Jetzt treibt mich etwas anderes um. Die Halle muss erhalten bleiben. Ich muss die Speyerer motivieren, mich zu unterstützen.«

»Du bist doch auf einem guten Weg. Die Presse feiert dich, die Demonstration war gut besucht. So viele Teilnehmer hatte ich gar nicht erwartet. Das war eine richtig gute Idee, den Weg vom Dom bis zum Quartier Normand zu wählen. Respekt. Aber eigentlich wundert mich das nicht.« Er hielt inne.

»Wie meinst du das?«, fragte sie.

»Du findest immer einen Weg. Während ich tatenlos herumstehe, mich Panik befällt, befindest du dich im Lösungsmodus und handelst. Was würde ich ohne dich nur tun?«

Er beugte sich herab, und einen Moment fürchtete sie, dass er sie küssen wollte. Stocksteif erwartete sie die nasse Berührung.

Doch er spürte, dass es falsch wäre, und trat einen Schritt zurück. »Du sorgst dafür, dass es weitergeht. Ohne dich bin ich ein Nichts.«

Noch immer blieb sie starr stehen, vergaß zu trinken. Der kalte Kaffeeduft stieg ihr in die Nase.

Ohne mich wärst du nicht hier, dachte sie. Ohne mich gäbe es die Firma nicht. Ohne mich hätten wir Julius nicht. Ohne mich wäre dein Leben vorbei. Sie trat einen Schritt zurück. »Ich muss die Versammlung vorbereiten.«

»Auch dieses Mal wird alles gut, oder?«, fragte er.

»Natürlich, Walter. Wird es doch immer, oder? Ich tue alles, was in meiner Macht steht.«

4

Clément Aust machte sich auf den Weg zur Polizeiinspektion Speyer in der Maximilianstraße. Es wurde Zeit für die Anzeige. Je mehr er über den Vorfall während der Demo im Quartier Normand nachdachte, desto sicherer wurde er, dass ihn jemand vor das Auto gestoßen hatte.

Wieder und wieder überlegte er, was genau passiert war, wer in seiner unmittelbaren Nähe gewesen war. Natürlich hatte er schon öfter in einer Menschenmenge gestanden. Der »Weihnachtsmarkt« und »Altpörtel in Flammen« fielen ihm spontan ein. Da drängelte man um den besten Platz oder ließ sich im Strom der Menschen mitschieben. Unwillkürlich trat man jemandem auf den Fuß oder stieß den Vordermann an. Dann entschuldigte man sich, lächelte dazu – oder auch nicht –, je nachdem, wie genervt man bereits war.

Aber um ihn, einen Fünfundneunzig-Kilo-Mann, aus dem Gleichgewicht zu bringen, da gehörte mehr dazu als ein Anrempler. Dahinter steckte Absicht, eine gezielte Aktion. Nur wer? Er hatte keine Feinde. Katharina war er los, sie hatte keinen Grund, ihm den Tod zu wünschen. Allein der Ausdruck »den Tod wünschen« erschreckte ihn. Wem wünschte man den Tod? Jemandem, der einen um die Ersparnisse gebracht oder einem auf andere Art und Weise übel mitgespielt hatte.

Aust fühlte sich unschuldig, hatte ein reines Gewissen. Niemals in seinem Leben hatte er wissentlich jemandem Böses zugefügt. Wenn ihn Weber nicht im letzten Moment zurückgezogen hätte, wäre er tatsächlich vor das Auto geraten. Und selbst mit einem Kleinwagen hatte er im Zweikampf schlechte Karten. Der Fahrerin konnte man keinen Vorwurf machen.

Es blieb ein ungutes Gefühl wegen der Postkarte und des Gedankens, ob es zwischen den Vorfällen einen Zusammenhang gab.

Am Tag, als der Papst Speyer besucht hatte, war er gar nicht in der Stadt gewesen. Er hatte seinen Urlaub in der Provence mit Katharina verbracht.

Bloß nicht daran denken. Wäre er nicht so verblendet gewesen, hätte er bereits damals erkennen müssen, dass sie nicht gut für ihn gewesen war. Aber er war ihrem Charme, ihrem Aussehen und ihren Verführungskünsten erlegen. So einfach war das.

Er schob die Erinnerungen zur Seite, das hatte nichts mit dem Geschehen bei der Kundgebung zu tun.

Auf jeden Fall wollte er Anzeige gegen unbekannt stellen, egal, wie die Beamten reagierten. Ihm war nämlich noch ein anderer Gedanke gekommen. Was, wenn der heimtückische Stoß gar nicht ihm persönlich gegolten hatte? Wenn der Grund einfach in seiner Teilnahme an der Demo zu suchen war? Immerhin war es möglich, dass sich ein Gegner der Halle zwischen die Befürworter geschlichen hatte. Vielleicht auch mehrere, die ihn als zufälliges Opfer auserkoren hatten, weil er gerade dastand und die Gelegenheit günstig war. Als Abschreckung. Wie funktionierten schon so Fanatiker? Und natürlich blieb immer noch die Möglichkeit eines Versehens, an die er aber nicht glaubte.

Schon das Betreten der Polizeistation war eine kleine Zeitreise. Das Gebäude war alt, er wusste nicht, aus welchem Jahr. Am Empfang brachte er sein Anliegen vor. Der Beamte hinter der Glasscheibe nahm seinen Wunsch auf und bat ihn, einzutreten, als er die Tür per Knopfdruck öffnete. Ein Summer ertönte. Jemand würde ihn gleich abholen, wurde ihm mitgeteilt.

Auch wenn Aust nichts Unrechtes getan hatte, spürte er ein ungutes Gefühl in sich aufsteigen. Eine Art Schuld, dass er sich doch nicht immer korrekt verhalten hatte. Aber wer tat das schon?

Er musste nicht lange warten. Ein Beamter begrüßte ihn freundlich.

»Christian Hamacher«, stellte er sich vor. »Worum geht es? Kommen Sie doch mit in mein Büro. Was kann ich für Sie tun?«

In dem Zimmer mit Linoleumfußboden nahm Aust auf

einem marode aussehenden Holzstuhl Platz, der unter seinem Gewicht knarrte. Aus Angst, der Stuhl könnte zusammenbrechen, verlagerte er seine fünfundneunzig Kilo so gut es ging nach vorn.

Auf dem Weg zur Polizeistation hatte er lange überlegt, wie er den Verdacht formulieren sollte. Mit »eventuell« und »höchstwahrscheinlich«, »ich denke« und »ich glaube« die Beschuldigung nicht aufbauschen, sondern sachlich vortragen.

»Jemand will mich umbringen«, sagte er rundheraus und erschrak selbst vor der deutlichen Aussage.

Hamacher lehnte sich zurück und sah ihn skeptisch an. Eine Augenbraue wanderte nach oben, seine Lippen spitzten sich zu. »Bitte?«

Aust räusperte sich. »Ja. Anders ist das nicht zu erklären. Erst die Postkarte, mittlerweile bin ich mir sicher, dass es eine Drohung ist. Und dann dieser Beinah-Unfall. Irgendwie hängt das zusammen, wenn ich auch noch nicht herausgefunden habe, wie.«

»Würden Sie bitte von Anfang an erzählen? Der Reihe nach, im Moment verstehe ich überhaupt nicht, wovon Sie reden.«

»Ja, natürlich. Entschuldigung. Aber ich bin aufgebracht. Je länger ich darüber nachdenke, desto sicherer bin ich, dass es jemand auf mich abgesehen hat.«

»Und wer hat es auf Sie abgesehen? Wen sollen wir verhaften?« Hamachers gleichmütiger Tonfall verriet keine Gefühle, was Aust irritierte. Er hatte mehr Anteilnahme oder Entsetzen erwartet.

»Das weiß ich natürlich nicht, deshalb bin ich ja hier. Sie müssen mich schützen. Dafür sind Sie doch zuständig.«

»Sagen Sie mir erst mal, wer Sie sind.«

Aust legte ihm wortlos seinen Personalausweis hin.

»Sie sind Franzose?«

»Ja.« Was für eine dumme Frage, dachte Aust, behielt den Gedanken aber für sich.

»Seit wann wohnen Sie hier? Die Adresse stimmt noch? Geborener Hervier? Wieso … Das verstehe … Sie sind verheiratet?«, fragte Hamacher schließlich, nachdem ihm der Grund einfiel, warum der Mann ihm gegenüber einen anderen Geburtsnamen hatte.

Aust nickte, schüttelte aber sofort den Kopf, um sich zu erklären.

Hamacher unterbrach ihn. »Natürlich. Auch Männer können den Namen der Frau annehmen, allerdings kenne ich niemanden persönlich. Aber das stimmt jetzt nicht mehr.« Ein missglücktes Lächeln.

Für Aust lief das Gespräch nicht, wie er es sich wünschte. »Ich lebe in Scheidung.«

Wieder ein Blick, den er nicht deuten konnte. »Was meinen Sie mit der Drohung? Ihnen wurde eine Postkarte mit einer Morddrohung zugeschickt?«, hakte Hamacher nach, ohne auf die Scheidung einzugehen.

»Ja. Handgeschrieben. Die Schrift kenne ich nicht, es gab auch keine Unterschrift. ›Nicht immer ist man gut, manchmal fehlt der Mut‹, stand darauf.«

»Und davon fühlen Sie sich bedroht?«

»Na ja, es ist ungewöhnlich. Vielleicht keine direkte Bedrohung, aber im Zusammenhang mit dem Sturz …« Aust brach ab. Es war eine Schnapsidee gewesen, hierherzukommen. Der Polizist glaubte ihm kein Wort. Seine nächste Geste bewies es.

Hamacher legte die Hände auf den Schreibtisch, als weigerte er sich, weiterzuschreiben. »Sie müssen doch zugeben, dass es ungewöhnlich klingt. Ich verstehe Sie richtig? Sie wollen gegen den Absender einer Postkarte, den Sie nicht kennen, Anzeige erstatten?«

»Nein, natürlich nicht. Das hätte ich vielleicht zum Schluss … Also, eigentlich war ich auf der Demo. Wegen der Halle, die abgerissen werden soll. Stand in der Zeitung. Sie wissen schon. Und auf dem Weg nach Hause, da hat mich jemand gestoßen. Und ich wäre beinah vor ein Auto gefallen. Das war Absicht, das war ein Mordversuch.«

»Sie meinen die Kundgebung am Samstag? Es waren gut zweihundert Menschen da. Es bleibt nicht aus, dass man jemanden berührt, wenn sich eine solche Menge auflöst. Die Zusammenkunft ist sehr friedlich verlaufen. Den Kollegen vor Ort ist nichts Verdächtiges aufgefallen. Und Sie glauben, jemand wollte Sie umbringen?«

Aust musste zugeben, dass es so zusammengefasst irgendwie seltsam klang. Unglaubwürdig. Die Verschwörungstheorie eines abgedrehten Spinners und nicht die berechtigte Sorge eines Bürgers.

»Wenn mich dieser Weber nicht gerettet hätte – wer weiß, wo ich jetzt wäre. Sicherlich könnte ich nicht hier sitzen. Sie sind doch dafür da, die Bürger dieser Stadt zu schützen. Mehr verlange ich doch gar nicht. Ich will nur …« Wieder brach er den Satz ab. Täuschte er sich, oder hatte sein Gegenüber bei dem Namen Weber eine Reaktion gezeigt?

»Weber?«, hakte Hamacher nach. »Kennen Sie Ihren Retter näher? Wie sieht er aus?«

»Ein älterer Herr, vollschlank. Ferdinand Weber, so hat er sich vorgestellt. Er war mit einer ganz reizenden jungen Dame da, mit der habe ich mich sehr gut unterhalten. Es war sowieso ein toller Nachmittag. Das Wetter spielte mit und …«

Wieder unterbrach Hamacher ihn. »Ja, das muss mein ehemaliger Kollege sein.«

»Er erwähnte, er sei Polizist gewesen.«

»›Polizist‹ ist etwas untertrieben, er war ein fähiger Kriminalist. Er hat Sie gerettet? Im letzten Moment zurückgehalten, bevor Sie vor das Auto fallen konnten?«

Aust nickte.

»Können Sie den Wagen beschreiben? Haben Sie ein Kennzeichen für uns?«

»Ein roter Kleinwagen aus Speyer. Eine ältere Dame fuhr ihn. Ihr gebe ich gar keine Schuld. Sie ist ganz langsam gefahren, den Verkehrsverhältnissen angepasst. Auf keinen Fall eine Raserin, sondern sie saß sehr aufrecht nah am Steuer. Als sie anhielt, wirkte sie ehrlich erschrocken, aber zum Glück war ja nichts passiert. Weber hat sie weiterfahren lassen. Er kann Ihnen sicherlich weiterhelfen.«

Hamacher murmelte etwas und stierte auf den Computer. »Gegen wen möchten Sie nun eine Anzeige erstatten?«, fragte er.

»Na ja, gegen den, der mich geschubst hat.« Austs Überzeugungskraft ließ nach. Je länger er hier in der Polizeiinspektion saß und darüber redete, desto mehr bereute er, hierhergekommen zu sein.

»Sie sind sich sicher, dass ich nun eine Anzeige gegen unbekannt aufnehmen soll? Als Zeugen geben Sie Herrn Ferdinand Weber an? Und die Dame im roten Auto? Die junge Dame auch? Kann jemand bestätigen, dass Sie gestoßen wurden? Hat einer eine verdächtige Person gesehen?«

Der Spott in der Stimme des Polizisten war nicht mehr zu überhören.

»Ich nehme gern Ihre Anzeige entgegen. Wir sind verpflichtet, die Bürger und ihre Sorgen ernst zu nehmen. Ich bin mir nicht sicher, wie wir vorgehen sollen, aber sicherlich fällt uns etwas ein. Wir können ja einen Aufruf starten, wer etwas gesehen hat.«

»Sie glauben mir nicht? Für Sie klingt es albern?«, hakte Aust nach.

»Nein. Keinesfalls. Wir werden ermitteln. Befragen die Zeugen, die Sie uns genannt haben. Herrn Weber, die junge Dame, die dabeistand. Wir werden die Frau im roten Auto ausfindig machen. Und dann schauen wir mal.«

Aust beschäftigte noch etwas. »Ich habe ja viel über das Geschehene nachgedacht. Aber ein Gedanke ist mir erst auf dem Weg hierhin gekommen. Es kann ja sein, dass es vielleicht nichts mit mir zu tun hat. Vielleicht war das jemand, der gegen den Erhalt der Halle ist. Oder gegen Frau Schindler als Organisatorin. Vielleicht hat sie im Vorfeld Warnungen, anonyme Nachrichten bekommen. Und ich war einfach nur am falschen Ort zur falschen Zeit. Sie stand irgendwann auch mal in unserer Nähe.«

Hamacher seufzte. »Jetzt soll es ein Anschlag gegen Frau Schindler gewesen sein? Wir können ja alle Teilnehmer an dieser Kundgebung festnehmen und verhören.«

Aust erhob sich. »Danke. Es reicht. Ich verstehe, was Sie mir unterstellen. Vergessen Sie es.«

»Nein, nein«, wehrte Hamacher ab. »Wie kommen Sie denn

darauf? Nur eine Frage habe ich noch. Sie haben nicht zufällig vorher etwas Alkohol getrunken und sind einfach nur gestolpert?«

Aust zuckte zusammen. »Auf Wiedersehen. Die Polizei, dein Freund und Helfer.« Mit hängendem Kopf ging er hinaus. Die Treppenstufen knarrten unter seinen Schritten.

Vor der Tür holte er tief Luft. Den Besuch hätte er sich sparen können. Obwohl er anfangs wirklich das Gefühl hatte, dass ihm der Beamte helfen wollte, hatte sich sein Verhalten rasch gedreht. Eigentlich konnte er ihm keinen Vorwurf machen. Es klang alles an den Haaren herbeigezogen.

Weber. Er musste sich an den ehemaligen Kommissar halten. Zumindest schien dieser auch über den Tellerrand zu schauen.

Sein Magen meldete sich. Schade, dass es das »Tor zur Pfalz« mit dem »Kulinarium« nicht mehr gab. Dort hatte man immer Kleinigkeiten essen und ein schönes Glas Wein trinken können. Auch so eine seltsame Geschichte, wie man das Hotel und die Gastronomie in die Insolvenz gefahren hatte. Streitigkeiten zwischen Land und Betreibern – für ihn völlig unverständlich. Die Örtlichkeit war mit dem Blick auf den Dom mitten in der Fußgängerzone immer gut besucht gewesen, besonders von Touristen.

Bis zur »Currysau« war es ihm zu weit. Ihm fiel der Stehimbiss an der »Galeria Kaufhof« ein, und er machte sich auf den Weg. Asiatisch war jetzt genau richtig. Und der Gang über die Maximilianstraße immer ein Erlebnis.

Die Eisdielen hatten bereits geöffnet und waren gut besucht. Meist von Rauchern, die es genossen, wieder draußen eine italienische Kaffeespezialität zur Zigarette zu genießen. Wie immer zog das ehemalige Stadttor den Blick auf sich.

Aust schaute hoch zur Uhr des Altpörtels und versuchte, die Zeit abzulesen. Obwohl er wusste, wie es funktionierte, brauchte er einen Moment. Die Zeiger auf den großen Zifferblättern zeigten die Stunde an, die auf den kleinen die Viertelstunden. Im Internet hatte er die Erklärung dafür gefunden. Früher war die Stunde die wichtigste Zeitangabe gewesen und deshalb so groß gestaltet. Sicherheitshalber kontrollierte er die

Zeit noch einmal mit seiner Armbanduhr. Viertel nach zwölf. Auf sein Hungergefühl konnte er sich genauso wie auf seine Armbanduhr verlassen.

Er bedauerte, dass der Aufgang zum Tor noch geschlossen war. Ab dem 1. April konnte man wieder hoch. Noch ein Grund, warum er dem Frühling so entgegenfieberte. Er liebte den Blick von dort oben auf den Dom. Selbst Menschen mit Höhenangst wurden für ihre Mühe belohnt, wie er oft den Gesprächen der Touristen entnahm.

Zunächst einmal bestellte er sich eine Reispfanne an dem Außenstand des Asiaten und genoss das Treiben um sich herum. Egal, was passierte, der Frühling würde kommen, das war sicher.

Der Vorfall mit Clément Aust zum Ende der Demonstration beschäftigte Weber nachhaltig. Zwar hatte er nicht gesehen, dass irgendjemand den Mann vor das Auto gestoßen hatte, allerdings schien ihm Aust weder verwirrt noch um Aufmerksamkeit heischend. Ganz im Gegenteil – er war ein ruhiger, besonnener Mann, der ihm auf Anhieb sympathisch war. Nicht nur, weil sie mit dem Erhalt der Halle die gleichen Interessen vertraten.

Während er aus dem Fenster schaute, überlegte er, ob ein Besuch bei Aust und eine Nachfrage nach seinem Wohlbefinden angemessen waren oder ihm als übertriebene Neugierde ausgelegt werden konnten. Ein Blick ins Telefonbuch gab ihm die Adresse preis. Die Straße befand sich im Stadtteil Vogelgesang.

Ach Quatsch, dachte er, schob die Zweifel zur Seite und beschloss, sich auf den Weg zu machen. Die Sonne schien, und es war für März ungewöhnlich warm. Nichts stand einem Spaziergang im Wege, und wenn ihn der Weg an Austs Haus vorbeiführte, konnte ihm niemand Neugierde vorwerfen. Er sah es als seine Pflicht an, als ehemaliger Polizist und als Lebensretter.

Er zog keine Jacke an, der Pullover reichte. Es war ein schöner Weg bis in das Viertel Vogelgesang. Wenn er Aust nicht antraf, konnte er noch an den Schrebergärten vorbeigehen und die Natur genießen.

Die Kardinal-Wendel-Straße war auf beiden Seiten mit Einfamilienhäusern bebaut. Gutbürgerlich, kam ihm in den Sinn. Eigentlich das perfekte Umfeld für Familien mit Kindern. War das die richtige Umgebung für einen Mann wie Aust, der in Scheidung lebte? Wieso zerbrach er sich wieder mal den Kopf über das Leben anderer Menschen? Das ging ihn doch gar nichts an, hatte ihn auch nicht zu kümmern.

Aufmerksam achtete Weber auf die Hausnummern, damit er nicht am Ziel vorbeilief, und wurde schnell fündig. Austs Haus wirkte im Vergleich zu den anderen Gebäuden ein wenig ungepflegt. Unkraut spross, aber nicht so viel, dass man dem Bewohner Nachlässigkeit vorwerfen konnte. Die Sonne, die gegen die Fenster schien, zeigte, dass sie mal wieder geputzt werden sollten.

Schmunzelnd betrachtete Weber den amerikanischen Briefkasten. Er hatte sich immer gefragt, wer sich so etwas in den Garten stellte. Irgendwie wurde er das Gefühl nicht los, dass es gar nicht zu dem Franzosen passte. Er drückte auf die Klingel.

Sekundenlang vernahm er nichts. Dann ein Poltern, ein Fluchen, schließlich wurde die Tür aufgerissen.

Clément Aust sah gehetzt aus. Entgeistert und verwirrt blickte er Weber an. Als er ihn erkannte, wirkte er erleichtert. »Ach, Sie sind es. Kommen Sie rein. Bin zwar gerade …« Den Rest verstand Weber nicht, denn Aust verschwand im Haus. Zögernd folgte er ihm.

Auch im Inneren des Hauses war es für Webers Geschmack unordentlich. Er blieb in dem großen Flur stehen, von dem alle anderen Räume abgingen. Die Türen standen offen. Auf jeder Treppenstufe lagen diverse Dinge. Zeitungen, Wäschestapel, Schuhe. Auf allen Möbeln und Gegenständen befand sich eine gleichmäßige Staubschicht, und an der einzigen Topfblume hingen traurig einige braune und welke Blätter herunter.

»Kommen Sie«, forderte Aust ihn auf, in die Küche zu treten. Auch hier war es nicht ordentlicher. Die Herdplatte strotzte vor Verkrustungen, schmutziges Geschirr stapelte sich in der Spüle. Leere Weinflaschen in einer Ecke, ein Turm Altpapier daneben.

An sich hätte die Küche ein gemütlicher Raum sein können. Die weißen Holzfronten und der rot-weiße Bezug der Eckbank versprachen Heimeligkeit. Doch die Kaffeeränder auf dem Tisch, die Staubflusen auf dem Boden, die schmutzigen Teppiche zeugten von Verwahrlosung.

»Kaffee?«, riss ihn plötzlich Austs Stimme aus seinen Gedanken. »Oder sind Sie Teetrinker?«

»Lieber Kaffee. Süß. Und schwarz. Danke.« Weber fühlte sich genötigt, zu erklären, was ihn hierherbrachte. »Ich musste noch viel über den Vorfall nach der Demonstration nachdenken. Und wollte wissen, wie es Ihnen geht. Was die Polizei unternimmt. Sie haben die Sache doch zur Anzeige gebracht, wie ich Ihnen empfohlen habe?«

Ein Schnauben war die einzige Antwort, die er bekam.

Die Schranktür quietschte beim Öffnen. Unter fließendem Wasser spülte Aust zwei große Kaffeetassen und füllte sie. Ein unangenehmer Duft von verbranntem Kaffee, der zu lange auf der Warmhalteplatte der Maschine gestanden hatte, drang in Webers Nase. Er nahm zwei Löffel Zucker statt normalerweise einem und hoffte, dass der Kaffee so genießbar war.

Aust bat ihn, am Tisch Platz zu nehmen. »Polizei«, schnaubte er wieder. »Das hätte ich mir sparen können. Die glauben, dass ich mir das nur eingebildet habe. Zunächst war der Typ ganz nett, hat alles aufgenommen. Und dann alles in Zweifel gezogen. Ich habe nichts unterschrieben, ich nehme an, er hat die Anzeige gelöscht. Er kennt Sie übrigens.«

»Wissen Sie seinen Namen?«

»Als wenn ich den vergessen würde. Hamacher. So ein Schönling. Zu gut aussehend für einen Beamten. Nicht, dass Sie glauben, ich hätte Vorurteile. Das wirklich nicht. Die Krönung war die Frage, ob ich vor der Demo Alkohol getrunken hätte, eventuell nicht ganz nüchtern gewesen sei. So eine Unverschämtheit. Die können mich mal. Allerdings …«, er machte eine kurze Pause, in der er Weber eindringlich ansah, bevor er weitersprach, »frage ich mich in manchen Momenten selbst, ob ich mir den Stoß nur eingebildet habe. Es ist alles sehr verwirrend. Wieso sollte mich jemand absichtlich vor ein Auto schubsen? Ich habe niemandem etwas getan, ich bin kein Prominenter mit radikalem Gedankengut. Eigentlich kann ich mir das doch nur eingebildet haben. Oder aber, den Gedanken habe ich auch dem Polizisten gesagt, der meine Anzeige aufgenommen hat, das galt gar nicht mir.«

»Wem dann?«, fragte Weber irritiert.

»Der Kundgebung im Allgemeinen. Der Frau Schindler vielleicht im Besonderen. Um ihr und der Sache zu schaden. Es gibt doch auch Gegner des Projekts.«

Weber blieb stumm. Er dachte an das bleiche Gesicht Austs kurz nach dem Vorfall. Schreck und Schock waren echt gewesen. Konnte so ein Erlebnis die Denkleistung beeinträchtigen? Die Möglichkeit klang jedoch in seinen Ohren absurd, an den Haaren herbeigezogen. All seine Erfahrung als Kriminalist sprach dagegen, dennoch blieb ein Zweifel. Winzig klein, doch ließ er sich nicht ohne schlechtes Gewissen beiseiteschieben. Wer konnte es auf Clément Aust abgesehen haben?

»Haben Sie als alter Kriminalbeamter noch eine Idee?«, fragte Aust. In seinem Gesicht tauchte ein Funken Hoffnung auf.

Um eine Antwort verlegen, trank Weber erst einmal einen Schluck. »Ich könnte versuchen, etwas herauszufinden. Natürlich nur, wenn Sie mögen.«

Aust nickte heftig. »Auf jeden Fall.«

»Ist Ihnen vor der Demonstration irgendetwas Besonderes aufgefallen? Sind Fremde an der Tür gewesen? Haben Sie seltsame Anrufe erhalten? E-Mails? Post? Sind Sie im Internet aktiv? Gab es merkwürdige Begegnungen? Falls es ein gezielter Angriff auf Sie persönlich war, muss es in den letzten Tagen oder Wochen Hinweise gegeben haben. Manchmal sind sie nur ganz winzig und fallen gar nicht auf. Bitte überlegen Sie.«

Aust blickte skeptisch drein. »Es ist kein Geheimnis, dass ich für den Erhalt der Sporthalle bin. Das tue ich auch auf meiner Facebook-Seite kund. Nicht jeder teilt meine Einstellung, aber es geht nicht so weit, dass man mich persönlich angreift. Das werden Sie doch auch am eigenen Leib erfahren haben, oder nicht?«

»Ich bin nicht im Internet aktiv. Das ist für mich nichts. Natürlich habe ich einen E-Mail-Account, das reicht mir.«

Aust druckste herum. »Na ja, es gibt da noch etwas. Dem Polizisten habe ich davon erzählt, aber der hat mich ja nicht ernst genommen. Ich habe etwas bekommen, was merkwürdig ist. Für mich macht das überhaupt keinen Sinn. Warten Sie, ich hole es.«

Weber war gespannt, was ihm Aust zeigen wollte. Er wirkte so normal, so durchschnittlich, dass es unmöglich schien, dass jemand etwas gegen ihn persönlich haben könnte.

Keine zwei Minuten später stand Aust vor ihm. »Das ist so absurd, und der Polizist hat den Unfall, na ja, nennen wir es seltsames Erlebnis«, korrigierte er, »auch nicht ernst genommen oder einen Zusammenhang gesehen. Vielleicht haben Sie eine Idee. Das hier kam vor drei Tagen mit der Post. Ungewöhnlich, jedoch nicht bedrohlich.«

Weber nahm die Postkarte in die Hand und betrachtete sie neugierig. »Papst Johannes Paul II.? Sind Sie katholisch?«

»Auf dem Papier. Aber ich habe schon lange nichts mehr mit der Kirche am Hut. Nicht wie früher. Meine Familie in Frankreich …«

»Stimmt, Sie sagten ja, dass Sie in der Kaserne stationiert waren. Aber Aust klingt nicht sehr französisch.«

Weber erhielt keine Antwort, deswegen studierte er aufmerksam den Text der Karte. »›Nicht immer ist man gut, manchmal fehlt der Mut.‹ Und, sagt Ihnen das was?«, fragte er.

Aust schüttelte den Kopf. »Nein. Natürlich gibt es Situationen im Leben, in denen man im Nachhinein vielleicht anders agiert hätte. Wer kennt das nicht. Aber schließlich bin ich auf den Gedanken gekommen, dass es eine Werbebotschaft sein muss, dass irgendwann mal ein neuer Brief kommt, der eine Auflösung bringt. Vielleicht eine Art Schnitzeljagd.«

»Kam denn etwas hinterher?«

»Bis jetzt nicht.«

Weber drehte die Karte erneut um, hielt sie gegen das Licht.

Er bemerkte nichts Ungewöhnliches. Eine einfache weiße Karte, sehr dünn, an den Ecken ein wenig vergilbt. »Ich weiß es gar nicht genau. Von wann bis wann war Johannes Paul II. Papst?«

»Keine Ahnung. Aber wozu gibt es Internet?«

Aust holte seinen klobigen schwarzen Laptop. »Schon etwas älter«, sagte er und deutete Webers Gesichtsausdruck richtig. »Tut es aber.« Er klappte den Deckel hoch und startete eine Suchmaschine. Es dauerte einen Moment, bis er die gewünschte Information bekam.

»Vom 16. Oktober 1978 bis 2. April 2005 war er Papst. Siebenundzwanzig Jahre sind eine lange Zeit. Er ist auch nicht zurückgetreten wie sein Nachfolger, sondern seine Amtszeit endete mit dem Tod.«

»Darf ich die Karte mitnehmen? Haben Sie vielleicht auch noch den Umschlag?«

»Ja, ich habe den Papiermüll noch nicht entsorgt. Kann einen Moment dauern.«

Weber setzte sich hin und versuchte, seine Gedanken zu strukturieren, während Aust in den Stapeln Altpapier nach dem Umschlag suchte. Irgendwie wollte das alles nicht zusammenpassen, klang seltsam. Aber seltsame Dinge hatten ihn schon immer gereizt. Dass Christian Hamacher die Anzeige nicht ernst genommen hatte, konnte er ihm nicht verdenken.

»Ja. Da ist er«, sagte Aust jubelnd und überreichte Weber den Umschlag.

»Einige Kontakte sind mir von früher geblieben. Vielleicht kann ich Licht ins Dunkel bringen. Mein Gefühl sagt mir, dass der Beinah-Unfall und diese Karte zusammenhängen könnten. An Zufälle glaube ich nicht.«

»Wenigstens glauben *Sie* mir. Nehmen Sie alles mit. Machen Sie damit, was Sie wollen.«

»Noch was anderes. Woher kommt jetzt Ihr Name? Sie haben mir keine Antwort gegeben.«

»Von meiner Frau. Ex-Frau«, sagte Aust verlegen. »Mein Geburtsname ist Hervier. Ich habe bei der Hochzeit den Namen meiner Frau angenommen. Mit dem Wissen von heute hätte ich es besser gelassen.«

»Können Sie den Namen nicht wieder ablegen?«

»Ich habe darüber nachgedacht, es aber verworfen. Manchmal muss man zu seinen Entscheidungen stehen. Jetzt lebe ich schon so lange mit diesem Namen, dass es zu aufwendig wäre, alles zu ändern. Ich sehe es lieber als ein Mahnmal.«

Weber stand auf und wandte sich zum Gehen. »Ich melde mich wieder bei Ihnen. Und tun Sie mir einen Gefallen: Passen Sie auf sich auf.«

»Worauf Sie sich verlassen können«, sagte Aust. Dann wirkte er auf einmal verlegen. »Danke«, sagte er und wippte mit dem linken Fuß, »für Ihre Hilfe und Anteilnahme. Sie geben mir nicht das Gefühl, ein übergeschnappter Vollidiot zu sein. Es fühlt sich an, als wäre ich Teilnehmer eines Spiels, bei dem ich weder die Mitspieler noch die Regeln kenne. Wenn Sie etwas herausgefunden haben, melden Sie sich. Über das Handy bin ich immer erreichbar.« Als wären ihm seine Worte peinlich, verschwand er rasch im Haus und schloss laut die Tür.

Auf dem Gehweg blieb Weber einen Moment stehen. Aust hatte etwas gesagt, das ihn stutzen ließ. Etwas mit seinem Namen. Warum wollte er ihn nicht ändern? Weil er für ihn eine Art Mahnmal war?

Mahnmal, Mahnen, Mahnung. War die Postkarte so gemeint? Als Mahnung? »Nicht immer ist man gut, manchmal fehlt der Mut.« Das klang mehr wie eine Anklage. Oder resignierend.

Oder aber nach einem Appell, sich ein Herz zu fassen, etwas zu tun. Oder etwas zu verhindern. Aktiv zu werden und nicht aus Angst vor der eigenen Courage alles laufen zu lassen.

5

Mechthild Krause saß in ihrem Lieblingssessel, legte die Füße auf den Hocker davor und massierte ihren linken Unterschenkel, während sie die letzten Wochen Revue passieren ließ.

Waren wirklich erst zwei Monate vergangen, seit die Schmerzen zum ersten Mal in Armen und Beinen aufgetreten waren? Damals hatte sie Verspannungen oder Muskelkater vermutet, weil sie mit dem Putzen übertrieben hatte. Doch die Schmerzen verschwanden nicht, ganz im Gegenteil, ständige Kopfschmerzen kamen hinzu. Sie geriet immer schneller aus der Puste. Der Gedanke an Grippe lag nahe, und sie probierte die üblichen Hausmittel. Heiße Zitrone mit Honig, Wannenbäder. Nichts brachte Erleichterung. Den Arztbesuch verschob sie von Woche zu Woche, hörte stattdessen auf ihren Körper und ruhte sich öfter aus. Sie machte sogar Mittagsschlaf, trank grünen Tee und hoffte, dass die Beschwerden verschwanden.

Nachdem keine Besserung eingetreten war, hatte sie ihren Hausarzt, Dr. Schröder, aufgesucht. Er sprach von Grippeviren, die im Umlauf waren, und überprüfte sicherheitshalber das Blut. Kurz darauf ordnete er Röntgen- und Ultraschalluntersuchungen an, bestand auf Computer- und Magnetresonanztomografie und ließ anschließend noch eine Skelettszintigrafie durchführen. Mechthild Krause wusste, dass es etwas Ernsteres war. Auf ihre Fragen reagierte Dr. Schröder ausweichend.

»Ich muss noch einige andere Werte überprüfen«, war seine Standardantwort.

Als die Ergebnisse der vielen Untersuchungen vorlagen, bat er sie in seinen Besprechungsraum.

»Meine Befürchtungen haben sich bestätigt«, sagte er ernst. »Ich wollte Ihnen die Diagnose erst mitteilen, wenn ich Gewissheit habe.« Die Pause war kurz. »Es ist Krebs, ein besonders bösartiger, der die Knochen angreift. Ich kann nicht prognostizieren, wie lange Sie noch leben werden. In den meisten Fällen ist die Lebenserwartung nicht sehr hoch. Es kann sehr schnell gehen, ich rede von Wochen. Aber ich will Ihnen nicht verschweigen, dass es sehr schmerzhaft werden wird. Das werden Sie jetzt schon gespürt haben, oder?«

Mechthild Krause hatte schweigend genickt.

»Es wird schlimmer. Und noch etwas: Es gibt keine Heilung.«

Sie hatte eine solche Diagnose erwartet. Im Grunde war es egal, wie diese lautete. Sie würde sterben. Irgendwann war jeder dran.

»Sie leben allein, nicht wahr? Sie haben keine Angehörigen, oder?«

Ihr Kopfschütteln hatte Dr. Schröder mit einem Zusammenpressen der Lippen kommentiert. »Dann würde ich Ihnen ein Hospiz empfehlen. Begleitung bis zum Ende, inklusive Schmerzbehandlung«, sagte er, »das ist angenehmer als das Krankenhaus. Die Palliativstationen sind nicht bis zum Ende …« Er brach ab und sah sie mitfühlend an.

Sie sagte nichts.

»Bei der Suche nach einer passenden Einrichtung bin ich Ihnen gern behilflich. Sie brauchen ein Gutachten, das ist das kleinste Problem. So kurzfristig einen Platz zu finden könnte schwieriger werden. Aber ich werde meinen Einfluss geltend machen, auch wenn er nicht so groß ist. Es steht Ihnen selbstverständlich frei, noch eine andere Meinung einzuholen. Bei solch einer schwerwiegenden Diagnose sollten Sie das auf jeden Fall tun.«

Es hatte keinen Grund gegeben, Dr. Schröder zu misstrauen. In den letzten Jahren hatte er sich stets als kompetent erwiesen. Auch als sie diesmal stumm und ohne Regung auf dem Besucherstuhl saß, erklärte er ihr alle Untersuchungsergebnisse. Sie verstand nur die Hälfte, doch für sie war das Resultat wichtig – und das hieß, das Ende stand kurz bevor.

Damit war es gut für sie gewesen. Dinge zu akzeptieren, die sie nicht ändern konnte, hatte sie früh lernen müssen. Noch einmal die Untersuchungen über sich ergehen lassen wollte sie nicht. Nicht wieder in diese Röhre, das überlaute Klopfen, die Angst, das Gefühl, zu ersticken.

»Nein, ich brauche keine zweite Meinung. Sie haben mir das sehr gut erklärt. Die Auswertungen sind eindeutig, Zweifel gibt es nicht.« Auch wenn es eine Feststellung und keine Frage gewesen war, hatte sie die Stimme gehoben. Ein wenig Hoffnung hineingelegt, zugleich wissend, dass es keine Hoffnung gab.

Dr. Schröder hatte geschwiegen.

»Dann akzeptiere ich das und nutze die Zeit, die mir bleibt, meine Dinge zu regeln. Nicht, dass es viel zu regeln gäbe …«

Sie hatte ihm angesehen, wie leid es ihm tat. Ohne ein weiteres Wort war sie aufgestanden, hatte ihm die Hand gereicht und darauf geachtet, dass sich ihr Händedruck fest und überzeugend anfühlte, und war nach Hause gegangen.

Die Diagnose traf sie nicht so sehr, wie Dr. Schröder annahm. Ihr Leben war normal verlaufen, mit Höhen und Tiefen. Das Schicksal war nicht immer gut zu ihr gewesen, aber sie hatte sich keine Gedanken über die Frage nach dem »Warum« gemacht. Das hatte sie früher nicht getan, und jetzt würde sie nicht damit anfangen.

Es gab Dinge, die einem passierten, die musste man annehmen. Sie zu hinterfragen ergab keinen Sinn. Sie hatte immer hart gearbeitet, wissentlich niemandem etwas Böses zugefügt und gehofft, es würde mal besser werden. Warten auf das berühmte Licht am Ende des Tunnels. Die Hoffnung hatte sich nicht erfüllt, das Licht war ihr verborgen geblieben. Und nun hatte sie eine Krankheit, die nicht heilbar war, die sie in kurzer Zeit sterben ließ.

Sie streckte ihre Arme, bevor sie begann, ihre rechte Wade zu kneten. Die Massagen machten die Schmerzen erträglicher. Sie überlegte, wie sie die Tage, die ihr noch blieben, am sinnvollsten nutzen konnte. Es gab eine Schuld, die auf ihr lastete und die sie nicht tilgen, vielleicht aber minimieren konnte.

In ihrem Leben hatte sie nicht alles richtig gemacht. Manchmal weil sie es nicht besser wusste, manchmal weil es ihr in dem Moment als die beste Entscheidung erschien. Einige Dinge hatten sich im Nachhinein als falsch erwiesen, was sie jetzt nicht mehr ändern konnte.

Ihre Gedanken kreisten um ihr früheres Leben als Bardame,

Kneipenbesitzerin und Trösterin einsamer betrunkener Männer oder heimwehkranker französischer Soldaten.

Und um Maria. Der Gedanke schmerzte sie am meisten.

Mechthild Krause war keine Kämpferin. Noch nie gewesen. Nicht für ihr eigenes Leben und auch nicht für andere. Vor langer Zeit hätte sie sich für Maria einsetzen sollen, ihr helfen müssen, doch sie hatte versagt. Das verzieh sie sich nicht.

Sie hatte alles aufgehoben. Jeden Zeitungsartikel, jedes Foto, jeden noch so kleinen Schnipsel, der mit den Geschehnissen von damals in irgendeinem Zusammenhang stand. Und natürlich ihren Abschiedsbrief. »Kümmere dich um meinen Sohn. Irgendwann werde ich ihn wiedersehen. Auch wir werden uns wiedersehen. Garantiert. Ich verlass mich auf dich, deine Maria«.

Die Schrift auf dem Papier war verblasst. Wie oft hatte sie ihn in den letzten neunundzwanzig Jahren gelesen? Wieder und wieder und dabei versucht, eine versteckte Botschaft zu finden, eine Erklärung. Maria schrieb nicht, dass sie den Tod suchte. Nur, dass sie gehen wollte und die Zukunft besser werden würde.

In Mechthild Krauses Ohren klang das merkwürdig. Auch die Art, *wie* Maria den Tod gesucht hatte. Tabletten hätten zu ihr gepasst. Aber sich vor den Zug werfen? Das assoziierte einen schmerzhaften, furchtbaren Tod. Sie hatte immer so viel Wert auf ihr Äußeres gelegt, hätte sie nicht auch im Tod darauf geachtet, dass sie gut aussah? Die brutale Art passte nicht zu Maria – glaubte Mechthild Krause noch heute. Vielleicht bildete man sich auch nur ein, Menschen zu kennen.

Als der Polizist damals vor der Tür gestanden und ihr die Nachricht überbracht hatte, glaubte sie an eine Verwechslung. Sie zeigte ihm den Brief, und er rief lapidar: »Alles klar, der Chef muss nicht kommen. Eindeutig Suizid.« Damit war die Angelegenheit für ihn erledigt. Alle gingen darüber hinweg, als wäre es nur ein lästiges Vorkommnis. Auch in der Zeitung gab es nur eine winzige Notiz, dass es neben dem grandiosen Ereignis, dem Freudenfest für alle Christen, einen Suizid gegeben hatte.

Kein Wort des Bedauerns. Eine Randnotiz im Weltgeschehen.

Gern hätte Mechthild Krause alles aufgeschrieben, ein Tagebuch geführt. Als Nachlass für den Sohn, damit er alles über seine Mutter erfuhr und sie nicht in Vergessenheit geriet. Aber das Schreiben fiel ihr schwer. Ihre Sätze klangen unbeholfen. Formulierungen zu finden lag ihr nicht. Die Regeln der Rechtschreibung waren ein Buch mit sieben Siegeln für sie. Heute hätte man sicherlich Legasthenie bei ihr festgestellt und sie fördern können. Zu ihrer Schulzeit gab es das nicht, zumindest war ihren Lehrern diese Schwäche unbekannt. Statt Förderung hatte es schlechte Noten und Ohrfeigen gegeben. Zeitlebens hatte sie vermieden, sich schriftlich zu äußern, sich jedoch immer zu helfen gewusst. Und als Maria in ihr Leben trat, hatte sie ihr diese Aufgaben in der Kneipe überlassen. Bestellungen, Schriftverkehr mit den Lieferanten und Finanzamt und was sonst noch so anfiel.

Maria hatte ihr Leben erleichtert. Nicht nur in Bürodingen. Sie war ein lebenslustiger Mensch gewesen, frech, ein wenig frivol und ohne Respekt und Angst vor Obrigkeiten. Die Gäste mochten sie, manche auch mehr, Maria war kein Kind von Traurigkeit. Flirten gehörte zum Geschäft, und wenn sie spätabends zu singen anfing, hingen alle an ihren Lippen, sangen mit und klatschten im Takt dazu.

Es hätte immer so weitergehen können. Durfte man mehr vom Leben erwarten?

Doch dann war alles anders gekommen. Maria verliebte sich, ausgerechnet in einen Soldaten. In diesen Jean-Luc. Mechthild Krause kannte ihn aus der Kneipe. Er war ein liebenswerter, aber cholerischer Franzose, der sich stets in Schwierigkeiten brachte. Er war an jeder Schlägerei beteiligt, trank gern und viel, war einer der wenigen, die immer genug Geld zur Verfügung hatten. Woher auch immer. Man musste ihn einfach mögen – und Maria mochte ihn besonders.

Noch heute konnte Mechthild Krause das Bild heraufbeschwören, wie Maria und ihr Franzose an der Theke turtelten, dachten, es würde niemand bemerken. Sie hatte gespürt, dass es Maria ernst war. Gegenüber den anderen Männern benahm sie sich zugeknöpfter, verzichtete auf tiefe Dekolletés und kurze Röcke. Ging auf die derben Späße nicht mehr ein, was nicht alle respektierten. Dazu die Veränderungen an ihrem Körper, die Mechthild Krause früh auffielen. Als Maria ihr mitteilte, dass sie im fünften Monat schwanger sei, war sie nicht überrascht. Sie verbot ihr, in der Kneipe zu sein, weil sie der Eifersucht der anderen keinen Nährboden geben wollte.

Jean-Luc brachte kleine Briefchen für sie. Die Gerüchteküche brodelte. Maria habe ihm Hörner aufgesetzt, es gebe doch so viele andere. Es kam, wie es kommen musste. Jean-Luc, aufbrausend wie ein Orkan, schlug um sich, es gab eine riesige Schlägerei, in deren Verlauf er schließlich verschwand. Desertiert, Fahnenflucht, munkelte man. Die Militärpolizei suchte ihn. Sie kamen in ihre Kneipe und fragten sie aus. Als sie Maria davon erzählte, hätte sie beinah ihr Kind verloren. Mechthild Krause kümmerte sich um sie – und hatte auf ganzer Linie versagt.

Die Kneipe wurde geschlossen, das Ordnungsamt fand Mittel und Wege. Das Finanzamt forderte Geld, das sie nicht hatte. Maria gebar einen kleinen Jungen, wurde immer depressiver und schwermütiger, trotzdem wäre Mechthild Krause nicht auf die Idee gekommen, dass sie sich umbringen wollte. Im Nachhinein glaubte sie sogar, dass Maria kurz vor ihrem Tod aufgekratzter und hoffnungsvoller gewirkt hatte. Sie wollte unbedingt den Papst sehen. Wenn Mechthild Krause heute darüber nachdachte, kam Maria ihr wie besessen vor.

Wie hatte sie sich so täuschen können?

Und doch nagte all die Jahre der Stachel des Zweifels an ihr. Warum hatte Maria einen Rucksack mit Kleidung bei sich? Warum hatte sie keinen Abschiedsbrief an ihr Kind geschrieben?

Immer wieder hatte sie überlegt, was passiert sein könnte, und sich etwas zurechtgelegt. Maria war tot, daran gab es nichts zu rütteln, doch die Umstände verstand sie nicht. Vielleicht war es kein Suizid, sondern jemand hatte sie vor den Zug gestoßen. Oder Jean-Luc hatte sich bei ihr gemeldet. Das erklärte die Heimlichkeiten, ihre Euphorie. Und dann musste etwas geschehen sein, was nicht vorherzusehen gewesen war.

War sie einen Pakt mit dem Teufel eingegangen? Sie würde es merken, aber zumindest der Platz im Hospiz war Mechthild Krause sicher. Jetzt lag ihr noch eine Sache auf der Seele, um die sie sich kümmern musste. Sie hoffte, ihre Zeit würde reichen.

Sie beendete die Massage ihrer Beine. Es fühlte sich besser an. Die Schmerzen waren fast verschwunden. An manchen Tagen glaubte sie, dass sie der Medizin ein Schnippchen schlagen könnte. Doch sie wusste um ihren Irrtum.

Langsam ging sie in ihr Schlafzimmer und betrachtete die vielen Schuhkartons. Kartons voller Erinnerungen. Viel zu lange hatte sie sich gescheut, darin zu stöbern. Eine Visitenkarte fiel ihr in die Hände. Sie hatte nichts zu verlieren.

6

Ferdinand Weber bekam wenig Post. Deshalb fiel ihm der weiße Umschlag sofort auf. Die Adresse stand in Druckbuchstaben handschriftlich gemalt darauf. Es gab keinen Absender. Auf den ersten Blick ähnelte er dem, den Clément Aust bekommen hatte.

Gedankenversunken ging er die Treppe zu seiner Wohnungstür hoch und erschrak, als jemand »Guten Morgen« sagte.

Lukas Grimm, sein Nachbar, trat vor die Tür. In den letzten Monaten hatte er sich sehr verändert. Weber hatte seine Ankündigung, keinen Alkohol mehr zu trinken, skeptisch entgegengenommen. Grimm war ein Draufgänger, ein Angeber, der gern mal den Mund zu voll nahm. Doch der gewaltsame Tod seiner Freundin und der Verdacht, ihr Mörder zu sein, hatten ihn aufgerüttelt und ihm einen Grund gegeben, sein Leben zu ändern. Von jetzt auf gleich hatte er mit dem Trinken aufgehört. Weber freute sich sehr, dass er es geschafft zu haben schien.

Mittlerweile sah Lukas Grimm richtig gut aus. Die dunklen Ränder unter den Augen waren wie die bleiche Gesichtsfarbe verschwunden. In den Müllcontainern und Abfalltüten gab es keine leeren Schnaps- und Bierflaschen mehr. Heute wirkte Grimm sogar regelrecht aufgedreht.

»Herr Weber«, rief er, »drücken Sie mir die Daumen! Gleich habe ich ein Vorstellungsgespräch. Es sieht so vielversprechend aus.« Er strahlte über das ganze Gesicht.

Sosehr sich Weber auch über die Nachricht freute, er war abgelenkt von diesem Brief in seiner Post. Dunkle Vorahnungen überfielen ihn. »Ich wünsche Ihnen viel Glück und drücke die Daumen.«

Grimms Mundwinkel fielen herab. »Danke«, sagte er und betrachtete Weber abschätzend. »Ist alles in Ordnung bei Ihnen? Sie wirken irgendwie gestresst.«

»Ja, ja.« Der Schlüsselbund fiel zu Boden. Fluchend bückte

sich Weber und hob ihn auf. Dabei fielen ihm die Briefe aus der Hand. Er fluchte erneut und sammelte die Post auf. Für seinen Nachbarn hatte er keinen Blick mehr übrig.

»Dann eben nicht, schönen Tag noch«, sagte Grimm, wandte sich abrupt ab und lief die Treppen hinunter.

Weber schaute ihm mit offenem Mund hinterher und fühlte ein schlechtes Gewissen in sich aufsteigen. Warum glaubten ehemalige Suchtkranke, dass sich jederzeit alles um sie drehen musste? Grimm war da keine Ausnahme.

Es geht nicht immer um dich, dachte Weber und schloss endlich seine Tür auf.

Er legte die Post auf den Küchentisch. Vorsichtig positionierte er den weißen Umschlag separat und betrachtete ihn eine Weile. Es war die gleiche Größe, auch hier musste der Klebestreifen mit Tesafilm stabilisiert werden.

Das seltsame Gefühl in Webers Bauch verstärkte sich. Was ging hier vor? Was bezweckte der Absender?

Er stand auf, holte Austs Umschlag samt Karte hervor. Zum besseren Vergleichen legte er die beiden Umschläge nebeneinander und biss sich auf die Unterlippe.

Es fiel direkt auf.

Warum er es erst jetzt bemerkte, verstand er nicht.

Austs Karte hatte einen von der Post abgeänderten Adressaufkleber, seine nicht. Die Buchstaben auf seinem Umschlag wirkten seltsam angestrengt geschrieben, nicht in einem Fluss, wobei das natürlich bei Druckbuchstaben meist so war. Allerdings gab es am Ende der einzelnen Buchstaben einen dickeren Klecks, als hätte der Stift geschmiert. Eine schwarze Mine. Ob es ein Kugelschreiber, Penball oder ein Füller war, konnte er nicht unterscheiden.

Weber ging zum Küchenschrank und wühlte in der Schublade. Irgendwo mussten doch die Einweghandschuhe sein. Louise hatte sie immer zum Putzen verwendet. Er selbst putzte ohne, einfach pur, wie er immer behauptete. Es war ihm zu lästig und erinnerte ihn zu sehr an die Vergangenheit, wenn er zu Tatorten gerufen wurde. In diesem besonderen Fall jedoch wollte er seine eigenen Fingerabdrücke vermeiden.

Als Nächstes suchte er seine Lesebrille. Erst dann setzte er sich auf den Stuhl und drehte erneut den weißen Umschlag in alle Richtungen, betrachtete ihn von vorn, hinten, hochkant, hielt ihn gegen das Licht, in der Hoffnung, irgendetwas Außergewöhnliches zu entdecken.

Die Umschläge waren identisch. Dünn, von billiger Qualität. Ein Massenprodukt, das man in jedem Schreibwarengeschäft bekam. Format DIN C6, ohne Fenster. Die gummierten Klebestreifen waren mit Tesafilm überklebt worden. Wahrscheinlich gab es keine Chance auf eine DNS.

Weber wollte gerade den Umschlag aufreißen, als ihm eine bessere Idee kam. Vor sich hin schimpfend, setzte er einen Topf Wasser auf, wartete, bis es dampfte, und hielt den Umschlag darüber. Vorsichtig und hoch konzentriert löste er den Tesafilm. Erst als er den Umschlag komplett geöffnet hatte, legte sich seine Anspannung. Unbewusst hatte er den Atem angehalten.

Er inspizierte akribisch die Innenseiten, erst dann hielt er den Umschlag mit der Öffnung zur Tischplatte hoch und wartete ab, was herausfiel. Der Inhalt hatte sich verkantet, und Weber begann zu schütteln. Als er die Ansichtskarte sah, war er nicht wirklich überrascht. Die gleiche, die auch Aust bekommen hatte. Johannes Paul II.

Weber ließ das Konterfei auf sich wirken. Ein gütiges Gesicht. Ein Papst, wie man sich gemeinhin einen Papst vorstellte. Das Oberhaupt der katholischen Kirche, ein Vater, der Vertreter aller Katholiken. Es war eine Fotomontage, links sah man den Dom, das Wahrzeichen der Stadt.

Was hatten die Karten zu bedeuten? Warum bekam er nach Aust ebenso eine solche Karte? Nervös drehte er sie um. Welche Botschaft gab es für ihn?

»Das Böse versteckt sich gern im Licht, leicht zu finden ist es trotzdem nicht.«

War dieser Satz eine Warnung? Oder eine Aufforderung? Oder gar eine Drohung?

Verwirrt schüttelte Weber den Kopf. Das Ganze ergab überhaupt keinen Sinn.

Die einzige Gemeinsamkeit, die ihn mit Aust verband, neben der Erinnerung an die Kaserne Normand und die Teilnahme an der Demonstration für die Reithalle. Die Halle war ein Relikt aus vergangener Zeit, aber bei Weitem kein Grund, eine Postkarte mit dem Abbild eines ehemaligen Papstes und einen mehr als merkwürdig anmutenden Spruch zu verschicken. Er sah keinen Zusammenhang, außerdem war die Überlegung ein Trugschluss, denn Aust hatte die Karte erst am Tag der Demonstration bekommen. Niemand hatte vorher davon gewusst.

Das Telefon riss ihn aus seinen Gedanken. Er nahm ab und war überrascht, Austs Stimme zu hören.

Er hielt sich nicht lange mit Höflichkeitsfloskeln auf. »Sagen Sie mal, haben Sie schon etwas herausgefunden?«

»Guten Tag auch«, sagte Weber. »Schön, von Ihnen zu hören, Herr Aust. Nein, ich habe noch nichts herausgefunden. Aber ich wollte mich auch bei Ihnen melden, denn auch ich habe heute eine Postkarte erhalten.«

»Was?«

»Es gibt Unterschiede und einiges, was noch mehr Fragen aufwirft. Darüber sollten wir reden. So schnell wie möglich. Eins vorab: Wann haben Sie geheiratet?«

»Wieso ist das wichtig?«

»Wann?«

»Katharina und ich haben lange in wilder Ehe gelebt. Wir wollten uns prüfen. Deshalb empfinde ich diese Trennung als doppelt demütigend.«

»Das heißt, dass Sie zwar gemeinsam in das Haus gezogen sind, aber noch nicht verheiratet waren?«

»Ja, wir hatten es gemietet. Erst später hat man es uns zum Kauf angeboten, das war vor zwölf Jahren, da haben wir auch geheiratet.«

Webers Überlegungen überschlugen sich. »Was halten Sie davon, wenn wir in Ruhe gemeinsam darüber nachdenken? Vielleicht finden wir einen Grund für die Postkarten. Heute Abend wollte ich Zwiebelkuchen machen. Kommen Sie doch zu mir, es reicht für zwei.«

Einen Moment blieb es still in der Leitung. »Gern«, sagte Aust schließlich. »Es gäbe vielleicht wirklich einen Grund für die Karten, aber wenn Sie jetzt auch eine …« Er brach ab. »Wir reden heute Abend darüber. Aber nur, wenn Sie wirklich kochen beziehungsweise backen können. Es ist riskant, mir als Franzosen einen Zwiebelkuchen zu servieren. Selbst gemacht muss er sein, kein Tiefkühlprodukt. Wann soll ich da sein?«

»Ist Ihnen halb sieben recht? Ich würde mich freuen.«

»Wunderbar«, sagte Aust und verabschiedete sich.

Weber rieb sich die Hände und schaute sicherheitshalber im Kühlschrank nach, ob er alles für das versprochene Abendessen im Haus hatte. Der Tiefkühlblätterteig lag im Eisfach, das würde er Aust verschweigen. Er legte ihn zum Auftauen heraus. Eier, Zwiebeln und Speck gehörten zu seiner Grundausstattung. Sogar saure Sahne war da. Perfekt. Eine gute Stunde brauchte er für die Zubereitung, bliebe noch Zeit, weiter nachzudenken. Vielleicht fiel ihm etwas Gescheites ein, was ihn und Aust auf die Spur des anonymen Postkartenschreibers bringen würde.

Manchmal half es, Fakten schwarz auf weiß zu sehen. Er holte Zettel und Stift.

Das ganze Gebiet rund um die Kaserne hatte sich massiv verändert. Früher war das Bayerische Regiment dort untergebracht gewesen, ab 1947 die Franzosen. Ein-, zweimal hatte Weber in seiner Dienstzeit mit den Franzosen und der Militärpolizei zu tun gehabt. Die waren etwas härter drauf als die Deutschen, aber es hatte nie handfesten Ärger gegeben. Prügeleien, die die Franzosen unter sich klärten. Serge fiel ihm ein. Ein netter Polizist, mit dem er manches Glas Wein getrunken hatte.

Was stand auf Austs Karte? »Nicht immer ist man gut, manchmal fehlt der Mut«?

Er nahm ein neues weißes Blatt und notierte seine spontanen Einfälle zu den literarischen Ergüssen der Postkarten. Na ja, literarisch war das nicht. Man bekam beim Lesen eher das Gefühl von »Reim dich oder ich fress dich«. Aber es hatte etwas mit Gut-sein-wollen-und-nicht-Können oder Nicht-mutiggenug-Sein zu tun. Und irgendwie passte auch das Bild des ehemaligen katholischen Kirchenoberhaupts dazu.

Warum Aust? Warum er? Webers Gedanken drehten sich im Kreis. Der grüne Aufdruck, dass der Papst am 4. Mai 1987 Speyer besuchte. Daneben ein Wappen mit den Worten »Totus Tuus«. Weber hatte keine Ahnung, was das bedeutete, und suchte Rat im Internet. Er nahm an, es war Lateinisch, und gab die Wörter und »Johannes Paul II«. in die Internetsuchmaschine ein. Bei Wikipedia wurde er fündig:

»›Totus tuus‹ war das apostolische Motto Papst Johannes Pauls II. Es ist eine lateinische Phrase für ›völlig dein‹ oder ›ganz dein‹ und drückt seine persönliche Bedeutung zu Maria auf der Grundlage des spirituellen Ansatzes von Saint-Louis de Montfort und der Mariologie in seinen Werken aus.«

Auch eine Abbildung des Wappens fand er. Es war das persönliche Wappen des Papstes mit dem blau-gelben Marian-Kreuz.

Ein kleines Geheimnis hatte Weber geklärt, doch Befriedigung empfand er nicht darüber. Vielleicht, dachte er, war an dem Tag des Papstbesuches etwas passiert, worauf der Absender aufmerksam machen wollte. Den 4. Mai 1987 hatte er noch gut in Erinnerung. Die Vorbereitungen für die sechs Stunden, die Johannes Paul II. Speyer in den Fokus der Weltöffentlichkeit rückte, auch. Weber trug damals die Verantwortung für das Sicherheitskonzept, und die riesige Verpflichtung hing wie ein Damoklesschwert über ihm. Noch immer hallte ihm der bedeutsame Satz im Ohr: »Ein Anschlag ist wahrscheinlich.« Das bedeutete Gefährdungsstufe eins.

Es war ein kalter, regenreicher Maitag, was viele Gläubige und Schaulustige nicht abhielt. Fast sechzigtausend Besucher fanden sich ein. Mit über zweitausend Polizeibeamten wurde der Fahrweg des Pontifex gesichert, nachdem mit Sprengstoffsuchhunden die Speyerer Kirchen kontrolliert und die Kanaldeckel verschweißt worden waren. Die Besucher wurden mit Metalldetektoren überprüft, wenn sie in den Besucherraum wollten. Nicht nur die Stadt befand sich im Ausnahmezustand, Weber auch.

Was war noch an jenem Tag passiert? Hatte sich ein Verbrechen ereignet, das ihn als Leiter des Papsteinsatzes nicht erreicht hatte?

Es hatte definitiv keinen spektakulären Raub oder Überfall gegeben, denn das wäre bis zu ihm durchgedrungen. Trotz des wenigen Schlafs und der immensen Anspannung.

Irgendjemand schien jedoch der Meinung zu sein, dass er etwas übersehen hatte. Nur so ergab das Geschriebene einen Sinn.

Weber las die Sprüche laut vor, ließ sie auf sich wirken. Das Gefühl, dass ihn jemand anklagen wollte, verstärkte sich.

Zwischen den Zeilen las er, dass man ihm etwas vorwarf. Warum? Was sollte das? Hätte er etwas verhindern können? Er hatte sich partout nichts vorzuwerfen. Vielleicht war es doch ein Spiel, das er nicht verstand.

Es wurde Zeit für den Zwiebelkuchen, damit er ihn Aust warm servieren konnte. Er brauchte kein Rezept, die Zubereitung konnte er ohne Anleitung abrufen. Zunächst schälte und halbierte er die Zwiebeln, bevor er sie in dünne Streifen schnitt. Den Speck würfelte er fein und gab ihn in eine Pfanne zum Anschwitzen. Im Originalrezept stand Butterschmalz, er benutzte wie seine verstorbene Frau stattdessen Olivenöl. »Wegen der Gesundheit«, hatte Louise immer gesagt. Dann gab er die Zwiebeln hinzu und rührte so lange, bis sie glasig wurden.

Das Kochen machte ihm Spaß, er tat es viel zu selten. Allein schmeckte es ihm nicht. Speisen brauchten seiner Meinung nach Masse, um zu schmecken. Er freute sich darauf, nachher in netter Gesellschaft am Tisch zu sitzen, den warmen Zwiebelkuchen zu verzehren und ein oder auch zwei Gläser Wein zu trinken. Sollte er den Ruländer öffnen? Mit Aust hätte er einen Gast, der ihn würdigen könnte.

Weber gab etwas Mehl auf die Arbeitsplatte und rollte den Blätterteig aus. Der Teig blieb am Nudelholz kleben, er nahm mehr Mehl, bis es funktionierte. Er fettete die Springform ein und legte sie mit dem Teig aus. Zum Schluss stach er mit einer Gabel Löcher in den Boden. Die Zwiebel-Speck-Masse füllte die Form bis zur Hälfte. Weber klopfte sich die Mehlreste von der Hose und fragte sich, warum er mal wieder keine Schürze trug.

Er schlug die Eier in einer Rührschüssel auf und gab die Sahne dazu. Ein Spritzer der Sahne-Eier-Masse geriet dabei in sein Auge. Er fluchte genervt. So gern er auch Zwiebelkuchen aß, er vergaß jedes Mal, was für eine Sauerei er bei der Zubereitung anrichtete. Louise hatte danach nie die komplette Küche putzen müssen. Auch wenn er Aust keinen Reinlichkeitsfimmel unterstellte, wollte Weber ihm doch eine sauberere Wohnung präsentieren. Für Louise, sie würde sich ansonsten im Grab umdrehen.

Erst zum Schluss würzte er mit Salz und Pfeffer, gab es auf die Speck-Zwiebel-Masse und stellte die Springform in den Backofen, den er auf zweihundert Grad vorgeheizt hatte. Die fünfundvierzig Minuten Backzeit sollten für die Reinigung der Küche und das Umziehen reichen.

Um fünf Minuten vor halb sieben begann Weber, den Tisch zu decken. Den Backofen ließ er geöffnet, der Kuchen sah wunderbar aus. Die Schnittlauchröllchen warteten darauf, zum Servieren darübergestreut zu werden.

Webers Magen knurrte, er hatte Hunger.

Die Uhr zeigte halb sieben. Weber war ein sehr pünktlicher Mensch. War er als Gast um halb sieben eingeladen, war er meist sogar zu früh vor Ort. Statt zu klingeln und den Gastgeber unter Druck zu setzen, ging er noch eine Weile vor der Tür auf und ab. Natürlich dachten nicht alle Menschen so.

Um Viertel vor sieben legte Weber eine Schicht Alufolie auf den Kuchen, damit er nicht verbrannte. Einen Moment blieb er unschlüssig stehen, dann holte er sein Telefon, suchte in seiner Jackenasche nach der Visitenkarte Austs und wählte dessen Handynummer. Nach dem vierten Klingelton sprang die Mailbox an.

Seltsam, dachte Weber und spürte eine wachsende Unruhe in sich aufsteigen. Er überprüfte den Glanz der Weingläser und die Temperatur des Weißweins. Auf seine neue Errungenschaft war er besonders stolz. Es war das Einzige, was er nach Louises Tod in der Wohnung verändert hatte. Ein Weinkühlschrank.

Dort lagerten nun einige Flaschen Riesling und Grauburgunder neben einer Flasche Sekt, die er sich für eine besondere Gelegenheit mit Jeannette aufgehoben hatte.

Der Grauburgunder war ein Ruländer, den er als besonderes Dankeschön für einen Vortrag von der Stadt Speyer bekommen hatte. Schon oft hatte er überlegt, die Flasche zu öffnen, doch dann erschien ihm kein Anlass gut genug. Heute war eine schöne Gelegenheit, es zu tun.

Gegen sechs Uhr machte sich Clément Aust auf den Weg. Vom Stadtteil Vogelgesang war es nicht weit bis zu Webers Wohnung in der Salierstraße. Er ging zu Fuß, die Bewegung an der frischen Luft würde ihm helfen, seine Gedanken zu sortieren. Für den Rückweg konnte er sich ein Taxi rufen.

Aus den bisherigen Gesprächen mit Weber hatte er herausgehört, dass er einem guten Tropfen nicht abgeneigt war. Er hätte eine Flasche mitnehmen sollen. Wieso hatte er nicht daran gedacht? Sollte er zurückgehen? Dann würde er auf jeden Fall zu spät kommen, und das fand er noch unhöflicher, als ohne Gastgeschenk zu erscheinen.

Es roch bereits nach Frühling. Aust hoffte, dass mit Ostern endlich die warmen Tage kommen würden. Er sehnte sich danach, im Biergarten zu sitzen und die Sonne auf der Haut zu spüren. Entweder im »Alten Hammer« oder im idyllischen Garten des »Domhofs« ein selbst gebrautes Bier zu trinken.

Während er die Kardinal-Wendel-Straße entlangging, ließ er erneut die damaligen Zeiten Revue passieren. Bis 1987 war er in der Kaserne Normand stationiert gewesen und in seiner Freizeit häufig in der nahe gelegenen Kneipe anzutreffen. »Bei Krause« ging es oft hoch her. Wie gern hatte er dort gesessen, wenn er es sich leisten konnte. Und dann diese Kellnerin! Eigentlich nicht sein Typ, aber sie war charmant, witzig, sexy und schlagfertig. Sie wusste die Soldaten zu nehmen und war einem Flirt nie abgeneigt. Auch er hatte sein Glück bei ihr versucht, war zwei-, dreimal mit ihr zusammen gewesen. Bei Weitem nicht der Einzige, das Mädchen war sehr freigiebig mit ihrer Gunst. Bis sie irgendwann schwanger wurde. Angeblich sollte einer der Soldaten der Vater gewesen sein, den Aust vom Sehen und Hörensagen kannte. Ein Hitzkopf, der sich immer wieder in Schwierigkeiten brachte. Wie an jenem elendigen Abend, den er am liebsten aus seinem Gedächtnis gestrichen hätte. Der Anfang vom Ende der Kneipe. Kurz darauf musste die Besitzerin schließen.

Die Geschehnisse lagen alle eng beieinander, waren fast dreißig Jahre her, und sein Gedächtnis war nicht das beste. Er lief am Kunstwerk von Manfred Weihe vorbei, und seine Gedanken schweiften ab. Wie immer fragte er sich, was die Menschen wohl dachten, wenn sie das Werk betrachteten. Für ihn hatte der Name »In situ – ein Engelmonument« wenig mit dem Gezeigten zu tun. Eine Hand, die aus dem Boden kam, Elefantenfüße und zwei Säulen. Steine, ein angedeuteter Kreis. Das alles war auf einem Stück wilder Wiese angelegt. Na ja, Aust hatte auch keinen Kunstverstand und gehörte zu den Menschen, die in Museen erst verständnislos auf die Bilder und dann auf ihren Preis starrten.

Er drückte die Handballen gegen die Schläfen. Er musste sich erinnern. Was hatte Weber gesagt? Er hatte auch eine Postkarte bekommen. Warum Weber? Das war völlig unverständlich.

Ob die alte Krause überhaupt noch lebte?, fragte er sich. Er zuckte die Schultern. Seltsam, so lange hatte er nicht mehr an sie gedacht. Jetzt sah er sie vor sich, wie sie hinter dem Tresen stand und die Soldaten in die Schranken wies. Wie hieß der Raufbold noch? Jean-Luc! Endlich war der Name da. Jean-Luc Dumont war nach der Schlägerei damals verschwunden, er hatte einen Vorgesetzten niedergeschlagen und war danach in Panik verschwunden.

Manche Dinge sollte man nicht ans Licht zerren, sie sollten begraben bleiben.

Rasch ging Aust über die Brücke, die über die B 39 führte. Feierabendverkehr, im Schritttempo rollten die Autos unter ihm. Unbewusst beschleunigte Aust seine Geschwindigkeit. Der Closweg mündete in die Diakonissenstraße, und Aust sah die Rückseite der ehemaligen Kaserne, die für zwei Jahre seine

Heimat gewesen war. Dieser Kasernenabschnitt war 1888/89 gebaut und 1994 unter Bestandsschutz gestellt worden.

Spontan beschloss Aust, nicht geradeaus zu gehen, sondern einen Umweg über die Seekatzstraße zu nehmen. Wie sehr sich das Gelände verändert hatte! Zu seiner Linken befand sich das alte denkmalgeschützte Gebäude, und zur Rechten standen die Neubauten, die ihn an Schuhkartons erinnerten. Ein schmaler Pflanzstreifen, auf dem verschiedene Blumen und Büsche wuchsen, war mit Steinen statt Erde befüllt. Halteverbotsschilder. Aust nahm an, diese Streifen waren Eigentum der Stadt, denn sie konnten sich nicht mit dem sorgfältig gepflegten Rasen, der den Erdgeschosswohnungen zugehörig schien, messen.

Bodentiefe Fenster, abgeschottet durch Jalousien. Wollte man so wohnen?

Er schüttelte den Kopf, ging weiter und verglich das Gelände mit früher. Er wurde nostalgisch, verfiel in eine tiefe Traurigkeit, die seine Wehmut und sein Gefühl von Einsamkeit verstärkte. Warum war alles so schiefgelaufen? Wo lagen seine Fehler? Er hätte damals nicht hierbleiben sollen, er hätte nach Hause, nach Frankreich, gehen sollen.

Wie sollte er jetzt aus dieser negativen Stimmung herauskommen? Bis er bei Weber war, wollte er sich im Griff haben. Er warf den Kopf in den Nacken und achtete nicht weiter auf die Umgebung.

An der unübersichtlichen Kreuzung Rulandstraße und Diakonissenstraße blieb er stehen. Jetzt regelten keine Polizeiwagen mehr den Verkehr wie bei der Demonstration. Die auf dem linken Parkstreifen stehenden Autos blockierten seine Sicht. Vorsichtig überquerte Aust die Straße.

Etwa auf der Mitte der Spur registrierte er das Motorengeräusch und blieb einen Moment wie angewurzelt stehen. Er sah das Auto kommen, konnte nicht glauben, was passierte, war unfähig zu reagieren – und spürte nur noch den Aufprall.

Weber öffnete den Ruländer. Der Korken ließ sich einfach herausziehen und roch einwandfrei. Er goss sich etwas Wein ins Glas und nahm einen Schluck. Dann versuchte er es erneut bei Aust. Wieder antwortete ihm nur die Mailbox.

»Verflucht«, murmelte Weber und drückte die Wahlwiederholungstaste. Dieses Mal hatte er Glück. Beim zweiten Klingelton hörte er ein »Hallo«.

»Wo bleiben Sie? Hier brennt alles an. Es schmeckt nicht besser, wenn Sie noch lange brauchen!«

»Wer spricht dort bitte?«

Aust klang seltsam. War er erkältet? »Ich bin's. Weber, Ferdinand Weber. Wir hatten uns zum Essen verabredet. Vergessen? Sie wollten um halb sieben hier sein. Der Zwiebelkuchen ist fertig.«

Es blieb still in der Leitung. »Ferdinand? Warum in Gottes Namen habe ich dich an der Strippe?«

Weber stutzte. Nicht Aust, sondern Christian Hamacher war am anderen Ende der Leitung. Er setzte zu einer Erwiderung an, begann zu stottern.

»Ich … was … Christian? Warum hast du das Telefon von Aust? Ist etwas passiert? Hatte Aust einen Unfall? Autounfall?«

»Wie kommst du darauf? Wo bist du?«

Weber trank einen großen Schluck. Christian Hamacher. Das durfte nicht wahr sein. »Christian, bitte erzähl mir, was passiert ist. Clément Aust wollte zum Essen zu mir kommen. Ich gehe der Sache mit der Postkarte und dem Vorfall an der Reithalle nach. Er hat mich gebeten, etwas herauszufinden. Er meinte, ihr habt das nicht ernst genommen. Wenn er jetzt tatsächlich Opfer eines Verkehrsunfalls wurde, dann …«

Weber hörte, wie Christian auf und ab ging und dann etwas lauter sprach. »Du bringst mich immer in Situationen. Es sieht so aus, als hätten wir es hier mit einem Verkehrsunfall mit Fahrerflucht zu tun. Wir sind dabei, herauszufinden, was genau passiert ist. Es ist schwierig, denn es gibt keine Augenzeugen. Den Verletzungen nach war es ein Geländewagen. Als sein Handy klingelte, bin ich drangegangen. Warum wundert es mich nicht, dass du da wieder deine Finger drinhast? Das wird den Chef sicher nicht freuen. Er hat mir deutlich zu verstehen gegeben, was er von dir hält.«

»Der Maulbeer?«

»Ajo.«

»Du wirst eine Aussage von mir brauchen, oder? Soll ich in die Inspektion kommen, oder machen wir das auf neutralem Boden? Andererseits …«

»Was?«

»Der Zwiebelkuchen riecht phantastisch. Ist zu viel für mich allein.«

Weber hörte beinahe, wie es in Hamachers Hirn arbeitete.

»Ich komme. Halt ihn warm. Auf die ganze Geschichte bin ich jetzt schon gespannt.«

Nicht nur du, dachte Weber, legte auf und trank das Glas leer. Als er es auf den Tisch stellte, streifte sein Blick die Umschläge der Karten. Er war neugierig, was Hamacher zu dem Ganzen sagen würde. Natürlich würde es nicht gut bei seinen Ex-Kollegen ankommen, dass er wieder einmal in einen ungewöhnlichen Todesfall verwickelt schien. Und Harald Maulbeer stellte ein Problem dar. Aber keines, das er nicht in den Griff bekäme.

7

Der obligatorische Kontrolltermin bei Dr. Schröder stand an. Schon vor der Praxistür beschlich Mechthild Krause ein ungutes Gefühl, das sich kurz darauf bestätigte.

»Es ist unverantwortlich, wenn Sie weiterhin allein in Ihrer Wohnung leben. Haben Sie einen Platz in einem Hospiz gefunden? Dann wird es *jetzt* Zeit.« Dr. Schröders Stimme klang böse, er sah Mechthild Krause ernst an.

»Im Hospiz erwarten sie mich.« Sie blieb sitzen. »Ich dachte …« Sie brach ab. Ihre Worte klangen traurig, aber nicht anklagend.

»Die Krankheit ist unberechenbar. Ich habe es Ihnen erklärt. Die Schmerzen werden schlimmer, wie Sie bereits festgestellt haben. Die Mittel reichen nicht mehr. Selbst wenn Sie ganz früh zu mir gekommen wären und wir die richtige Diagnose gestellt hätten, läge die Chance bei nur zehn Prozent.«

»Ich weiß, ich habe mich erkundigt.« Mechthild Krause stand auf, reichte dem Arzt die Hand. »Danke.« Das musste reichen. Mehr Worte waren nicht nötig. Ein »Auf Wiedersehen« klang falsch. Sie würde ihn nicht wiedersehen, zumindest nicht hier.

Ihr Gang war schwerfällig, die Beine wollten nicht mehr so wie sie. Immer wieder blieb sie stehen, versuchte, in den Schmerz zu atmen, um ihn so verschwinden zu lassen. Anfangs hatte es funktioniert, jetzt nicht mehr. Wehleidigkeit war ihr fremd, sie biss die Zähne zusammen. Ein Trost blieb ihr – es würde nicht lange dauern. Manche würden den Gedanken als Galgenhumor bezeichnen, sie fand sich pragmatisch. Man musste die Dinge beim Namen nennen.

Die letzten Tage hatte sie zum Nachdenken genutzt. Vielleicht war die Krankheit die Bestrafung für ihre Sünden. Im Gegensatz zu früher glaubte sie jetzt an Gott. Sie versuchte, nach christlichem Glauben zu leben, im weitesten Sinn, die Zehn Gebote zu befolgen. Früher, als sie ihre Kneipe noch hatte, war sie anders gewesen. Im Rückblick kam ihr die Zeit wie ein fremdes Leben vor. Männerbekanntschaften, derbe Scherze, viel Alkohol, wenig Schlaf. Und immer wieder Maria. Der Gedanke an sie schmerzte so sehr.

Bilder von Maria schoben sich in ihre Gedanken, die sie zum Schmunzeln brachten. Shorts, bauchfreies Top, geflochtene Haare. Die runden, großen blauen Augen. Sie hörte ihr Lachen – fröhlich und ansteckend. Sie sah sie flirtend, bis sich der Bahnübergang und der Zug davorschoben. Statt Lachen hörte sie Bremsenquietschen, Schreie und den dumpfen Aufprall. Obwohl sie nicht dabei gewesen war, spielte ihre Phantasie den Suizid bis ins Detail durch.

Der Weg nach Hause dauerte lange. Sie nahm kaum etwas von ihrer Umgebung wahr, blieb stehen, wenn sie die Schmerzen nicht mehr aushielt. Wann hatte sie das letzte Mal eine Nacht durchgeschlafen? War nicht schweißgebadet aufgewacht – unsicher, ob sie tatsächlich geschrien oder es nur geträumt hatte.

Mit Marias Tod war eine Veränderung in ihr vorgegangen, schleichend, langsam. Anfangs hatte sie geglaubt, ihre Traurigkeit sei einfach nur normale Trauer. Es war klar, dass es Zeit brauchte, den Verlust eines Menschen zu verarbeiten, den man lieb gewonnen hatte. Sich selbst einzugestehen, dass sie Maria gegenüber eine solche Zuneigung entgegenbrachte, war ein Zugeständnis, das sie nie für möglich gehalten hatte. Und dass sie etwas verloren hatte, was unwiederbringlich war.

Zu Hause angekommen, setzte sie Teewasser auf und konzentrierte sich auf jede einzelne Handlung. Sie zelebrierte die Zubereitung ihres Tees. Auch das wäre früher nicht möglich gewesen. Damals hatte es immer schnell gehen müssen. Momente zu genießen, selbst ganz unspektakuläre, wäre ihr nie in den Sinn gekommen. Sie stellte sich vor, wie sie vor dreißig Jahren Tee gekocht hätte. Den Wasserkocher mit der einen Hand füllen, schimpfen, dass es wieder so lange dauerte, bis es zu kochen begann. Mit der anderen eine Tasse spülen und den Teebeutel hineinlegen. Nervös warten, bis es sprudelte, dabei überlegen, was der Tag bringen würde. Immer noch in Gedanken das kochende Wasser eingießen, aber nur zwei Drittel, den Rest mit kaltem Wasser auffüllen, um den Tee sofort trinken zu können. Meist hatte sie noch nicht einmal wahrgenommen, was für eine Sorte sie trank.

Heute nahm sie sich Zeit. Sie spürte das Porzellan, erfreute sich am schicken Design der Teedose, genoss den Duft des Tees und schloss für einen Moment die Augen, um ihn in sich aufzunehmen.

Sie achtete auf die richtige Temperatur, die richtige Ziehzeit, bevor sie sich mit ihrer Lieblingstasse in ihren bequemen Sessel setzte und vor sich hin stierte. Sie war im Reinen mit sich. Vor ihr lagen Postkarten, sie hatte jedem eine geschrieben, der an Maria denken sollte. Noch immer war sie stolz auf sich, dass ihr diese Möglichkeit eingefallen war. Die Mühe hatte sich gelohnt.

Sie sollte nicht die einzige Person sein, deren Gewissen sich rührte. Sie alle sollten an Maria denken. Das zumindest hatte sie verdient, auch wenn es dreißig Jahre zu spät kam.

Sie langte mit dem Arm zu ihrem Sekretär. Mittlerweile hatte sie in ihrer Wohnung die Dinge so umgestellt, dass sie möglichst wenig laufen musste, und alles für ihre Bedürfnisse optimiert. Sanft strich sie über ihre Schreibmappe, sortierte die Postkarten neu. Bei den Erinnerungen schmerzten wieder ihre Finger. Aber dieser Schmerz fühlte sich gut an. Der Platz im Hospiz war ihr sicher, sie musste nur noch eines erledigen. Und damit verstieß sie auch nicht gegen die Abmachung. Selbst wenn der Junge etwas erzählte, würde sich für sie nichts mehr ändern.

Ihre Hände zitterten, sie war nervös, vor dem, was sie vorhatte. Marias Sohn war beinahe dreißig Jahre alt und hatte seinen eigenen Kopf. So wie Maria. Sie war gespannt, ob er ihr glich. Sie würde ihm die Wohnung zeigen, die Schlüssel übergeben und hoffen, dass er ihre Hinweise verstand. Vielleicht lebte sie lange genug, dass er sie ihm Hospiz besuchen konnte.

Niemand sollte Mechthild Krause unterschätzen. Sie war nicht immer eine Frau mit Prinzipien gewesen, doch es war nie zu spät, sich zu ändern.

Sie nahm die Visitenkarte zur Hand, die vom ständigen Anfassen ganz dünn und knittrig geworden war. »Julius Schindler, Entrümpelungen und Haushaltsauflösungen aller Art«.

Sie ging noch einmal ihr wohlüberlegtes Sprüchlein durch, holte tief Luft und griff zum Telefon.

8

»Es tut mir leid, dass ich dich beim Zwiebelkuchenessen nicht unterstützen konnte. Es war die Hölle los, wie du dir vielleicht vorstellen kannst. Wir mussten erst einmal die Bewohner vernehmen. Dann wollte Maulbeer was von mir.« Hamacher nippte an seinem Wasser. Kaffee hatte er abgelehnt. Er schaute sich um, und sein Blick blieb an der leeren Flasche Wein hängen. »Ist das der Ruländer, den die Stadt Speyer anbaut?«

»Ja.«

»Lecker?«

»Ja.« Weber war wütend. Nach Hamachers Anruf hatte er auf ihn gewartet. Erst kurz vor Mitternacht rief der wieder an, um Weber mitzuteilen, dass er erst am nächsten Tag kommen könne.

»Der Kuchen war phantastisch. Da hast du was verpasst«, sagte Weber. Er verschwieg, dass er den Kuchen im Mülleimer entsorgen musste, weil er ihn vor Aufregung im Ofen vergessen und verbrennen lassen hatte.

Jetzt war es elf Uhr morgens. Er hatte nicht nur schlechte Laune, sondern war verkatert, weil er neben dem Ruländer noch drei oder vier Gläser Sherry getrunken hatte.

»Was genau ist denn passiert? Ich verstehe das nicht. Die Ecke ist unübersichtlich, aber da fährt man doch langsam.«

»Wir gehen von einem gezielten Anschlag aus«, sagte Hamacher. »Jemand hat Clément Aust absichtlich überfahren. Es war Mord. Das geht auch aus den Augenzeugenberichten hervor.«

»Habt ihr denn verwertbare Hinweise?«

Statt einer Antwort grinste Hamacher und fragte: »Was wollte Aust bei dir? Außer Zwiebelkuchen?«

Etwas hatte sich zwischen ihnen verändert. Hamacher hatte sich verändert.

»Wer leitet die Sonderkommission?«, fragte Weber, und eine üble Ahnung beschlich ihn.

»Natürlich Ludwigshafen. Harald Maulbeer.«

Weber stöhnte auf. Das erklärte alles. Maulbeer und er waren vor langer Zeit aneinandergeraten. Dass er sich schwertat, Weber mit ins Boot zu nehmen, war nachvollziehbar. Wer sitzt mir gegenüber?, fragte er sich. Mein Freund Christian oder der Handlanger vom Maulbeer? Die Frage lag ihm auf der Zunge, doch er hielt sich zurück. Nicht zusätzlich die Fronten verhärten, mahnte er sich.

»Mister ›nicht wahr‹ und ›auf ein Wort‹? Wie kommst du mit ihm klar?«

Ein Schulterzucken Hamachers als Antwort reichte.

»Zum einen wollte Aust mir mitteilen, dass ihm eingefallen war, wie die Postkarte mit ihm in Verbindung stehen könnte«, erklärte Weber. »Deshalb hat er angerufen. Und zum anderen hatten wir uns zum Essen verabredet, um über die Sprüche auf den Postkarten zu sprechen.«

»›Nicht immer ist man gut, manchmal fehlt der Mut.‹ Klingt immer noch seltsam«, sagte Hamacher. »Aber warum sprichst du von Kar*ten*?«

»Weil ich auch eine bekommen habe.« Normalerweise wäre Weber jetzt aufgesprungen und hätte die Karte geholt. Er blieb jedoch sitzen und beobachtete, wie seine Antwort auf Hamacher wirkte. Weber versuchte, sachlich zu bleiben, aber er musste sich eingestehen, dass er enttäuscht von Hamacher war. Von wegen Vater-Sohn-Beziehung.

Hamacher kniff die Augen zusammen und kaute auf seiner Unterlippe. »Verrätst du mir, was darauf steht?«

»Du kannst sie mitnehmen, ich habe sie kopiert. Glaubst du nun auch, dass es einen Zusammenhang zwischen der Demonstration, den Karten und diesem Unfall gibt?«

Hamacher schüttelte den Kopf. »Das würde bedeuten, dass auch du dich in Lebensgefahr befindest. Hat dich ebenfalls jemand auf die Straße gestoßen? Oder fühlst du dich auf andere Art und Weise bedroht?«

Weber spürte, wie sich sein Herzschlag beschleunigte. Die Fragen klangen nach Maulbeer, nicht nach Hamacher. Er holte die Postkarte und legte sie Hamacher hin. »Nimm mit. Vielleicht solltet ihr sie kriminaltechnisch untersuchen lassen.

Meine Spürnase sagt mir, dass das mit dem Mord zusammenhängt. Außerdem ist Austs Karte zuerst an ›Hervier‹ adressiert gewesen. Jemand hat einen Aufkleber mit ›Aust‹ daraufgeklebt. Ich nehme an, einer bei der Post. Aber das müsst ihr ermitteln, ich bin raus.«

»Du bist eingeschnappt. Weil ich gestern nicht mehr kommen konnte?«

»Das bildest du dir ein. Deine Arbeit geht natürlich vor. Ich bin gespannt, was ihr herausfindet.«

Hamacher starrte in sein Wasserglas und drehte es ein paarmal hin und her. »Ferdinand, ich möchte mal weiterkommen auf der Karriereleiter. Maulbeer ist ein Dummkopf, hat aber Beziehungen, kennt Gott und die Welt. Ich sehe es als Chance, die ich nutzen möchte. Vielleicht kannst du mich verstehen.« Er stand auf, ohne eine Antwort abzuwarten, und stellte das Glas ab, fester als normal. »Ich melde mich bei dir und halte dich auf dem Laufenden.« Er ging zur Tür. »Soweit es geht, natürlich.«

Kurz vor der Haustür drehte er sich noch einmal um. »Was meinst du, warum stand ›Hervier‹ auf dem Umschlag?«

Weber brachte ihn zur Tür und kämpfte mit sich. Einen Moment schauten sie sich in die Augen. Er sah Hamachers Entschlossenheit, aber auch seine Zerrissenheit.

»Weil es mit der Vergangenheit zusammenhängt«, sagte er schließlich.

9

Hamacher hastete den Gang zum Besprechungsraum entlang. Am Morgen hatte er verschlafen und versuchte nun, diese Viertelstunde aufzuholen. Zwar war er von Natur aus ein notorischer Zuspätkommer, aber zu den momentanen Besprechungen wollte er pünktlich sein. Er war es leid, immer übergangen zu werden, wollte endlich auch befördert werden. Es kostete ihn stetige Überwindung und enorme Energie, seine selbst auferlegte Disziplin einzuhalten.

Er drückte gerade die Türklinke des Besprechungszimmers herunter, als jemand seinen Namen rief.

»Hamacher?«

Er zuckte zusammen. Wie er es hasste, wenn man ihn mit seinem Nachnamen ansprach. Langsam drehte er sich um. Sein Vorgesetzter Harald Maulbeer stand vor ihm.

»Auf ein Wort.«

»Ja?«

Maulbeer war ein unangenehmer Zeitgenosse, der seine Meinung zu oft nach dem Wind drehte, der gerade im Präsidium wehte. Er hatte es ziemlich weit nach oben geschafft, weil er die richtigen Leute kannte, nach oben kuschte und nach unten trat.

»Der Tod von diesem Aust scheint eindeutig ein Unfall zu sein, nicht wahr?«

Hamacher glaubte, sich verhört zu haben. »Nun, Unfallflucht, ich denke, da war Vorsatz im Spiel. Außerdem ist Clément Aust hier gewesen, um eine Anzeige aufzugeben …«

Maulbeer unterbrach ihn. »Es gibt aber keine Anzeige, nicht wahr? Sie haben doch gar keine aufgenommen.« Er kniff die Augen zusammen, was ihm ein diabolisches Aussehen verlieh, dazu lachte er laut.

»Ajo, man kann aber nicht von der Hand weisen, dass er sich bedroht gefühlt hat.«

»Ich sehe das anders. Sollten Sie auch. Wir haben doch genug zu tun, nicht wahr?«

Er musste sich zurückhalten, Maulbeers Lieblingsfloskeln »auf ein Wort« und »nicht wahr« nicht mit einer Grimasse zu kommentieren. Andererseits fühlte er sich geschmeichelt, dass Maulbeer ihn überhaupt als Gesprächspartner wahrnahm.

»Haben Sie gar keine Ambitionen, befördert zu werden?«, fragte Maulbeer.

Hamacher verschlug es die Sprache. Was sollte das denn jetzt? Konnte er Gedanken lesen?

»Wir verstehen uns, nicht wahr?« Maulbeer lächelte ihn süffisant an, drängelte sich vor und betrat den Besprechungsraum.

Hamacher trottete hinterher und spürte, wie ihn die Anwesenden neugierig, manche auch skeptisch musterten. Schleimen beim Chef kam bei keinem von ihnen gut an.

»Guten Morgen«, grüßte Harald Maulbeer und begann seinen Monolog. Er zog sich hin.

Man müsste mal das Fenster öffnen, dachte Hamacher und gähnte hinter vorgehaltener Hand. Aufmerksam wurde er erst, als sich Kommissaranwärterin Lena Brinkmann zu Wort meldete.

»Ich habe etwas Interessantes über Aust herausgefunden. Aust ist eigentlich gar nicht sein richtiger Name«, sagte sie.

»Entschuldige«, sagte Hamacher, »das war doch klar. Ich habe die Anzei…«

»Beschwerde«, warf Maulbeer streng ein.

Brinkmann blickte erst Hamacher, dann Maulbeer irritiert an. Da aber keiner ein weiteres Wort sagte, fuhr sie fort. »Er ist ein geborener Hervier. Mir imponieren Männer, die das tun. Ein Zeichen, dass Gleichberechtigung …«

Wieder redete Maulbeer dazwischen. »Das ist nicht das Thema, Kollegin Brinkmann.«

»Okay. Also, ein vorläufiges Ergebnis zu den Umschlägen habe ich. Und zwar war es tatsächlich so, dass der ursprüngliche Adressat Hervier lautete. Handschriftlich. Unseren Recherchen zufolge lebten er und seine Frau Katharina seit 1990 in dem Haus in Vogelgesang. Erst zur Miete. Fast zeitgleich mit der Hochzeit haben sie das Haus von der Baugesellschaft, die auch als Vermieter fungierte, gekauft. Das war übrigens die Schindler Baugesellschaft, die hat eine Zeit lang hier in Speyer dominiert. Später lief es nicht mehr so gut. Das bedeutet, dass der Absender nichts von Austs, also Herviers, Hochzeit wusste.«

»Stopp«, unterbrach Hamacher, »es heißt nur, dass der Absender nichts von der Namensänderung wusste. Und was ist mit der Karte an Ferdinand Weber? Hat jemand herausgefunden, was der Papst mit dem Ganzen zu tun hat?«

Brinkmann schaute ihn böse an. »Richtig.« Sie holte tief Luft, bevor sie weitersprach. »Tatsächlich scheint es, dass der Absender der zweiten Karte, die an deinen Freund Weber ...«

Ein Räuspern Maulbeers ließ sie kurz verstummen.

Psychologische Kriegsführung, dachte Hamacher. Denkt daran, ich sehe es nicht gern, dass man mit Weber befreundet ist.

Maulbeer nickte Lena Brinkmann zu, damit sie fortfuhr.

»Ja, also, tatsächlich scheint es so, dass beide Karten von derselben Person geschrieben wurden. Einer älteren Person. Ob männlich oder weiblich, konnte unser Mann nicht feststellen, weil es halt gemalte Druckbuchstaben sind. Wir müssten einen Experten beauftragen, es gibt doch diesen Grafologen, der hier in Speyer wohnt, wenn ich mich richtig erinnere.«

»Ich sehe keinerlei Zusammenhang zwischen den Postkarten und dem Unfall von Aust«, sagte Maulbeer. »Das ist Zufall. Aber mir erscheinen diese Karten wirklich seltsam. Mir ist ein Gedanke gekommen, der sich irgendwie nicht mehr vertreiben lässt.« Er schaute einen nach dem anderen nachdrücklich an. »Ferdinand Weber hatte doch mit diesem Serienmörder vor Weihnachten viel Aufmerksamkeit bekommen.« Wieder eine Pause. »An so etwas kann man sich gewöhnen. Vor allem, wenn man alt und allein ist.«

Hamacher räusperte sich.

»Wollen Sie etwas sagen?«, fragte Maulbeer.

Hamacher verneinte. Er hoffte inständig, dass sein Vorgesetzter nicht das andeuten wollte, was er vermutete.

Maulbeer fuhr mit einem süffisanten Tonfall in der Stimme

fort. »Vielleicht hat Herr Ex-Kriminaloberrat Weber die Karten selbst geschrieben, um sich wichtigzumachen. Die Schrift einer älteren Person. Ob männlich oder weiblich, ist nicht ohne Weiteres zu unterscheiden. Ich will ja niemandem vorschreiben, wie er seine Arbeit zu machen hat, nicht wahr, aber wir sollten doch alle Möglichkeiten in Betracht ziehen.«

Alles in Hamacher schrie Nein. Das war Rufschädigung der übelsten Sorte, die Weber nicht gerecht wurde. Er sollte aufspringen, sich für ihn einsetzen. Erklären, dass man das unmöglich annehmen konnte.

Maulbeer behielt ihn im Auge. Hamacher blieb stumm.

»Haben Sie schon mal überlegt, dass dem alten Mann langweilig ist und ihn das Erlebnis mit dem Serienkiller auf den Geschmack gebracht hat? Dann kommt ihm die Idee, harmlose Postkarten zu schreiben und ein bisschen geheimnisvoll zu tun. Das gibt ihm einen Grund, immer wieder hierherzukommen, zu den alten Kollegen, um mit ihnen zu reden.« Maulbeer nickte selbstgefällig und blickte um Zustimmung heischend in die Runde. Niemand sagte etwas.

Das ist zumindest ein gutes Zeichen, dachte Hamacher.

Maulbeer ließ sich davon nicht irritieren. »Nichts von dem, was hier besprochen und ermittelt wird, dringt nach draußen. Das ist sowieso klar, nicht wahr? Egal, wie sehr man mit Weber befreundet ist und was er in der Vergangenheit getan hat. Über die Tatsache, dass ihn das Opfer aufsuchen wollte, mache ich mir jetzt noch keine Gedanken. Aber jemand sollte Weber mal vorschlagen, Kakteen oder Orchideen zu züchten, statt sich in unsere Fälle einzumischen.«

»Warum der Papst? Haben Sie dafür auch eine Erklärung?«, fragte Lena Brinkmann.

»Zufall. Manche Menschen heben ja alles auf. Vielleicht erschien es ihm als eine gute Idee. Als Erinnerung an seine Stellung damals. Er leitete doch die Sicherheitsvorkehrungen, nicht wahr? Und er hat unbestreitbar einen guten Job gemacht. Vor dreißig Jahren.«

Es blieb eine ungewöhnlich lange Zeit sehr still im Raum. Niemand wagte, etwas zu sagen. Hamacher sah den Gesichtern seiner Kollegen an, dass sie Maulbeers These ebenfalls für kompletten Unsinn hielten.

Wieder durchbrach Lena Brinkmann die Stille. »Übrigens lebte Aust in Scheidung, die Ehe war kinderlos. Inwieweit das der Grund für die Trennung war, kann ich nicht sagen. Aber Frau Aust hat einen anderen, lebt im Moment in Heidelberg. Sie kommt um elf Uhr vorbei. Sie hat den Tod ihres Mannes relativ gefasst aufgenommen.«

»Wurde ihr Alibi schon überprüft?«, fragte Maulbeer.

»Wasserdicht. Hat einen Vortrag in einem Frauenbüro gehalten. Als der Unfall passierte, lauschten fünfunddreißig Hausfrauen ihren Ausführungen, wie ein Ehrenamt eine Ehe bereichern kann.«

»Okay.« Hamacher hatte sich gefangen. Er zog das Wort in die Länge. Man hätte meinen können, es bezog sich auf die letzten Worte der Kollegin, doch es war sein Fazit der gesamten Besprechung. Er musste hier raus, in Ruhe nachdenken.

Sein Chef war jedoch in seinem Element. »Das hat bei ihr aber nicht funktioniert, nicht wahr? Bin ja kein Experte für Ehefragen, aber die These scheint mir sehr weit hergeholt, nicht wahr? Sonst wäre ihre Ehe mit Aust noch intakt, nicht wahr? Was fährt sie denn für ein Auto? Ist das überprüft worden?«

»Ein gelbes Cabrio. Die Kollegen sind dabei, es auf Spuren zu untersuchen.«

Unfreiwillig wuchs Hamachers Respekt vor Lena Brinkmann. Auf jede Frage eine Antwort. Souverän. Locker. Wenn sie nur diese Gleichberechtigungsdebatte nicht wieder und wieder von Neuem beginnen würde.

»Sonst gibt es keine Zeugen?«, fragte er.

»Die Ecke ist nicht sehr belebt. Wenn nicht gerade jemand mit dem Hund Gassi geht, ist es dort um diese Zeit menschenleer. Wer guckt schon im Dunkeln aus dem Fenster. Aber auch da sind wir dran.« Lena Brinkmann grinste dümmlich. »Ich weiß nicht, was mir lieber ist: keine Zeugen oder aber zehn, die unterschiedliche Aussagen machen. Warum weichen Zeugenaussagen oft so drastisch voneinander ab? Der eine sieht einen blonden Hünen und der andere einen rothaarigen Zwerg. Was stimmt mit den Leuten nicht?«

Maulbeers Einsatz. »Gute Frage, nicht wahr? Das Thema wurde mehrfach von Fachleuten untersucht. Es hängt mit der eigenen Wahrnehmung zusammen. Und mit den eigenen Gedanken beziehungsweise mit dem, was man gerade tut. Wenn du von einem gelben Cabrio träumst, das du dir bei einem Autohändler ausgesucht hast, dann wird dieses Auto in deiner Wahrnehmung real, wenn es in dem Moment neben dir zu einem Unfall kommt.«

Die Kollegen schauten ihn irritiert an.

»So oder so ähnlich«, sagte Maulbeer abwinkend.

Gefährliches Halbwissen, dachte Hamacher und grinste hinter vorgehaltener Hand. Dann wechselte er das Thema. »Der Aust war in der Kaserne im Quartier Normand stationiert?«

»Ja, bis Anfang 1987«, antwortete Brinkmann. »Er hat hier seine große Liebe gefunden, besagte Ex-Frau, die gleich kommt, und ist geblieben.«

»Ja, ja, die große Liebe«, sagte Hamacher versonnen. »Nichts ist von Dauer. Aber um noch einmal auf die Anzeige …«, er hielt inne, korrigierte sich, »Beschwerde zurückzukommen. Aust hat doch behauptet, dass ihn jemand vor ein Auto gestoßen habe. Nach der Kundgebung an der Reithalle. Und jetzt ist er tatsächlich Opfer eines Autounfalls geworden.« Er wusste, dass er gegen seinen Chef agierte, spürte dessen Blick auf sich. Er vermied es, ihn anzusehen. »Wir sollten alles im Auge behalten. Nichts wäre doch schlimmer, als wenn die Presse herausbekommen würde, dass wir nicht allen Spuren nachgegangen sind. Wir sollten auch eingehend überprüfen, was am 4. Mai 1987 Ungewöhnliches passiert ist. Dass diese Karten zufällig ausgesucht wurden, können wir annehmen, wenn wir alle anderen Gründe ausgeschlossen haben. Aber wie gesagt, das ist ein gefundenes Fressen für die Journalisten. Wenn die das ausgraben, stehen wir wie dumme Jungs da.«

Maulbeers Kiefer mahlte. »Das ist ein Gedanke, der mir natürlich auch schon gekommen ist. Das wird überprüft, nicht wahr?«

Kommt zum Ende, dachte Hamacher. Er betrachtete die müden und gleichgültigen Gesichter der Kollegen. »Vielleicht hängt ja alles mit der Bürgerinitiative für die Reithalle, Pardon, Sporthalle zusammen«, warf er in den Raum.

»Warum?« Nur Lena Brinkmann ging auf seine Überlegung ein.

Hamacher zuckte die Schultern. »Gute Frage. Sollte der Beinah-Unfall wirklich ein Zufall gewesen sein? Warum während der Demo? Frau Schindler zu befragen, halte ich für wichtig. Und wir sollten alle fragen, wo sie am 4. Mai 1987 gewesen sind. Den Gedanken, dass Weber die Postkarten geschrieben hat, nehmen wir natürlich auch auf und überprüfen das«, sagte er, um seine Chancen auf eine Beförderung nicht völlig zu verderben.

Zum ersten Mal meldete sich Karoline Sommer zu Wort. »Ich gehe der Spur mit dem Investor nach und besuche Frau Schindler. Die müssen doch auch Informationen über die Gründe für den finanziellen Rückzug in Bezug auf die Halle haben.«

Maulbeer rang sich ein Lächeln ab. »Guter Vorschlag. Nehmen Sie Hamacher mit. Und seien Sie bitte vorsichtig. Vor allem höflich. Die Schindler Baugesellschaft ist ein angesehenes Familienunternehmen. Aber die werden ihrer Pflicht, die Polizei zu unterstützen, gern nachkommen. So weit kenne ich die.«

Oha, dachte Hamacher, daher weht der Wind.

Endlich kam Maulbeer zum Ende. »Damit wäre alles klar, Hamacher und Sommer befragen die Familie Schindler, nicht wahr? Ihr informiert mich sofort, was da herausgekommen ist. Also los, die Arbeit wartet, nicht wahr?«

»Wir treffen uns am Auto«, sagte Hamacher zu Karoline Sommer, »ich muss noch eben für kleine Jungs.«

Er brauchte einen Moment für sich allein. Kaltes Wasser im Gesicht und ein kurzes Gespräch ohne Zeugen mit Weber. Im Waschraum prüfte er, ob er allein war, und schloss sich ein. Er drückte die Kurzwahltaste für Webers Nummer.

»Ferdinand, ich habe nur wenig Zeit. Ich weiß, du bist sauer wegen meines Verhaltens. Aber ich habe meine Gründe. Nur, hier gibt es eine Entwicklung, die seltsam ist und die ich nicht gutheißen, dir aber auch nicht bis ins Detail erklären kann.«

»Es liegt am Maulbeer, nicht wahr?« Weber lachte und hoffte, Hamacher würde seinen Witz verstehen. Vergeblich. Beim nächsten Satz unterließ er die Floskel. »Bist du darum so zugeknöpft?«

»Maulbeer will nicht, dass wir mit dir kommunizieren. Kennt ihr euch von früher? Bist du ihm mal auf die Füße getreten?«

»Nicht mehr als andere auch. Du kennst mich doch, Christian.«

»Auf jeden Fall bemerkte er gerade, dass vielleicht *du* hinter den Postkarten stecken könntest.«

»Was für ein Unsinn!«, rief Weber. »Das glaubst du doch nicht, oder?«

»Nein, natürlich nicht. Aber durch die Blume hat Maulbeer mir gesagt, dass ich nicht weiter mit dir reden darf, da es meiner Karriere schaden könnte. Ich stehe unter Beobachtung, hat er angedeutet.«

Es blieb still in der Leitung.

»Ferdinand, es tut mir leid, aber ich hab …«

»Keine Wahl, wolltest du sagen? Die hat man immer, das kann ich dir mit meiner Erfahrung sagen. Aber ich verstehe. Ich wünsche dir viel Erfolg.«

»Jetzt sei doch nicht eingeschnappt. Es ist doch …«

»Alles gut. Ich nehme an, als Zeuge brauchst du mich auch nicht mehr.«

Damit war das Gespräch beendet.

10

»Willst du fahren?« Hamacher nahm Rücksicht auf die Gleichberechtigungsbemühungen der Polizistinnen. Sie hatten es nicht leicht zwischen ihren männlichen Arbeitskollegen. Mit Karoline Sommer fuhr er gern, sie war eine sichere und besonnene Fahrerin. Ihm schwirrten noch immer Webers Worte durch den Kopf. Er hätte sich nicht auf den Straßenverkehr konzentrieren können. Es musste ihm doch auch ohne Weber gelingen, eine Ermittlung voranzutreiben und Ergebnisse zu erzielen.

»Ins Bürogebäude oder ins Privathaus?«

»Versuchen wir es erst zu Hause. Es ist Mittagszeit. Die Schindlers wohnen in der Nähe vom Feuerbachhaus.«

»Ich weiß. Also los.« Karoline Sommer startete den Passat. »Danke, Christian, dass ich fahren darf.« Sie lächelte ihn an, verlor ansonsten aber kein weiteres Wort darüber.

Hamacher lächelte kurz zurück, konzentrierte sich dann auf das anstehende Gespräch mit Ingeborg Schindler.

Vorsichtig fuhr Sommer los, wie immer waren viele Menschen auf der Maximilianstraße unterwegs. Auf dem Domplatz bog sie rechts ab und schüttelte den Kopf über einen Fahrradfahrer, der die Betonpoller, die die Fahrbahn markierten, für einen Slalom missbrauchte. Hamacher bekam davon nichts mit. Erst als sie den Passat zwei Häuser entfernt von Schindlers Villa parkte, schreckte er hoch.

Sie stiegen aus, und Hamacher klingelte. Er atmete erleichtert aus, als ihn die Haushälterin bat, zu warten.

»Sie sind wirklich da, gut gemacht«, flüsterte Sommer.

Was war daran gut gemacht? Es war pures Glück.

»Guten Tag. Was will denn die Polizei von uns? Hat es mit dem Einbruch zu tun? Haben Sie endlich die Täter?« Ingeborg Schindler sah in der Realität ebenso elegant aus wie in den Medien. Sie trug einen schmalen, langen Rock und eine helle Bluse. Alles an ihr wirkte perfekt. Ihr Make-up ließ sie jünger aussehen, als sie tatsächlich war.

Hamacher bemerkte, wie seine Kollegin an ihrer Uniform zupfte, als wollte sie ihr Erscheinungsbild verbessern. »Welcher Einbruch?«, fragte er. »Hier bei Ihnen im Haus?«

»Nein, nein. Im Büro. Gestern in den frühen Morgenstunden. Im gesamten Bürokomplex, es sind ja mehrere Firmen, ist eingebrochen worden. Man würde sich bei uns melden, wenn es Neuigkeiten gibt, hieß es. Man hat unsere Fingerabdrücke genommen, um Vergleichsmaterial zu haben. Sehr aufregend.«

»Frau Schindler, vielen Dank, dass Sie sich Zeit für uns nehmen. Wir kommen nicht wegen des Einbruchs. Wir haben Fragen zu der Demonstration am letzten Samstag.«

»Gern. Gab es doch Ärger? Soweit ich weiß, ist alles friedlich verlaufen. Ich habe es als Erfolg verbucht, es sind neue Interessenten meiner Initiative zur Rettung der Sporthalle beigetreten.«

»Wie schön. Das freut mich natürlich sehr. Die Sporthalle muss bleiben, aber das ist nur meine persönliche Meinung.«

»Wunderbare Einstellung. Und Sie?« Ingeborg Schindler wandte sich an Karoline Sommer. »Vertreten Sie die gleiche Meinung?«

»Meine Meinung ist nicht relevant.«

Hamacher schluckte. Karoline Sommer hatte wirklich kein Talent, sich beliebt zu machen.

»Weshalb sind Sie hier?« Ingeborg Schindlers Tonfall wurde eine Spur geschäftiger, eine Nuance kühler.

»Gut, wir machen es kurz«, sagte Hamacher. »Wir wollen Sie nicht lange aufhalten, sind aber auf ein paar Informationen angewiesen. Vielleicht haben Sie etwas beobachten können. Nach der Demonstration hat es einen Zwischenfall mit einem Auto gegeben. Jemand ist gestolpert und beinahe unter ein herannahendes Auto geraten.«

»Tatsächlich? Aber es ist ihm doch nichts passiert?«

»Nein, da nicht.«

»Seltsame Formulierung. Bedeutet was?«

Er war ungeschickt. Der Satz war ihm nur herausgerutscht.

»Haben Sie den Zwischenfall vielleicht bemerkt? Standen

Sie in der Nähe? Oder ist Ihnen das Auto aufgefallen? Ein roter Kleinwagen?«

»Das Auto ja, aber dass fast ein Unfall passiert ist, nicht. Ich könnte allerdings meine Bodyguards fragen.«

»Sie haben Bodyguards?«, fragten Hamacher und Sommer wie aus einem Mund.

»Mein Projekt hat nicht nur Befürworter, wie Sie sich denken können. Da ich nicht wusste, wie die Demonstration verlaufen würde, habe ich zwei Personenschützer beauftragt. Das ist keine große Sache. Das machen viele. Die Polizei hat sich geweigert.«

»Sind Sie denn gefährdet gewesen? Haben Sie Drohbriefe erhalten? Sind Sie beschimpft oder angegriffen worden?«

»Das nicht, aber in Zeiten wie diesen muss man ja mit allem rechnen.«

Hamacher hielt sich zurück. Was bildete sich diese Kuh eigentlich ein? Dass der gesamte Polizeiapparat zur ihrer persönlichen Verfügung stand?

»Sie sagen, das Auto ist Ihnen aufgefallen? Warum?«

»Ich sah, wie die Fahrerin, eine alte Dame, scharf bremste. Aber es ist ja wie gesagt nichts passiert. Die Demonstration löste sich gerade auf. Es war ein Pulk, ich war in einer kleinen Gruppe eingekeilt. Nichts Dramatisches. Kai und Uwe waren in der Nähe und haben mich abgeschottet. Mein Blick ging in dem Moment zur Straße, als die Fahrerin bremste.«

»Können Sie die Frau beschreiben?«

»Nein. Ältere Frau mit Hut. Ich wüsste noch nicht einmal, ob sie an der Demonstration teilgenommen hat.«

»Haben Sie sich zufällig das Kennzeichen gemerkt?«

Ingeborg Schindler schüttelte den Kopf. »Ich denke auch nicht, dass meine Leute was gesehen haben. Ich werde sie bitten, sich bei Ihnen zu melden. In jedem Fall. Aber machen Sie sich nicht allzu viele Hoffnungen.«

»Falls Ihnen noch etwas einfällt, melden Sie sich bei uns.« Hamacher reichte ihr eine Visitenkarte. »Noch eine Frage.«

»Ja?«

»Sie sagten, Sie haben keine Drohbriefe bezüglich der Bürgerinitiative bekommen, aber vielleicht andere seltsame Post? Zum Beispiel eine Postkarte?«

Ingeborg Schindler sah Hamacher prüfend an. »Was bezwecken Sie mit dieser Frage? Nein, nicht dass ich wüsste.«

»Gut, das war's. Vielen Dank, wir finden allein raus. Ach, noch etwas.«

»Ja?«

»Wissen Sie, wo Sie am 4. Mai 1987 waren?«

Ein kurzes Zucken. »Seien Sie mir nicht böse, aber ich empfinde Ihre Fragen als sehr seltsam und nicht relevant. Das ist lange her, ich habe keine Ahnung. Hier, nehmen Sie einen Flyer mit. Wir treffen uns jeden Mittwoch im ›Philipp Eins‹ und sprechen über die Fortschritte, die unsere Vereinigung macht. Und natürlich begleite ich Sie zur Tür.«

»An dem Tag war der Papst in Speyer. Manchmal erinnert man sich an solch ein Großereignis …«, erklärte Hamacher.

»Sicher nicht. Auf Wiedersehen.«

»Bis vor unserem Besuch war sie mir sympathisch. Was für eine …« Karoline Sommer hielt sich erschrocken die Hand vor den Mund. »Sorry, aber die geht ja gar nicht.«

Auch wenn ihr Hamacher gedanklich zustimmte, blieb er stumm. Er fand Ingeborg Schindlers Reaktion auf den Papstbesuch interessant. Sie hatte gezuckt, für einen Moment hatte er eine Emotion in ihrem Gesicht bemerkt, die er mit Furcht beschreiben könnte. Aber dem würde er allein nachgehen.

Er dachte an seine Karriere und daran, dass er schon mal beginnen sollte, ein Vorbild für die Kollegen zu sein. Weber hatte sich auch nie dazu hinreißen lassen, sich negativ über Zeugen zu äußern. Selbst über Maulbeer fand er keine negativen Sätze. Ein Gedanke, der Hamacher nervte. Weber, immer wieder Weber. Er war sein Vorbild, aber er durfte sich nicht blind auf ihn verlassen, musste ihn aus seinem Kopf verbannen. Er würde es auch allein schaffen.

11

Julius Schindlers neue Auftraggeberin war eine interessante Person. Eine Frau, die genau wusste, was sie wollte. Natürlich bedrückte ihn, dass sie nicht mehr allein leben konnte, keine Angehörigen hatte und ihre Wohnung aufgeben musste. Aber sie hatte ihm auch unmissverständlich mitgeteilt, dass sie kein Mitleid wollte. »Sonst suche ich mir jemand anderen«, hatte sie scherzhaft gesagt.

Die Wohnungen alter Damen auszumisten war für Julius Schindler der aufregendste Teil seines Berufes. Es gab ihm ein Gefühl von Abenteuer, sich durch Liebesbriefe zu wühlen, die sorgfältig eingepackt und mit einer roten Schleife versehen jahrzehntelang zwischen Bettwäsche gelagert hatten. Oder Schuhkartons mit alten Postkarten und noch mehr alte Fotos zu sichten. In Büchern, Zeitschriften und Zeitungen zu blättern. Kostbarkeiten wie alte Schellackplatten zu entdecken. Oft fand er Dutzende von gestickten Wandbildern, Geschirrtüchern oder Taschentüchern in Geschenkpackungen mit Monogramm-Stickerei, die seit Jahren in der hinteren Ecke des Kleiderschranks lagen. Dazu die alten Kleider, Röcke und Petticoats in bunten Farben, die meist gar nicht zu den Menschen passen wollten, die in diesen Wohnungen lebten.

Julius liebte das Eintauchen in fremde Existenzen, in fremde Leben. Ein wenig Voyeurismus, für den er sich manchmal schämte. Andererseits sah er sich als eine Art Bewahrer.

Mechthild Krause und Julius Schindler hatten sich für einen Besichtigungstermin in einem Café verabredet.

»Ich möchte Sie erst einmal kennenlernen. Will schließlich wissen, wer in meiner Unterwäsche wühlt«, hatte Mechthild Krause gesagt, begleitet von einem lauten Lachen, von dem er nicht wusste, wie es gemeint war. Auf jeden Fall war er sehr neugierig auf die Frau und ihre Hinterlassenschaften.

Sie sah genau so aus, wie er sie sich der Stimme nach vorgestellt hatte. Hart. Herzlich. Ein wenig verlebt. Energisch. Wie eine Frau, die wusste, was sie wollte.

»Schön, dass Sie pünktlich sind«, begrüßte Mechthild Krause ihn.

Er reichte ihr die Hand zur Begrüßung. »Schön, Sie kennenzulernen«, erwiderte er.

Die nächsten Sekunden waren ein stummes Beschnuppern.

»Prüfung bestanden?«, fragte Julius Schindler, als ihm die Stille unangenehm wurde.

»Nehmen Sie es mir nicht übel. Ich zeig nicht jedem meine persönlichen Dinge. In der Regel kann ich mich auf meine Menschenkenntnis verlassen. Sie scheinen in Ordnung zu sein. Wenn Sie wollen, können wir jetzt in meine Wohnung gehen und ersparen uns hier den schlechten Kaffee nebst noch schlechterer Bedienung. Es ist nicht weit.«

Irritiert nickte er. »Sind Sie immer so direkt?«

»In meinem Alter und meiner Situation hat man nicht mehr die Zeit für höfliches Geplänkel. Um ehrlich zu sein, auch keine Lust mehr. Wofür? Ich habe die Erfahrung gemacht, dass es für alle Beteiligten einfacher ist, wenn man direkt zum Punkt kommt. In jungen Jahren traut man sich das oft nicht. Die Fehler habe ich früher auch gemacht.«

Sie stand auf. Für einen Moment schloss sie die Augen und holte tief Luft.

»Ist Ihnen nicht gut? Haben Sie Schmerzen? Möchten Sie sich an meinem Arm einhaken?«, fragte Julius Schindler.

Kaum hatte er den Satz beendet, ging ein Ruck durch den Körper der alten Frau. Sie öffnete ihre Augen, in denen es gefährlich blitzte. »Junger Mann, ich bin alt, aber nicht zerbrechlich. Und wenn Sie den Job wollen, sollten Sie das akzeptieren.«

Zwischen Empörung und Heiterkeit hin- und hergerissen, wusste Julius Schindler einen Moment nicht, wie er reagieren sollte.

Mit schwierigen Menschen kam er zurecht, seine Mutter war ein gutes Übungsobjekt gewesen. Doch während sie selten direkt und lieber im Verborgenen agierte, fand er die offene und direkte Art von Mechthild Krause sehr erfrischend.

Er lachte. »Ich freue mich auf die Zusammenarbeit.«

Es war wirklich kein langer Weg bis zu ihrer Wohnung. Sie gingen langsam, immer wieder blieb Mechthild Krause stehen, um ihn auf etwas aufmerksam zu machen. »Sehen Sie hier? Da kaufe ich immer ein. Täglich. Dann habe ich nicht so viel zu tragen.«

Er hütete sich, ihr erneut Hilfe anzubieten.

Als sie endlich an ihrer Haustür in der Holzstraße ankamen, bedankte sich Mechthild Krause bei ihm. »Ich habe mich nicht in Ihnen getäuscht, Sie hören zu und haben das Herz auf dem rechten Fleck. Kommen Sie herein.«

Er folgte ihrer einladenden Handbewegung und fühlte sich augenblicklich in eine andere Zeit versetzt. An den Wänden hingen Tuschezeichnungen in dunklen Holzrahmen. Auf den ersten Blick erkannte er Vögel, alle mit lateinischen Namen versehen. Eine Lampe, die in den 1950er Jahren modern gewesen war, hing von der Decke herunter und tauchte den Flur in schummriges Licht.

»Gehen Sie ruhig weiter, immer geradeaus, dann sind wir in der guten Stube.«

Wie lange hatte er das nicht mehr gehört. Gute Stube! Und so sah sie auch aus. Er war sich sicher, dass Mechthild Krause selten Zeit in diesem Raum verbrachte. Sicherlich saß sie meist in der kleinen Küche auf einem Stuhl, um von dort aus das Treiben auf der Straße zu beobachten – vielleicht um der Einsamkeit zu entgehen.

Ruhig, bremste er sich, deine Phantasie geht mit dir durch. Mit geschultem Blick registrierte er die heruntergekommene Schrankwand, nahm die abgeschabten Ecken wahr, den vielen Schnickschnack in den Regalen und auf den Schränken.

Aufmerksam betrachtete Mechthild Krause ihn.

»Ich bin ein sehr organisierter Mensch. Sie finden keine Unordnung, wertvolle Möbel oder Schmuck allerdings auch nicht. Ein paar Liebhaberstücke schon. Ich habe keine Familie, keine Verwandten, die sich etwas aussuchen möchten. Für niemanden hat mein Besitz einen besonderen Wert.«

»Sie ziehen in ein Seniorenheim, oder? Dorthin kann man ja nicht alles mitnehmen. Aber es ist bequemer, und in einem Haus mit Betreuung ist man nicht so einsam.«

Nachsichtig lächelte sie ihn an. »Es ist nicht ganz so, nur die halbe Wahrheit.« Sie machte eine Pause und holte tief Luft. Was verheimlichte sie ihm?

Mechthild Krause wechselte das Thema. »Was hat Sie eigentlich dazu bewogen, Wohnungen und Haushalte aufzulösen? Das ist für einen Menschen in Ihrem Alter eine ungewöhnliche Beschäftigung. Sind Ihre Eltern denn damit einverstanden? Ich hätte angenommen, sie würden Sie lieber im Familienunternehmen sehen.«

Julius Schindlers Gesicht verdüsterte sich. »Ist das wichtig?«

»Nein, natürlich nicht. Entschuldigen Sie bitte, wenn ich indiskret war. Es geht mich nichts an. Möchten Sie vielleicht jetzt den versprochenen Kaffee?«, fragte sie und sah ihn nachdenklich an. »Seien Sie einer alten, einsamen Frau nicht böse. Aber ich lese Zeitung und habe den wirklich guten Artikel über Ihre Firma gelesen. Deshalb habe ich Sie angerufen. Es ist für mich beruhigend, zu sehen, dass junge Menschen auch andere Wege gehen als die, die ihnen vorgegeben sind. Die Journalistin schrieb, dass Sie eine Liebe zu alten Dingen haben, gern in früheren Jahren gelebt hätten. Das macht neugierig. Haben Sie das von Ihrer Mutter? Sie setzt sich zurzeit ja auch vehement für alte Dinge ein. Die Reithalle im Quartier Normand …«

Julius Schindler seufzte. »Meine Mutter weiß immer ganz genau, was sie will. Nein, meine Familie ist nicht damit einverstanden, dass ich mich nach dem Abitur für eine Selbstständigkeit in einem Bereich entschieden habe, den sie nicht nachvollziehen kann, akzeptiert es aber.«

Sie sah ihn skeptisch an.

»Meine Mutter ist sehr kämpferisch, und irgendetwas habe ich wohl von ihr übernommen. Das Ergebnis ihrer Erziehung. Mutter erreicht in der Regel immer, was sie will, von daher bin ich sicher, dass die Halle bestehen bleibt.«

»Sie gefallen mir, Herr Schindler. Sie sind mit Herzblut dabei, und das ist sehr selten heutzutage. Die meisten jungen Leute hätten längst mehrfach auf ihr Telefon geschaut. Sie sind der Richtige. Was ist jetzt mit Kaffee? Oder lieber Tee?«

»Gern Tee, Frau Krause.« Er folgte ihr in die Küche.

»Ich bin altmodisch, es gibt keine Teebeutel und keine Pötte, sondern losen Tee, ein Tee-Ei und feines chinesisches Porzellan.«

»Das klingt wunderbar.«

Inzwischen hatte er sich an die abgestandene Luft in der Wohnung gewöhnt. Neben Staub roch er den Duft von Möbelpolitur. Ansonsten war alles so, wie er es in der Wohnung einer alten Dame erwartet hatte. Penibel sauber, selbst die Fenster waren streifenfrei. Überall stand Nippes herum, kleine Porzellanfigürchen, Trockenblumengebinde. Er war auf die anderen Zimmer gespannt.

»Darf ich mich setzen?«, fragte Julius Schindler höflich.

Mechthild Krause nickte, während sie mit den Teeutensilien hantierte, und stellte eine prachtvoll verzierte Tasse vor ihn. Keine echte Antiquität, solides Porzellan, nichts Wertvolles. So wie alles, was er bis jetzt gesehen hatte.

Die alte Dame amüsierte ihn. Sie benahm sich seltsam. Ihr Auftrag war eine willkommene Abwechslung zu den anderen, die er seit der Gründung seiner Entrümpelungsfirma abgewickelt hatte.

Normalerweise beauftragten ihn die Hinterbliebenen eines Verstorbenen, er hatte auch schon Zwangsräumungen abgewickelt. Die bereiteten nicht immer Vergnügen, aber selbst das hatte ihn nicht abgeschreckt. Seine Neugier auf das Neue, das Fremde überwog manch ekelhafte Entdeckung.

Als hätte Mechthild Krause seine Gedanken erraten, fragte sie, was seine härteste Aufgabe gewesen sei. »Ich stelle mir vor, dass die Wohnung eines Messies erschreckend sein kann. Es lief vor Kurzem eine Reportage darüber im Fernsehen. Ich habe mich unwillkürlich gefragt, was das für Menschen sind.«

»Wen meinen Sie? Die Messies oder die Entrümpeler?«, entgegnete Julius Schindler.

Mechthild Krause setzte sich ihm gegenüber. »Ich bin auch eine Sammlerin«, sagte sie lächelnd, »und ich hoffe, Sie denken nicht, dass ich ein Messie bin. Ich war zu lange allein, habe immer viel gelesen. Zeitungen aufgehoben, das alte Speyer einzufangen versucht. Sie werden viel Nützliches für Ihr kleines Antiquariat finden. Mir bleiben nur noch drei Tage, dann muss ich ins Hospiz ziehen. Übernehmen Sie den Auftrag?«

Der Tee schmeckte vollmundig, im ersten Moment erreichten Julius Schindler ihre Worte nicht. Es dauerte, bis er begriff.

»Hospiz?«, wiederholte er und fühlte sich unangenehm berührt. Was sagte man dazu? »Herzliches Beileid« fand er unangebracht.

»Jetzt bitte kein Bedauern. Es ist gut, wie es ist. Es ist unumstößlich, dass ich sterben werde. Selbst wenn man diesen Krebs früher entdeckt hätte, wäre das Ende unausweichlich gewesen. Bis jetzt konnte ich die Schmerzen aushalten, aber das wird sich ändern. Es werden Schmerzen auf mich zukommen, die nur mit sehr starken Mitteln unterdrückt werden können. Eine Betreuung ist vonnöten. Die Experten sind sich uneins – alles zwischen drei und sechs Wochen ist realistisch. Alles ist geregelt, nur die Übertragung der Haushaltsauflösung liegt mir noch auf der Seele. Ich möchte nicht, dass unsensible Menschen mit schmutziger Phantasie meine Sachen durchwühlen. Sie hingegen sind kultiviert, wissen, dass die Dinge eine Seele haben, und gehen mit ihnen besonnen um.«

Julius Schindler blieb sprachlos. Zu viele Gedanken stürmten auf ihn ein. Unter anderem die Frage, ob die alte Dame senil und ihre Verrücktheit schon stärker fortgeschritten war, als er anfangs angenommen hatte.

Wieder schien es, als könne sie seine Gedanken lesen.

»Ich bin nicht verrückt. Ich bin nur allein. Und manchmal etwas eigen, aber das sollten Sie ja kennen.«

»Wenn ich die komplette Wohnung gesehen habe, kann ich Ihnen einen Preis nennen. Ist das für Sie in Ordnung?«

»Abgemacht. Dann lassen Sie uns keine Zeit verlieren. Kommen Sie, ich zeigen Ihnen die anderen Zimmer.«

Im Badezimmer herrschte die Farbe Rosa vor. Rosa Kacheln,

beige Sanitäranlagen, wie es in den siebziger Jahren modern gewesen war. Rosa Plüsch auf dem Toilettendeckel, ebenso auf dem Boden davor. Der Plüschteppich reichte als Unterlage vor dem Waschbecken, vor der Toilette und der Badewanne. Beim Umdrehen musste Julius Schindler darauf achten, dass er sich nicht die Ellenbogen stieß.

Ihm gefiel, was er sah. Er stand auf Plüsch und Kitsch, mochte die modernen Farben und Formen nicht. Auch er wünschte sich, im Alter so lange wie möglich in seiner Wohnung, in seinen eigenen vier Wänden bleiben zu können und nicht in ein Altersheim abgeschoben zu werden.

»Hier kommt nun mein Schlafzimmer«, sagte Mechthild Krause und öffnete eine weitere Tür.

»Ach du Schande«, entfuhr es Julius Schindler, als er ins Zimmer trat. Schwere weiße Gardinen, die in kunstvoll drapierten Falten und Bögen herabhingen. Eine Übergardine aus rosa Pannesamt. Eine rosa gesteppte Tagesdecke. Ein Paradekissen in weißer Spitze thronte ordentlich auf deren Mitte.

Über dem Kopfteil Michelangelos Engel in einem riesigen goldenen Rahmen. Ein Kleiderschrank in Eiche rustikal, der die ganze Wand bis zur Decke ausfüllte. Julius Schindler fiel es schwer, zu atmen.

»Hier habe ich meine Geheimnisse versteckt«, sagte Mechthild Krause.

Der Satz machte ihm Angst.

»Dieses Zimmer ist mir heilig. Ich glaube, es hat noch kein Mann betreten.«

Wollte er das wissen? Ohne eine Antwort zu geben, schritt er auf den Schrank zu. »Darf ich?«, fragte er und öffnete nach Mechthild Krauses Zustimmung die erste Tür. Pullover und T-Shirts lagen ordentlich gestapelt und nach Farben sortiert auf den Regalböden. Der Duft von Mottenkugeln nahm ihm beinahe den Atem. Hinter der zweiten Tür verbargen sich Kleider. Auch hier wieder nach Farben geordnet, allerdings überwogen im Gegensatz zu den Pullovern dunklere Farben und dezentere Muster. Im nächsten Abteil lagerten Hosen und Röcke, Blazer und Strickjacken.

Im letzten Schrank erlebte Julius Schindler eine Überraschung. Auf den Regalböden stapelten sich Schuhkartons, auf denen kleine Zettel mit Jahreszahlen klebten. Selbstredend, dass die Kartons chronologisch geordnet waren. »Das ist Wahnsinn«, sagte er.

»Ich lebe schon eine Zeit und interessiere mich für meine Stadt. Ich habe alles aufgehoben, was mir in die Finger fiel. Ich bin sicher, Sie wissen damit etwas anzufangen. Für Ihr Museum vielleicht?« Als sie seinen Gesichtsausdruck sah, sagte sie: »Auch das stand in der Zeitung.«

Sicher, die Journalistin hatte einen sehr guten und langen Artikel über ihn und seine Ideen geschrieben. Nebenbei hatte er erwähnt, dass er sich vorstellen könne, ein kleines Museum aufzubauen. Nichts Historisches, sondern einen Ausstellungsraum mit Relikten der jüngeren Geschichte. Von dem Menschen nebenan. Er wusste, dass diese Wohnung eine einzigartige Chance bot. Beim Ausräumen der Wohnungen von Toten verlor er sich oft in den Hinterlassenschaften anderer Menschen, begab sich auf Spurensuche ihres Lebens. Hier konnte er noch nachfragen. Die Wohnung von Mechthild Krause barg Geheimnisse. Was hielt sie in ihren vielen Kästen und Kartons versteckt? Er spürte das bekannte Kribbeln, das ihn immer überfiel, wenn er im Begriff war, in das Leben einer Person einzudringen.

»Machen Sie sich keine Sorgen, Frau Krause. Ich erledige das alles für Sie, Sie müssen sich um nichts kümmern.«

Mechthild Krause sah zufrieden aus. Mehr als zufrieden. Geradezu glücklich. So, als würde eine Last von ihrer Schulter fallen.

»Sie sind ein guter Mensch, Herr Schindler, das habe ich direkt gespürt. Sie sind Ihrer Mutter sehr ähnlich.«

Er zuckte zusammen.

»Habe ich etwas Falsches gesagt? Ich wollte Ihnen nicht zu nahe treten. Auch wenn wir uns erst vor einer Stunde kennengelernt haben, fühlt es sich an, als wenn es schon länger wäre. Sie werden mir sehr nahe sein, wenn Sie meinen Nachlass durchgehen. In meinem Alter darf ich sagen, dass ich Sie mag.«

»Frau Krause, Ihr Vertrauen ehrt mich sehr. Danke, und ich weiß das zu schätzen. Vielleicht sollten Sie wissen, dass Frau Schindler nicht meine leibliche Mutter ist. Meine Eltern, also Schindlers, haben mich adoptiert, als ich noch ein Baby war. Ich kenne meine richtige Mutter nicht.«

Ingeborg Krause legte ihre Hand auf seinen Arm. Höher kam sie nicht, er überragte sie um einiges an Länge.

»Wissen Sie, manchmal sind die Dinge gut, wie sie sind. Sich in der Vergangenheit zu verlieren bringt niemanden weiter. Die Gefahr, nicht mehr zurück in die Realität zu finden, ist groß. Ich bin sicher, Schindlers haben alles getan, um Ihnen ein schönes Leben zu ermöglichen. Das sollte man immer im Auge behalten. Die Gene sind wichtig, aber auch die Prägung darf man nicht unterschätzen.«

Auf dem Weg zu seinem Auto dachte Julius Schindler über die seltsame Frau nach. So eine Auftraggeberin hatte er noch nie gehabt. Auch wenn er noch nicht sehr lange im Geschäft war, konnte er doch auf diverse merkwürdige Erlebnisse zurückblicken.

Mechthild Krause war eine beeindruckende Frau. Wie hatte sie es bloß angestellt, ihm zu entlocken, dass er adoptiert war? Er wusste, dass es für die Menschen in seiner Umgebung kein Geheimnis war, doch es war nie ein großes Thema gewesen. Er war dankbar, dass er es so gut getroffen hatte. Natürlich gab es immer wieder Momente, in denen er an seine leiblichen Eltern dachte. Was sie wohl für Menschen gewesen waren. Wie sie aussahen, was sie für Träume und Ängste hatten.

Doch das hielt nie lange an. Was nutzte es, sich mit Dingen auseinanderzusetzen, die man nicht ändern konnte. Er lebte im Hier und Jetzt. Als ihm seine Eltern sagten, dass sie ihn adoptiert hatten, teilten sie ihm auch mit, dass seine leibliche Mutter gestorben war. Er hatte keine Erinnerungen an sie, es gab keine Fotos.

Was die alte Dame über Ingeborg Schindler gesagt hatte, beschäftigte ihn. Seine Mutter war eine karriereorientierte Frau, die alles niederrang, was sich ihr in den Weg stellte, um ihre Wünsche zu realisieren. Sie als guten Menschen zu bezeichnen, bloß weil sie sich für den Erhalt der Sporthalle einsetzte, grenzte an Hohn. Doch das konnte er nicht öffentlich äußern, seine Mutter konnte ihm ganz schnell Steine in den Weg legen und sein Vorhaben, seine Existenz vernichten. Er war überzeugt, sie würde nicht zögern, wenn es ihren Plänen nutzte.

12

»Weißt du noch, was du am 4. Mai 1987 gemacht hast?« Karoline Sommer lächelte Hamacher an. »Ich war ein Kind, das gern zur Schule ging und sich auf das Gymnasium freute. Damals wohnten wir noch in Landau. Der Papstbesuch spielte bei meinen Eltern keine große Rolle. Und bei euch?«

Hamacher überlegte. »Das ist echt schwierig mit den Erinnerungen.« Bilder seines Vaters tauchten vor seinem inneren Auge auf. »Es ist fast dreißig Jahre her. Sagt man nicht, diese Spanne ist eine Generation? Ich hätte gedacht, der Papstbesuch sei länger her. Für die Speyerer war das ein ganz besonderer Tag, auch ich habe die spezielle Stimmung wahrgenommen. Mein Vater meldete sich freiwillig als Helfer. Er war total aus dem Häuschen, schon Tage vorher total nervös.« Er lächelte. »Vater nahm an, dass ich mich auch so freuen würde, den Papst zu sehen, und nahm mich morgens mit. Der Plan war, dass Mutter mich dann irgendwann wieder nach Hause bringen sollte. Du kannst dir nicht vorstellen, was hier zwischen Dom und Altpörtel los war. Alles war geschmückt, beflaggt. Und überall Menschen. Ich fand die Atmosphäre ganz furchtbar und hatte schreckliche Angst.« Hamacher grinste verlegen. »Dieses Gefühl kann ich noch heute abrufen. Denke ich daran, krampft sich mein Magen zusammen.«

Karoline Sommer lächelte und legte ihre Hand auf seinen Arm.

»Ich konnte nur noch daran denken, dass ich die Hand meines Vaters nicht loslassen durfte, habe mich festgekrallt. Aber irgendwann habe ich ihn doch verloren. Es war das erste Mal in meinem Leben, dass ich richtig Angst hatte. Ich sah nur Beine und Schuhe, versuchte, meinen Vater zu entdecken. Natürlich vergeblich. Und als ich mir nicht mehr zu helfen wusste, bin ich einfach stehen geblieben und habe angefangen zu heulen. Ein älterer Herr erbarmte sich dann meiner und brachte mich zu einem Ordner. Noch heute rieche ich sein Rasierwasser.

Der Duft stieg mir in die Nase, als er mich hochhob. Ich war so dankbar, dass ich wieder Gesichter und nicht nur Beine um mich herum sah. Seltsam, ich habe schon lange nicht mehr daran gedacht.«

»Wie alt warst du da?«

»Fünf. Ein einschneidendes Erlebnis.«

»Der Grund, warum du Polizist geworden bist?«

Hamacher lachte. »Nein. Das sicher nicht.«

Karoline Sommer seufzte. »Also, zurück zum Fall. Es gab tatsächlich ein unschönes Ereignis an jenem Tag. Eine junge Selbstmörderin. Hat sich vor den Zug geworfen. Maria Selbach, gerade mal zwanzig Jahre alt. Sie wohnte bei einer älteren Dame, Mechthild Krause. Sie hatten wohl so eine Art Wohngemeinschaft. Maria Selbach hinterließ einen Abschiedsbrief. Und ein Baby. Ist ihr wohl alles über den Kopf gewachsen. Heute hätte man sicherlich postpartale Depression, auch Babyblues genannt, diagnostiziert. Gibt es häufiger, als man annimmt.«

»Wer hat sie identifiziert?«

»Zahnbefund, war nicht mehr viel übrig von ihr.«

Hamacher schüttelte sich. »Wer hat den Fall damals bearbeitet? Ist irgendetwas daran ungewöhnlich gewesen?«

»Nein, nichts. Alles glasklar. Abschiedsbrief, ihre ganze Situation war unerfreulich. Der Vater des Kindes unauffindbar. Sie sah wohl keinen anderen Ausweg. Der damalige Kollege ist jetzt im Ruhestand, Adler heißt er.«

»Was ist mit dem Kind passiert?«

Karoline Sommer blätterte in der Akte. »Adoptiert. Aber warte mal, das ist interessant.« Triumphierend sah sie Hamacher an. »Vielleicht hat dein Freund Weber doch den besseren Riecher als der Maulbeer. Dem brauchen wir nicht damit zu kommen.«

»Raus damit. Wer hat das Kind adoptiert?«

»Eine gutbürgerliche, angesehene Familie. Walter und Ingeborg Schindler.«

Christian Hamacher ging zu Fuß nach Hause. Er brauchte eine Strategie, einen Plan. Und, das wurde ihm immer klarer, einen

Freund, der ihm zur Seite stand und ihn unterstützte. Seine Kollegin Karoline Sommer mochte er, aber sie war genauso gefangen in dem Konstrukt der Polizei wie alle anderen auch.

Natürlich gab es nur einen, der ihm wirklich helfen konnte. Indem er ihn zurate zog, handelte er gegen den ausdrücklichen Wunsch seines Vorgesetzten. Hatte er den Mut, das durchzustehen? Was, wenn es rauskam? Welche Möglichkeiten hatte Maulbeer? Hatte er die Macht, ihn zu suspendieren? Gedanklich hörte er es schon: »Auf ein Wort, Hamacher! Hatten Sie mich nicht verstanden?«

Hamacher lief ein Schauer über den Rücken. Er kickte einen Stein, der ihm im Weg lag, zur Seite. Okay, dachte er, ich rufe ihn an. Hoffentlich ist er nicht böse.

Er zückte sein Handy und wählte die Festnetznummer von Ferdinand Weber, kam jedoch nicht durch. Erst jetzt fiel ihm ein, dass Weber den Telefonanbieter wechseln wollte. Er lachte auf, als er an das Gespräch dachte. »Das ist überhaupt kein Problem. Maximal einen Vormittag bin ich ohne Telefon, das ist heute nicht mehr so«, hatte Weber optimistisch angekündigt.

Hamacher war gespannt, wie lange es tatsächlich dauern würde. Er wählte Webers Handynummer.

»Hallo, Ferdinand. Was ist mit deinem Telefon?«

»Heute findet die Umstellung statt. Bis Mittag, hat man mir gesagt.«

»Dann drück ich mal die Daumen. Ferdinand?«

»Ja?«

»Weshalb ich anrufe: Ich habe etwas erfahren, was aber unter uns bleiben muss. Dem muss nachgegangen werden, doch Maulbeer mauert, lässt es nicht zu. Es gab am 4. Mai 1987 eine Selbsttötung. Ein junges Mädchen. Der ermittelnde Beamte war Wolfgang Adler. Du kennst ihn. Das Mädchen hinterließ ein Baby. Und jetzt kommt es: Adoptiert haben es Walter und Ingeborg Schindler. Sieh zu, dass du was Anständiges damit anfängst.«

»Was ist mit deiner Karriere? Hast du es dir anders überlegt?«

Hamacher biss auf seine Unterlippe. »Aber deshalb muss doch trotzdem allem nachgegangen werden. Mauscheln und

Mauern dürfen nicht passieren. Wie sagst du immer? Hör auf dein Bauchgefühl. Das ist genauso wichtig wie analytisches Überprüfen der Fakten.«

»Danke, Christian. Schön, dass du nicht alles über Bord wirfst, was ich dir beigebracht habe.«

»Ferdinand? Noch eins.«

»Was?«

»Pass auf dich auf.«

13

Das Gespräch mit Hamacher löste unterschiedliche Gefühle in Weber aus. Der Junge stand unter Druck. Seine Ambitionen, befördert zu werden, konnte er gut nachvollziehen. Hamacher lebte noch immer bei seiner Mutter. Es täte ihm gut, auf eigenen Füßen zu stehen. Die Versuche, mit Freundinnen zusammenzuziehen, waren bisher grandios gescheitert.

Dass Hamacher ihn über die neuesten Entwicklungen informierte, freute ihn, gab ihm jedoch auch einen Überblick, wie verbohrt Harald Maulbeer war. Ein dummer Mensch, der sich von Macht und Geld mehr beeindrucken ließ als von Gerechtigkeit. Dass er lieber glaubte, Weber stehe hinter den Postkarten, als in andere Richtungen zu ermitteln, war typisch für ihn.

Dieser Fall bereitete Ferdinand Weber Bauchgrummeln. Er hatte im Laufe seiner Karriere schon viel erlebt. Beleidigungen, Beschimpfungen und Drohungen über sich ergehen lassen. Aber es gab immer einen Zusammenhang, einen Berührungspunkt. Und den vermisste er in diesem Fall. Warum bekam er wie Aust eine Postkarte? Das tote Mädchen, von dem Hamacher gesprochen hatte, war eine Spur, der er nachgehen wollte. Er hoffte, Wolfgang Adler noch unter der alten Telefonnummer zu erreichen, die er in seinem Notizbuch gefunden hatte.

Sein Festnetz war noch immer tot, so langsam wurde er unruhig. Aber der Begriff »Vormittag« war dehnbar. Zum Glück hatte er das Handy geladen.

»Hallo, Wolfgang, altes Haus. Weißt du noch, wer ich bin?«

»Dass du dich überhaupt traust, mich anzurufen. Sicher willst du was von mir. Was gibt es?«

»Wolfgang, es war schwierig für mich nach Louises Tod. Ich habe mich vollkommen zurückgezogen.«

»Schieß los.«

»Ich weiß nicht, wo ich anfangen soll. Es ist ewig her, aber kannst du dich an den Papstbesuch in Speyer erinnern?«

»Als wäre es gestern gewesen.«

Wolfgang Adler war schon immer ein wortkarger Mensch gewesen. Das schien sich nicht geändert zu haben.

»Nicht wegen des Papstes, oder? Wegen des Selbstmordes?«

»Ja. Furchtbar. Junges Mädchen. Ich kann mich sogar an ihren Namen erinnern. Maria. Maria Selbach. Ihre Leichenteile lagen überall. Wir mussten großräumig absperren. Und dann der Zugführer. Der war völlig am Ende, stand gehörig unter Schock.«

»Weißt du vielleicht noch seinen Namen? Kannst du dich an irgendetwas Ungewöhnliches erinnern? Hat dich irgendwas an der Sache irritiert?«

»Nein. Gilt für alle Fragen. Kann mir nicht jeden Namen merken. Im Rucksack des Mädchens haben wir ihren Ausweis gefunden. So konnten wir feststellen, wer sie war. Zumindest hatten wir eine Ahnung, bis anhand der Zähne offiziell ihre Identität festgestellt wurde.«

»Rucksack?«, hakte Weber nach.

»Der war wie durch ein Wunder völlig unbeschädigt geblieben. Ist hundert Meter weit geflogen. Kleidungsstücke waren drin, Geld und wie gesagt der Ausweis. Ich bin mit einer Kollegin zu der Adresse hin. Eine ältere Dame wohnte da. Sie ist fast ohnmächtig geworden. Aber es gab einen Abschiedsbrief. Somit war alles klar.«

»Du hast nie daran gezweifelt, dass es Selbstmord war?«

»Wieso?«

»Aus keinem besonderen Grund. Die ältere Dame war eine Verwandte? Mutter, Oma, Tante?«

»Nein, das war so eine Art Wohngemeinschaft. Die Frau kennst du bestimmt auch, sie hatte früher eine Kneipe in der Nähe der Kaserne. Musste dann irgendwann dichtmachen. Warte mal … Krause hieß sie.«

Ferdinand Weber stutzte. »Bist du sicher?«

»Natürlich. Was soll die Frage?«

»Nichts. Ich danke dir, Wolfgang.«

»Gern geschehen. Und versprich mir nicht, dass du dich meldest.«

Bevor Weber etwas erwidern konnte, hatte Wolfgang Adler aufgelegt. Nachdenklich betrachtete Weber das Telefon.

Das war der Schlüsselpunkt. Seine Spürnase sagte ihm, dass der Selbstmord Maria Selbachs der Anfang von allem war. Und irgendetwas stimmte daran nicht. Warum nahm ein junges Mädchen, das sich umbringen wollte, einen Rucksack mit Wechselwäsche mit? Und wieder spielten Mechthild Krause und ihre Bar eine Rolle. Zufall? War es doch kein Selbstmord?

»Perspektivwechsel«, murmelte er vor sich hin. Einen anderen Standpunkt einnehmen. Wer war noch von Marias Tod betroffen gewesen? Natürlich der Sohn. Es wäre interessant, zu wissen, ob er seine Herkunft kannte. Wenn ja, wollte er vielleicht den Tod seiner Mutter rächen. Hielt er Aust dafür verantwortlich? Gab es Berührungspunkte?

Weber stand auf und ging um seinen Esstisch herum. Bewegung half beim Denken, gerade wenn man eingefahrene Strukturen verlassen wollte. Wer war noch involviert?

Bei einem Schienensuizid waren auch immer Zugführer betroffen. Manche kamen nie damit zurecht.

Was hatte er über Zugführer gelesen, denen so etwas passiert war? Die meisten arrangierten sich mit dem Erlebten. Kein Selbstmörder dachte an diese Menschen, die sich ihr Leben lang Vorwürfe machten. Die diese grauenvollen Bilder nicht mehr aus den Köpfen bekamen. Verstümmelte Körper, abgerissene Arme und Beine. Blut, überall Blut. Kein Horrorfilm, kein Videospiel, sondern Realität. Wieder und wieder hörten sie das Geräusch der Bremsen, die es nicht rechtzeitig schafften. Meist in der Nacht, wenn sie schlafen wollten. Und statt des erlösenden Schlafs kam der Horrortrip ins Grauen.

Viele Zugführer wurden nach einem derartigen Vorfall arbeitsunfähig. Nicht nur zum Fahren der Züge, sondern generell. Schlaflosigkeit, Depressionen, Angstzustände. Welche Hilfe konnten diese Menschen erwarten, die unverschuldet in eine solche Situation geraten waren? Was geschah mit ihren Familien?

Noch ein wichtiger Punkt. Die Familie. Auch Zugführer konnten verheiratet, Familienväter sein. Welchen Einfluss hatte ein solches Erlebnis auf die Familienmitglieder, auf das gemeinsame Leben?

Weber hatte oft genug erlebt, wie ein Verbrechen eine Familie auseinanderriss. Manchmal reichte ein Überfall, ein Einbruch ins geschützte Privatleben, um Menschen zu zerstören. Opfer war man nicht nur im Moment des Verbrechens. Opfer war man oft ein Leben lang.

Dieser Gedanke gab Weber das Gefühl, einen großen Schritt weitergekommen zu sein. Er musste herausfinden, wer den Unglückszug gefahren hatte. Wolfgang Adler wusste nicht mehr, wie der Mann hieß. Aber es gab jemanden, der das herausfinden konnte. Und er hoffte inständig, dass er ihm half. Das würde er nur durch Fragen herausfinden. Er griff zum Handy und wählte die bekannte Nummer.

»Kannst du reden, Christian?«, flüsterte er ins Handy, obwohl ihm niemand zuhören konnte.

»Hallo, Mutter, im Moment ist es ganz schlecht. Ist es wichtig?«

»Rufst du mich zurück, Christian? Mir ist da eine Idee gekommen, für die ich deine Hilfe brauche. Weißt du, wer den Zug fuhr, vor den sich Maria Selbach damals geworfen hat? Adler wusste es nicht mehr. Kannst du das mal überprüfen? Und noch etwas ist mir aufgefallen. Maria Selbach hatte einen Rucksack mit Wäsche dabei, als wollte sie verreisen.«

»Natürlich ruf ich dich gleich zurück, Mutter. Kann etwas dauern, die Besprechung dauert noch eine Weile. Alla.«

Weber musste lachen. Er stellte sich vor, wie Hamacher versuchte, seine hektischen Flecken zu verstecken und seine Hitzewallung in den Griff zu bekommen. Der junge Kollege hatte noch jede Menge zu lernen, wenn er im Untergrund arbeiten wollte.

Sein Rückruf kam nach zwei Stunden.

»Das war gar nicht so einfach. Ich bin gerade auf dem Klo, kann nicht laut sprechen. Also, der Zugfahrer hieß Martin Mommsen. Die Telefonnummer habe ich auch. Willst du sie haben?«

»Her damit. Ich melde mich, sobald ich mit ihm gesprochen habe.«

14

Julius Schindler machte sich mit gemischten Gefühlen auf den Weg zu seinen Eltern. Eigentlich war es immer der gleiche Ablauf: Man begrüßte sich mehr oder weniger herzlich. Eine angedeutete Umarmung, gehauchte Küsschen rechts und links. »Wie geht es dir, was machen die Geschäfte? Du siehst blass aus. Isst du vernünftig? Kommst du auch mal an die frische Luft?«

Eine ehrliche Antwort erwartete niemand. Sobald er begann, von seiner Arbeit zu erzählen, von einem besonderen Fund, einer einzigartigen Geschichte, fiel ihm meist seine Mutter ins Wort und berichtete von ihren Ambitionen in der Politik. Was sie für interessante Menschen kennenlerne, natürlich alle mit reichlich Einfluss und noch mehr Geld. Manchmal kam auch einer der Sätze hinterher, die ihn am meisten empörten.

»Die Burgers, die haben auch eine ganz reizende Tochter. Studiert Jura. Nur vier Jahre jünger als du. So ein reizendes Kind. Gibt es in der Richtung bei dir vielleicht etwas zum Freuen?«

Dass er keine Freundin hatte, wurmte seine Mutter beinah noch mehr als seine falsche Berufswahl. Julius vermied es bewusst, seinen Eltern etwas aus seinem Privatleben mitzuteilen. Die Gefahr, dass sie »das junge Mädchen« einem Verhör unterzogen, war zu groß. Selbst wenn sie, wie seine letzte Freundin, tatsächlich eine Studentin war. Zumindest die Tatsache hätte sie in den Augen seiner Eltern angemessen erscheinen lassen. Ihre Angst, dass er mit einem Hippie oder einer Sozialarbeiterin ankam, saß tief.

Gerade seine Mutter philosophierte gern über Studiengänge und daraus resultierende Möglichkeiten. Aus ihrer Sicht musste es nicht immer Jura sein, obwohl ein Anwalt in der Familie natürlich praktisch gewesen wäre. Betriebswirtschaftslehre würde es notgedrungen auch tun. Dass er nach vier Semestern einfach aufgehört und seine Eltern mit der Entscheidung konfrontiert hatte, sorgte für einen Eklat.

Aber er hatte den Trumpf im Ärmel.

»Es liegt mir nicht im Blut«, war seine Standardantwort, mit der er jede Diskussion gewann. Dieser Satz erklärte und entschuldigte alles.

Seine Eltern, genauer genommen Adoptiveltern schauten ihn dann stets mit diesem besonderen Blick an. Einer Mischung aus Trauer, Wut, Schuld und Resignation.

»Willst du es dir nicht noch einmal überlegen?«

Meist reichte an dieser Stelle ein simples »Nein«.

Dann versuchten sie es mit Argumenten. Es gab kein planbares Einkommen. Wenn er Glück hatte, durfte er den Nachlass einsamer Witwen auflösen. Wenn er Pech hatte, die Hinterlassenschaften von Mietnomaden. Der wichtigste Grund war natürlich, dass man überhaupt nicht mit seinem Beruf angeben konnte. Ein Entrümpeler! Einer, der in den Sachen von Fremden wühlte. Widerlich. Ekelig. Und überhaupt nicht standesgemäß.

Seine Mutter nannte ihn Antiquitätenhändler, wenn sie den Beruf ihres Sohnes angeben musste, denn freiwillig hätte sie niemals von Entrümpeler oder Haushaltsauflöser gesprochen. Selbstverständlich blieben weitere Emotionen unterdrückt.

Er konnte sich nicht erinnern, dass seine Mutter jemals zornig eine Tür zugeschlagen oder einen Teller aus Wut an die Wand geschmissen hatte. Sie hatte noch nie ihre Stimme erhoben. Sie war kontrolliert bis in ihren kleinsten Muskel.

Das Hochziehen einer Augenbraue drückte den höchsten Grad ihrer Verstimmung aus. Wenn sie dann abrupt das Gesprächsthema wechselte, wusste er, dass sie gereizt war. Innerlich zumindest. Meistens berichtete sie in diesen Momenten, wie erfolgreich sie mit ihren Kampagnen war, mit wem sie essen gegangen war oder welchen bekannten Menschen aus dem öffentlichen Leben sie wieder getroffen hatte.

Julius Schindler war sich nicht sicher, wie sein Vater über seine Mutter dachte und ob er ihre Aktivitäten guthieß. Er sah meist gelangweilt aus, nur seine Augen, die er hinter einer dunklen Brille versteckte, blickten stets wachsam in die Welt. Er war ein Genießer, ein Schöngeist. Einer, der andere arbeiten ließ, während er seinen Rotwein trank, Musik lauschte oder eine Zigarre genoss. Die öffentliche Meinung über seinen Vater war, dass er ein Lebemann war, einer, der das Anpacken scheute. Julius hingegen hatte manchmal den Eindruck, sein Vater agiere wie ein Orchester und seine Mutter sei der Dirigent. Manipulation in Vollendung.

Warum er heute zum Abendessen kommen sollte, hatte ihm niemand verraten. Er solle bitte nicht in seiner Arbeitskleidung erscheinen, Stoffhose und Hemd seien gern gesehen. Er tat ihnen den Gefallen und hatte sein einziges weißes Hemd gebügelt. Auch wenn er jetzt schon wusste, dass es seiner Mutter nicht glatt genug war. In ihren Augen mussten Hemden gestärkt sein.

Er parkte seinen alten Golf neben dem Cabrio seiner Mutter. Wie immer war sie zu faul gewesen, es in die Garage zu fahren. Das würde später Hans erledigen.

Beim Aussteigen passte er auf, dass er mit seiner Tür nicht den perlmuttweißen Lack des BMWs touchierte. Seine Mutter war sehr eigen, was ihre Dinge anging.

Im Garten leuchteten die Bodenlampen und verbreiteten ein angenehmes Licht bis auf den Parkplatz. Das ließ darauf schließen, dass das heutige Abendessen mit Gästen stattfand. Andernfalls mussten seine Eltern nicht mit ihrem kunstvoll angelegten Garten angeben.

Warum konnte er sich nicht damit anfreunden, dass sie stets zeigen wollten, was sie hatten? Warum kämpfte er an diesen Abenden in dem Haus, in dem er aufgewachsen war, mit Bauchkrämpfen und Übelkeit? Lag es nur an der kühlen, steifen Atmosphäre? Oder an seinem schlechten Gewissen, das er im Unterbewusstsein verspürte, weil er solch eine Enttäuschung für Ingeborg und Walter war?

Einige Sekunden blieb er vor der Tür stehen, atmete noch einmal tief durch, versuchte sich zu sammeln und drückte auf den Klingelknopf. Die Tür wurde aufgerissen, kaum hatte er den Finger von der Klingel genommen.

»Julius, wie schön, dass du fast pünktlich bist.«

Jeder gute Vorsatz war vergessen, als er die leicht anklagende

Stimme und den unterschwelligen Vorwurf seiner Adoptivmutter vernahm. »Ich hatte noch ein Telefongespräch ...«, versuchte er sich zu erklären, doch sie hörte ihm nicht zu.

»Komm herein, wir sind beim Aperitif. Ich gehe nicht davon aus, dass du ein Glas Champagner möchtest? Ein Glas Wasser stattdessen? Cola?«

Er wusste nicht, was in ihn gefahren war, aber diesen Abend wollte er nicht wie alle anderen verbringen.

»Champagner, Mutter? Einen Blanc de Blancs? Rosé? Warum versucht ihr es nicht mal mit einem Pfälzer Produkt? Ein Weingut in Deidesheim hat einen Sekt, der sich mit jedem Champagner messen kann. Der Kellermeister kommt von einem berühmten französischen Weingut«, konterte er gereizt.

Eine winzige Sekunde lang zeigte sich Ingeborg Schindler irritiert. »Nimmst du dir selbst? Dein Vater ist im Esszimmer.«

Julius grinste, als hätte er einen Sieg errungen. Einen Pyrrhussieg – aber immerhin.

»Grüß dich, Junge. Hier habe ich nur den Champa...«

»Nehme ich.« Auch hier wieder ein erstaunter Blick, jedoch keine Erwiderung.

Julius dachte an die Champagnerschalen, die er bei einer Haushaltsauflösung einer alten Dame gefunden hatte. Schweres, geschliffenes Kristall. Das gefiel ihm. Das hatte Klasse, irgendwie war auch das Glas etwas Besonderes für den edlen Tropfen. Wie oft mochte die Verstorbene diese Gläser benutzt haben?, fragte er sich in dem Moment, als sein Vater einen Blanc de Blancs in ein hohes, dünnes Glas einschenkte. Zu welchen Gelegenheiten? An Festtagen wie Weihnachten und Ostern? An Geburts- und Hochzeitstagen?

Ihn berührten diese kleinen Dinge mehr als Ölgemälde oder Zeichnungen von mehr oder weniger bekannten Künstlern, die er auch stets in den Hinterlassenschaften fand. Kristallgläser, Servietten, Teeservices. Kerzenhalter. Silberbestecke. Diese Gegenstände erzählten Geschichten von Menschen. Meist waren sie liebevoll verpackt, damit sie keinen Schaden nahmen. Ihn bewegte die Sorgfalt, mit der die Menschen ihre

Kostbarkeiten wertschätzen. Deren Vergangenheit war oft realer als alles, was ihm im Haus seiner Eltern begegnete.

Hier sah er, was eine Wohlstandsfamilie war. War etwas nicht mehr aktuell, wurde es weggeworfen und durch Neues ersetzt. So oft hatte er darüber nachgedacht, ob seine Mutter deshalb so viel Wert auf ihr Äußeres legte und viel Zeit, Geld und – wie er glaubte – auch Schmerzen in dessen Erhaltung investierte. Wenn er es richtig gesehen hatte, war wieder rund um ihren Mund gespritzt worden, denn sie hatte bei der Begrüßung die Lippen etwas zu spitz nach vorn gestülpt.

»Du siehst müde aus.« Er sah seinen Vater besorgt an.

»Vollmond letzte Nacht. Schlecht geschlafen. Hoffe, es heute nachholen zu können.«

»Hat Mutter gekocht? Gibt es eigentlich einen besonderen Anlass?«

Sein Vater lachte kurz auf. »Hast du deine Mutter jemals kochend erlebt? Es gibt einen neuen Caterer. Italienisch, sie hat sich ausgetobt, mit Trüffel et cetera. Ein befreundetes Pärchen mit seiner Tochter sollte eigentlich noch kommen, die haben aber abgesagt. Nun sind nur wir drei übrig, und ich denke, wir müssen uns mästen lassen.«

»Ein fehlgeschlagener Kupplungsversuch. Dann muss ich ja dem Schicksal danken. Also nur wir drei. Wie früher. Oder kommen Hans und Marlene dazu?«

»Nein. Hans wird alt. In letzter Zeit ist er sehr eigen. Aber er meint immer noch, er müsse nach mir sehen und mich behüten.« Walter Schindler lachte. »Und Marlene hat heute ihren freien Tag.«

Während Marlene neu im Hause Schindler war, kannte er Hans sein ganzes Leben. Ein seltsamer Kauz, der früher der Chauffeur von Walter Schindlers Vater gewesen war. Dann hatte er Walter zur Schule gebracht, sich um ihn gekümmert, weil der Senior mehr mit der Firma als mit der Familie am Hut hatte. Als er starb, hatte er verfügt, dass Hans in der Familie bleiben sollte und lebenslanges Wohnrecht im Anbau genoss. Ein Sonderling, der Walter Schindler sehr ergeben war und ihn noch heute beschützte. Als er krank war, hatte Hans ihn aufopferungsvoll gepflegt. Im Gegensatz zu Ingeborg Schindler. Heute fungierte Hans noch als Hausmeister und Gärtner, für die leichten Sachen. Jemand, der alles reparierte und sonst nicht weiter auffiel.

Julius Schindler hatte seinen Großvater nicht mehr kennengelernt. Aus Erzählungen wusste er jedoch, dass er ein sehr sozial engagierter Mensch gewesen war und jede örtliche Einrichtung finanziell unterstützt hatte. Doch die Schindler Baugesellschaft stand nicht mehr so gut wie früher da, das Sponsoring sozialer und kultureller Projekte musste eingestellt werden. Hans war geblieben.

Ingeborg Schindler betrat den Raum. Hektisch und nervös. »Ich habe noch einmal versucht, sie zu überzeugen, dass sie sich dieses Essen nicht entgehen lassen dürfen. Vergeblich. Wie kann man nur so unflexibel sein«, schimpfte sie.

Gegen seinen Willen musste Julius lachen. Dass sich seine Mutter, die unflexibelste Person, die er kannte, über diese Eigenschaft bei anderen echauffierte, war komisch.

»Julius, danke, dass du dich an meinen Kleidungswunsch gehalten hast. Auch wenn nur wir drei anwesend sind, sehe ich dich lieber in einem Hemd als in einem schmuddeligen T-Shirt. Lasst uns zu Tisch gehen.«

»Brauchst du Hilfe, Mutter? Beim Tischdecken oder Auftragen?«

»Der Esstisch ist gedeckt. Das Auftragen der Speisen erledigt der Caterer. Dafür wird er bezahlt.«

Mit stoischem Blick ging sein Vater voran, Julius folgte nachdenklich. Das würde ein sehr anstrengender Abend werden, so wie seine Mutter aufgelegt war. Kaum saßen sie, begann sie auch schon, über das verhinderte Ehepaar nebst Tochter zu lästern, und unterbrach ihre Rede nur, um den Löffel zum Mund zu führen.

Als Kind hatte Julius eine Technik entwickelt, um die Monologe seiner Mutter zu ertragen. In einem Kinderbuch hatte er davon gelesen und dann bis zur Perfektion daran gearbeitet. Ohren zu. Nicht rein und wieder raus. Er ließ das Gesagte gar nicht erst in seine Gehörgänge eindringen. Es prallte ab. Die

Technik verhinderte, dass die stets mitschwingenden negativen Untertöne seiner Mutter ihn beeinflussten. Bevor er seinen Trick entwickelte, hatte er sich oft vergiftet gefühlt von ihren spitzen Bemerkungen, Anspielungen und Vorwürfen. Es funktionierte noch immer.

Die Vorspeise, eine Miniportion Spaghetti mit weißem Trüffel, duftete phantastisch. Der junge Mann, vielleicht in Julius' Alter, servierte und schenkte einen italienischen Weißwein ein, wünschte einen guten Appetit und verschwand in der Küche.

»Das sieht ja ganz ordentlich aus«, sagte seine Mutter, roch am Weißweinglas und probierte einen kleinen Schluck. »Schmeckt. Manchmal muss es auch Italien sein. Man kann doch nicht immer Wein aus der Pfalz trinken.«

Was sein Vater darüber dachte, wusste Julius nicht. Er sagte kein Wort, verzog keine Miene, stimmte seiner Frau aber auch nicht zu.

»Die Tochter von den Burgers ist übrigens eine sehr nette Person«, sagte Ingeborg Schindler an Julius gewandt. »Intelligent und gut aussehend. Schlank. Sportlich.«

»Du findest sie nur nett, weil sie kaum spricht.« Der erste Satz des Vaters.

»›Höflich‹ habe ich vergessen hinzuzufügen. Sie weiß halt, was sich gehört. Sie heißt übrigens Mathilde, Julius. Ich hatte gehofft, dass ihr euch heute kennenlernt. Eine wirklich nette Person.«

Julius' voller Mund hinderte ihn an einer Erwiderung. Er sah seine Mutter an, bemerkte ihre sehr glatte Stirn, die ihm neu vorkam, sah auf den üppig gedeckten Tisch mit Damast und auf Hochglanz polierten Gläsern und Besteck. Dezenter Blumenschmuck. Alles war zu steril, zu weiß, zu perfekt. Er wechselte das Thema, als sein Mund leer war.

»Ich habe heute den Nachlass einer alten Dame durchgesehen. Das war fast eine Zeitreise. Es hat Spaß gemacht. Sie hat edle Kristallgläser und -vasen gesammelt, bunte Weingläser, so Humpen, wie sie früher modern waren. Interessant, wie auch diese Dinge der Mode unterworfen sind.«

Er erwartete keine Erwiderung, schon gar keine Zustimmung.

»Ich bin froh, dass wir in der heutigen Zeit leben. So wie meine Großeltern möchte ich ganz sicher nicht wohnen«, sagte seine Mutter.

Julius beobachtete fasziniert, dass sich nichts in ihrem Gesicht bewegte.

»Die Frau ist wirklich eine Süße«, fuhr er fort. »Sie hat mich engagiert, bevor sie ins Hospiz gegangen ist. Jetzt darf ich ihre Sachen durchsehen. Sie hat alte Zeitungen gesammelt, Fotos, Postkarten aus Speyer. Manche Dinge sind uralt. Wie diese Postkarten vom Papstbesuch. 1987 war das. Es gibt einen grünen Sonderstempel darauf. Papst Johannes Paul II. am 4. Mai in Speyer. Irre, oder?«

Er hatte sich nichts bei seinen Worten gedacht, schon gar nicht irgendetwas erwartet. Normalerweise reagierten seine Eltern nicht auf seine Erzählungen. Doch jetzt räusperte sich sein Vater, und seine Mutter stieß beinah ihr Weinglas um.

»Tja, der Papstbesuch. Ist schon lange her. Ist mir gar nicht mehr in Erinnerung«, sagte Ingeborg Schindler.

Sie log. Das erkannte Julius sofort. Den Blick, den sich seine Eltern zuwarfen, verstand er allerdings nicht. Eine Mischung aus Argwohn und Angst? Normalerweise hatten sie vor nichts und niemandem Angst. Erst recht nicht vor dem Papst. Was hatte diese Reaktion hervorgerufen?

»Ich dachte, ihr erinnert euch. Wenn man den Zeitungsartikeln glauben darf, war das eine Riesensache. Tausende von Menschen. Eine Fahrt mit dem Papamobil über die Maximilianstraße. Eine Messe vor dem Domplatz. Ich habe Fotos gesehen. Ich dachte, ihr könntet mir etwas über die Stimmung erzählen.«

»Wie heißt die Frau, deren Haushalt du auflöst?«, fragte sein Vater, statt eine Antwort zu geben.

»Krause, Mechthild Krause. Sie ist todkrank, hat wohl nicht mehr lange zu leben, wenn ich ihre Andeutungen richtig verstanden habe. Klar, warum sollte sie auch sonst in ein Hospiz gehen.«

Die eintretende Stille war unheimlich. Julius konnte sich nicht erinnern, dass seine Mutter jemals die Fassung verloren oder ungeschickt reagiert hatte. Vielleicht erschrak er deshalb so, als ihr Glas umfiel, zu Boden ging und zerbrach. Hektisch bückte sie sich, um die Scherben aufzuheben, und schnitt sich dabei. Ein dünner Blutstrahl lief auf den weißen Teppich, doch das bemerkte sie nicht. Unentwegt blickte sie auf ihren Mann. Ihr Gesicht glich einer Maske.

Walter Schindler, ebenfalls blass im Gesicht, fand als Erster die Sprache wieder. »Hast du sonst noch etwas Interessantes gefunden?«

»Nein, ich bin aber auch noch nicht durch. Ich bin sicher, mir stehen ein paar aufregende Stunden bevor.«

15

Martin Mommsen hatte dem Treffen nicht sofort zugestimmt. Erst als Weber erklärte, dass es Hinweise auf einen aktuellen Fall gab, der mit den damaligen Ereignissen zusammenhängen könnte, gab er nach. »Aber nur, wenn mein Sohn dabei ist«, hatte Mommsen verlangt.

Weber hatte nichts dagegen, die Anwesenheit des Sohnes konnte helfen, besseren Zugang zu dem Vater zu bekommen.

Treffpunkt war der Biergarten »Alter Hammer«. Weber ging lächelnd auf die Männer zu und reichte ihnen die Hand. Beide trugen Vollbärte, was die Familienähnlichkeit unterstrich. Der Sohn stellte sich als Mario Mommsen vor, und Weber war überrascht, dass die junge Stimme so gar nicht zu dem Äußeren des Mannes passen wollte. Die Behaarung ließ ihn älter wirken, mehr wie einen Bruder denn wie einen Sohn.

»Sollen wir etwas essen oder trinken? Der Wurstsalat ist hier sehr zu empfehlen. Mit Pommes«, sagte Weber.

»Nein danke. Lassen Sie uns gehen. Ich brauche Bewegung«, erwiderte Martin Mommsen. Er wirkte nervös.

Weber erkannte schnell, dass nicht das Treffen der Grund dafür war. Es schien sich um einen Dauerzustand zu handeln. Mommsen war fahrig, steckte immer wieder seine Hände in die Tasche, zog sie heraus, ballte sie zu Fäusten.

»Wie geht es Ihnen?«, begann Weber das Gespräch und fand seine Einleitung – einmal ausgesprochen – reichlich missglückt.

»Meinem Vater geht es jetzt gut.« Mario Mommsen legte eine besondere Betonung auf das Wort »jetzt« und ließ keinen Zweifel daran aufkommen, dass er nicht zulassen würde, dass Weber etwas daran änderte.

»Damals«, fuhr der Sohn fort, »haben wir alle gedacht, dass das Unglück keine bleibenden Schäden hinterlassen würde. Es geht Ihnen doch um das ›damals‹, oder? Welche Hinweise gibt es denn, dass das damalige Unglück mit einem heutigen

Verbrechen in Verbindung steht? Sind Sie überhaupt noch bei der Polizei? Wo ermitteln Sie denn?«

Aus Martin Mommsen hätte Weber sicher einfacher Antworten herausbekommen. Sein Sohn fungierte als Aufpasser, ein scharfer Hund, dem nichts zu entgehen schien. Natürlich hatte Weber die Frage erwartet und sich eine plausible Antwort überlegt. Relativ plausibel, wie er zugeben musste. Selbst in seinen Ohren klang sie in diesem Moment etwas fadenscheinig.

»Es gab einen Unfall, und die Umstände erinnern an den damaligen Vorfall. Weil ich seinerzeit der Verantwortliche war, habe ich mich angeboten, Sie zu befragen.«

Der Sohn konterte mit einem skeptischen Blick. »Von einem Zugunglück habe ich nichts in der Zeitung gelesen.«

»Nicht alles gelangt an die Öffentlichkeit.«

Webers Antwort reichte ihm. »Es war eine schwere Zeit. Wissen Sie, es war der zweite Selbstmörder für meinen Vater. Statistisch gesehen kommen auf jeden Lokführer drei Selbstmörder in seinem Berufsleben. Da hatte er noch Glück.«

Er zog das Tempo an, sein Vater folgte, Weber hatte Mühe, mitzuhalten.

»Im Gegensatz zum ersten Mal hat Vater so getan, als wäre nichts passiert, ging bereits zwei Tage später wieder arbeiten, obwohl ihm alle rieten, eine Auszeit zu nehmen. Er meinte, weitermachen sei die beste Therapie für ihn. Meine Mutter und ich dachten, dass er es besser wisse als die Ärzte, und unterstützten ihn. Einige Wochen ging auch alles gut.«

Weber kam außer Atem. Sie gingen flussaufwärts. Mario Mommsen schaute auf seine Füße, während er sprach. Sein Vater starrte stur aufs Wasser. Weber wusste nicht, ob er überhaupt etwas von der Unterhaltung mitbekam.

»Mutter bemerkte als Erste, dass etwas nicht stimmte. Nachts die Schreie. Ein schweißüberströmter Mann neben ihr. Er sagte, er sehe immer das Gesicht der Frau vor sich, bis zur Kollision. Hörte das Schlagen des Aufpralls. Das Knacken der Knochen. Nacht für Nacht. Tagsüber merkten wir ihm nichts an. Nur seine Ringe unter den Augen wurden dunkler, die Wangen eingefallener. Wir schlugen vor, Urlaub zu machen. Ans Meer zu fahren. Mallorca bot sich an. Er stimmte zu. Die Bahnärzte hielten es für eine gute Idee. Das war ein Fehler.«

Der alte Mommsen sprach noch immer kein Wort, starrte weiter aufs Wasser. Weber wusste, dass es besser war, zu schweigen und nur zuzuhören. Hier wollte jemand erzählen. Nach neunundzwanzig Jahren interessierte sich niemand mehr für die Geschichte, auch nicht, wenn das Ereignis so einschneidend gewesen war, dass es das Leben mehrerer Menschen verändert hatte.

»Wir sind mit dem Zug zum Flughafen gefahren. Zumindest wollten wir das.«

Martin Mommsen gab ein Grunzen von sich.

»Es war ein roter Zug. Wir hätten merken müssen, wie unruhig Vater wurde, als der Zug in den Bahnhof einfuhr. Wir waren so blind. Vater rutschte der Koffer aus der Hand, weil seine Hände feucht wurden. Er bekam Atemnot. Wir waren so aufgeregt und voller Erwartung auf den Urlaub, dass wir das alles nicht so richtig deuten konnten. Heute ist es mir unverständlich, aber damals …«

Ein Kind, das sich verantwortlich fühlte.

»Wie alt waren Sie damals?«, fragte Weber.

»Zehn, fast elf. Meine Mutter hatte mich für diesen Urlaub in der Schule freistellen lassen. Hatte dem Schulleiter erklärt, wie wichtig die Erholung für Vater, für unsere Familie sei. Ich habe Sonderurlaub bekommen.«

»In dem Alter ist es schwer, solche Dinge zu erkennen und richtig zu deuten.«

Zum ersten Mal unterbrach Martin Mommsen das Gespräch. »Mein Sohn meint, er hätte alles verhindern können, fühlt sich verantwortlich. Er ist von Natur aus so, liegt ihm im Blut.«

Weber nickte, das kam ihm bekannt vor. Die Frage, die er sich stellte, war, ob ein solcher Mensch nach neunundzwanzig Jahren auf Rache aus war.

»Was passierte dann?«

»Das ist schnell erzählt. Der Zug fuhr los. Als er Richtung Mannheim Fahrt aufgenommen hatte, stand Vater plötzlich auf und zog die Notbremse. Er schlug wie wild um sich, schrie, benahm sich wie ein Verrückter. Er wurde abgeführt. Das war …«, Mario Mommsen machte eine kurze Pause, um Luft zu holen, »… ein sehr traumatisches Erlebnis. Für uns alle. Vater kam in die Psychiatrie. Posttraumatische Belastungsstörung. Klingt nach einer unspektakulären Betriebsstörung, die sich schnell beheben lässt.« Er lachte bitter auf.

Sie waren ein gutes Stück vorangekommen und gingen nun um das Hafenbecken und die Neubauten herum. Weber hatte kein Auge für die moderne Architektur. Auch Martin Mommsen musste nun seinen Blick vom Wasser lösen und sah unverwandt auf seine Schuhe.

»Gehen wir weiter?«, fragte Weber.

»Ja, die Geschichte ist noch nicht zu Ende.« Martin Mommsen klang bestimmt.

»Sie wird nie enden«, sagte sein Sohn. »Der Tod der Frau wird uns immer begleiten. Auch nach fast dreißig Jahren. Eigentlich kann ich es jetzt kurz machen. Vater arbeitsunfähig, Ehekrise, Scheidung. Geldsorgen. Nach der zehnten Klasse habe ich eine Lehre angeboten bekommen. Ich musste Geld verdienen. Ich bin immer bei meinem Vater geblieben.«

War das das Motiv, nach dem Weber suchte? War Mario Mommsen der anonyme Briefeschreiber? Der Mörder von Aust?

»Was haben Sie über das Opfer herausgefunden?«, fragte Weber.

Mario Mommsen rastete aus. »Opfer? Sie war nicht das Opfer. Sie war die Täterin! Alle hatten Mitleid mit der alleinerziehenden Mutter, die keinen Ausweg mehr sah. Die arme Frau, das arme Kind! Dabei hat das doch Profit daraus gezogen! Durfte sich in ein reiches Elternhaus einnisten! Was will man mehr? Aber mein Vater macht sich Gedanken, dass er die Mutter eines Kindes getötet hat. Mein Vater hatte Schuldgefühle gegenüber dem Kind. Einem Fremden!«

»Mario, hör auf«, sagte Martin Mommsen.

»Ich höre nicht auf. Nach dreißig Jahren interessiert sich jemand für dich, für uns. Du wurdest stigmatisiert, man unterstellte dir, du seist ein Simulant!« Er holte Luft und wandte sich wieder an Weber. »Meine Mutter war am Boden zerstört, verzweifelt, deprimiert, ich habe mich nicht mehr zurechtgefunden. Und schauen Sie sich meinen Vater an: ein gebrochener Mann. Nach all den Jahren. Hören Sie mir auf mit dem armen unschuldigen Opfer! Wer denkt denn an uns?«

Weber fühlte mit ihm. Aber er hatte auch etwas anderes herausgehört. »Sie haben nachgeforscht, wer sie war? Was aus ihrem Kind wurde?«

»Ist das ein Verbrechen? Ein Fehler? Ich brauchte Antworten, musste wissen, warum.«

Sie waren stehen geblieben. Mario Mommsen bebte vor Erregung. Seine Unterlippe zitterte. Sein Vater hingegen blieb ganz ruhig.

»Du sagst jetzt kein Wort mehr, Mario. Kommissar Weber, mein Sohn ist ein guter Mensch. Er hat sich in all den Jahren rührend um mich gekümmert. Er ist wütend, immer noch, und aufbrausend. Er verabscheut Ungerechtigkeit. Aber egal, warum Sie uns aufgesucht haben: Er hat nichts Unrechtes getan. Hunde, die bellen, beißen nicht. Das Sprichwort ist Ihnen doch bekannt?«

»An dem Tag war der Papst in Speyer. Haben Sie davon nichts mitbekommen?«, fragte er den Sohn, statt dem Vater zu antworten.

»Ich bin Atheist. Habe schon damals nichts mit Kirche und Glauben anfangen können. Der Besuch interessierte mich herzlich wenig, ich habe dem Ganzen sehr skeptisch gegenübergestanden. Was das gekostet haben muss!«

»Es wurden Postkarten ihm zu Ehren gedruckt.«

»Schlimm genug, noch mehr Geld zum Fenster rausgeschmissen.«

»Wo lebt Ihre Mutter heute?« Ein Strohhalm, nach dem er griff.

»Sie ist tot. Bei einem Flugzeugabsturz vor fünf Jahren ums

Leben gekommen. Seit damals ist sie nie wieder Bahn gefahren. Das Unglück hat unsere Familie, unsere Zukunft zunichtegemacht. Übrig geblieben sind unerfüllte Hoffnungen und zerstörte Seelen.«

16

»Walter, ich muss jetzt fahren. Du hast es dir nicht anders überlegt? Es hilft, wenn die Leute sehen, dass die Familie mich unterstützt.« Ingeborg Schindler nahm den Mantel vom Haken und zog ihn über. Sie sah wieder perfekt aus, obwohl sie in den letzten Nächten kaum geschlafen hatte.

Er hatte aufgehört, nachzufragen, wie sie es schaffte. Die Tiegel, Tuben und Cremedosen sprachen eine eindeutige Sprache. Und natürlich die regelmäßigen Besuche bei der Kosmetikerin, die mit tollen Versprechen überteuerte Cremes und Seren verkaufte. Und in seiner Frau regelmäßig ein williges Opfer fand. Wobei der Begriff »Opfer« auf seine Frau nicht passte. Ingeborg war nie Opfer, das würde sie niemals zulassen.

Im Betrieb war sie die Chefin, Entscheidungen traf sie, auch wenn sie ihn um Rat fragte beziehungsweise die Dinge mit ihm besprach. Doch diese Gespräche waren reine Makulatur, sie gaben ihm nur das Gefühl, an den Entscheidungen mitgearbeitet zu haben. In dem Engagement, die Halle auf dem Gelände des Quartiers Normand zu erhalten, hatten sie wieder ein gemeinsames Ziel. So war es schon immer in ihrer Ehe gewesen. Nahte eine Bedrohung, fanden sie zusammen. Sein Einsatz beschränkte sich zwar aufs Beraten und Zuhören, aber immerhin redeten sie wieder miteinander.

»Heute nicht, ich bin müde. Wenn es dir nichts ausmacht, würde ich lieber hierbleiben. Vielleicht mit Hans ein Glas Wein trinken. Er wirkt in letzter Zeit nicht fit. Ist dir das auch aufgefallen?«

»Nicht wirklich. Er ist alt. Da wird man schon mal langsamer.« Ingeborg Schindler drehte sich um. »Was ist mit deiner Müdigkeit? Ist es wieder so wie damals?«

»Nein, nein«, wehrte er ab. »So etwas wie früher passiert nicht mehr. Ich bin sicher, es ist nur die Frühjahrsmüdigkeit.«

Damit gab sie sich zufrieden.

Doch seine bleierne Müdigkeit setzte ihm zu. Dass die

Vergangenheit auf einmal wieder so präsent sein würde, damit hatte er nicht gerechnet. Er wollte endlich vergessen. Doch sein Unterbewusstsein spielte ihm übel mit. Von allein kam der Schlaf nicht, erst mit Hilfe von Tabletten.

Es war wie damals, nur durfte Ingeborg das nicht wissen. Mit aller Kraft versuchte er, es vor ihr geheim zu halten. Er würde es in den Griff bekommen.

»Dann bis später, warte nicht auf mich.« Ingeborg Schindler ging aus der Tür, hielt einen Moment inne und drehte sich noch einmal zu ihrem Mann um. »Wir schaffen auch das.«

»Ich wünsche dir einen erfolgreichen Abend. Du machst eine tolle Arbeit. Das weißt du. Die Leute lieben es, wie du dich engagierst. Du hast so viel Power, so viel Kraft. Ich bin ehrlich: Ich beneide dich, und ich weiß nicht, wie du das stemmst.«

Es war schwierig, ihren Blick zu deuten. Ihm fiel Mitleid ein. Ein unangenehmer Gedanke, der ihm fast körperliche Schmerzen bereitete. Mitleid ertrug er nicht. Nicht von ihr.

»Danke. Wir reden später. Morgen habe ich Zeit, dann überlegen wir, was wir Julius sagen. Bis dahin wissen wir auch mehr.«

Er nickte ihr zu. Gern hätte er »Ich liebe dich« gesagt, weil er die Worte mochte, nicht weil es stimmte. Doch das hätte sie nur stutzig gemacht.

Die Tür schlug ins Schloss. Er blieb stehen, hörte, wie der Motor ihres Cabrios startete. Mit gesenktem Kopf ging er zurück in sein Zimmer, setzte die Kopfhörer auf und war eins mit sich und der Musik. Alle anderen Geräusche blieben draußen – nur so konnte er entspannen. Versinken in eine andere Welt und den ganzen Müll und Mist der Außenwelt nicht an sich ranlassen. Wenn es nur mit allen Problemen so einfach wäre.

Ingeborg. Sie weckte nichts mehr in ihm. Keine Gefühle, weder positive noch negative. Ihm war alles egal, sie war ihm egal. Und trotzdem war er auf sie angewiesen. Vielleicht war das der Grund für seine Erschöpfung. Die Frage des Arztes, ob ihm etwas auf der Seele lag, hatte er rigoros verneint.

Der Arzt bescheinigte ihm »beste Gesundheit«, phantastische

Werte und riet ihm, es einfach etwas langsamer angehen zu lassen. Er musste nicht mehr jeden Morgen der Erste im Büro sein. Die Arbeit erledigten andere, seit sie den niederländischen Investor mit ins Unternehmen geholt hatten. Das sorgte für finanzielle Freiheiten. Ingeborg hatte verhandelt, dass die Entscheidungsmehrheit dennoch weiter in der Familie lag, nur wusste das kaum jemand. Sonst wäre die Kündigungswelle nicht so friedlich über die Bühne gegangen. Walters Vater hätte sich mit Händen und Füßen gegen diese Einmischung gewehrt, gekämpft bis zum bitteren Ende. Ganz anders er. Das Angebot der Niederländer war verlockend. »Geld stinkt nicht«, war sein Leitspruch, und er hatte sich ausgemalt, was er mit der vielen freien Zeit anstellen würde.

Nichts, stellte er nach einem Jahr lapidar fest.

Ingeborgs Vorschlag, Golf spielen zu lernen, bereitete ihm – im Gegensatz zu ihr – wenig Vergnügen. Die halbstündige Fahrt zum Club war ihm schon zu viel, das Erreichen der Platzreife eine Tortur. Er war noch nie sportlich gewesen, und eine Runde mit achtzehn Löchern ermüdete ihn mehr, als er zugeben wollte, aus Angst, ausgelacht zu werden. Vor allem von Ingeborg. Sie machte wie immer alles mit links. Die Platzreife erhielt sie nach einem Intensivwochenende, und fünf Turniere reichten, damit ihr Handicap nach unten ging.

Er seufzte. Ingeborg. Das Alter setzte ihr nicht zu. Ihr Aussehen war gefakt, aber vielleicht war es wirklich so, dass die innere Einstellung der äußeren Erscheinung folgte. Wie hieß es doch gleich: Form folgt Funktion. Nicht nur in der Industrie, sondern auch beim Menschen.

Walter Schindler sinnierte darüber, ob sich sein Inneres verändern würde, veränderte er radikal sein Aussehen und die Lebensumstände. Kein Wein, keine Schnäpse, viel Sport und frische Luft.

Es wäre vielleicht einen Versuch wert. Aber er war müde, antriebsarm. Sein innerer Schweinehund war stark, viel stärker als die Vorstellung, er sei schlank und fit. Er müsste doch nur … Er verwarf den Gedanken.

Wieder kreiste sein Gedankenkarussell um die Frage: was

wäre, wenn. Sein liebstes Gedankenspiel. Was wäre, wenn er eine andere Frau geheiratet hätte? Damals gefielen ihm einige, aber er hatte keinen Mumm gehabt. Ingeborg hatte sich ihn ausgesucht, und dank ihrer schier unerschöpflichen Energie und des Vorsatzes, ihn zu kriegen und in das Schindler-Unternehmen einzuheiraten, ihr Ziel verfolgt. Zielstrebig, ohne sich vom Weg abbringen zu lassen.

Wenn sich Ingeborg etwas in den Kopf gesetzt hatte, war es eigentlich nur eine Frage der Zeit, bis sie es erreichte. Im Moment beruhigte ihn das allerdings. Die Nachricht, dass die Reit- beziehungsweise Sporthalle kurz vor dem Abriss stand, brachte ihn um den Schlaf. Ingeborg sagte, das alles sei kein Problem. Sie kümmere sich, und damit gab er sich zufrieden.

Er zuckte zusammen. Hans hatte seine Schulter berührt. »Du bist eingeschlafen«, sagte er.

»Hans, setz dich doch. Eigentlich wollte ich ein Glas Wein mit dir trinken. Möchtest du?«

»Nein. Danke.« Wie immer war Hans wortkarg. »Ich wollte nur sehen, wie es dir geht.«

»Es geht mir gut. Du musst dir keine Sorgen machen.«

»Du auch nicht. Gute Nacht«, sagte Hans und verschwand wieder.

Ingeborg Schindler startete den Wagen. Sie war gespannt, wie viele Interessenten heute Abend zusammenkamen und wie die Resonanz auf die Kundgebung ausfiel. Ihr hatte es gut gefallen, sie hatte die richtigen Worte gefunden, und der Zuspruch der Teilnehmer hatte sie gerührt. Die Reithalle musste stehen bleiben – für sie gab es in diesem Punkt keine Kompromisse.

Es war das eine, sich für den Erhalt eines Bauwerks einzusetzen, das weitaus schwierigere Problem war die Finanzierung, die solch ein Projekt brauchte. Investoren wollten überzeugt werden. Spendenaufrufe halfen. Aktuell war das Gebäude in einem so schlechten Zustand, dass man es nicht nutzen konnte. Einsturzgefahr. Die Pläne für eine Kindertagesstätte waren zunächst auf Eis gelegt, dann fortgesetzt worden. Eigentlich hätte der Umbau schon im Frühjahr 2015 beginnen sollen. Jetzt, ein

Jahr später, war immer noch nichts passiert. Der Putz bröckelte von den Außenmauern. Einige Scheiben waren zerbrochen. Und über allem thronte der charakteristische Uhrenturm, der es Ingeborg Schindler besonders angetan hatte.

Manchmal bezweifelte sie, dass ihr Engagement eine Chance hatte. So lange schon versuchte sie, den Verkauf der alten Halle zu stoppen. Aber die finanzielle Lage der Stadt war alles andere als rosig, und die Flüchtlingssituation hatte dies noch verschärft. Die Kassen waren leer. Wie überall.

Dennoch war Ingeborg Schindler überzeugt, dass ihr jetziger Vorstoß klappen konnte. Einige Unternehmer waren von ihrer Idee begeistert. Geld hatten sie – die Leute wussten nicht, wohin damit, seit es kaum Zinsen auf dem Kapitalmarkt gab. Es galt, die richtigen Argumente zu finden, damit die Investoren ihr Geld für den Erhalt der Halle gaben. Und zwar im Bewusstsein, etwas Gutes zu tun.

Dafür brauchte man neben guten Argumenten Charme und Überzeugungskraft. Über beides verfügte Ingeborg Schindler – und falls es mal nicht reichte, scheute sie sich auch nicht davor, die ältesten Tricks der Frauen einzusetzen. Die wenigsten Männer widerstanden ihrem Charme.

Sie parkte bei der Sparkasse. Sie war spät dran und fand den letzten freien Platz: eine schmale Lücke zum Einparken. Einen kleinen Moment überlegte sie, woanders nach einem Parkplatz zu suchen, doch dann riss sie sich zusammen. Auch wenn sie in allem dem klischeehaften Frauenbild widersprach und es ungern zugab: Parken, vor allem rückwärts einparken, gehörte nicht zu ihren Stärken.

Sie schaute sich um. Keine Zuschauer, niemand, der sie bei ihren Versuchen aufhielt.

Sie fuhr im Schritttempo an der Lücke vorbei, schätzte noch einmal ab, ob ihr Wagen hineinpasste. »Locker«, murmelte sie und vergegenwärtigte sich sämtliche Tipps, die sie je zum Parken erhalten hatte. Die Straßenlaterne leuchtete die Lücke vollkommen aus.

Ingeborg Schindler legte den Rückwärtsgang ein, bedauerte, dass sie in ihrem Cabrio keine Rückfahrkamera wie in dem Geländewagen hatte, und gab vorsichtig Gas. Dann schlug sie das Lenkrad ein und – der Winkel war perfekt – drehte es wieder um, sodass sie gerade fuhr, und stand in der Parkbucht. Geschafft, dachte sie und lächelte. Im Moment schienen die Sterne mit ihr zu sein, es klappte alles.

Beim Aussteigen touchierte sie den Nachbarwagen. Hätte sie doch etwas weiter rechts … aber das war jetzt unerheblich. Es gab keine sichtbare Beule oder Delle, und so ging sie mit federnden Schritten weiter zum »Philipp Eins«.

Sie liebte die älteste Gaststätte Speyers, deren genaue Grundsteinlegung keiner zu datieren wusste. Zum ersten Mal urkundlich erwähnt wurde sie 1529. Das Gebäude verströmte den Charme der alten Zeit. Es war das einzige weitestgehend erhaltene Haus aus der Renaissancezeit in der Speyerer Altstadt. Es hatte den großen Stadtbrand überstanden und während der Reichstage Landgraf Philipp I. beherbergt, daher der Name.

Sie mochte die stilvoll eingerichtete Lokalität, die den Spagat zwischen Privatsphäre im gemütlichen Gastraum und Raum für große Gruppen im Saal schaffte. Mehr als einmal hatten sie hier Familienfeste gefeiert. Die vorhandene Küche mit offener Theke war der Hingucker für jede Gesellschaft. Der alte Dielenboden, die Bühne im großen Saal und der verwunschene Innenhof luden zu ausgelassenen Feiern ein. Allein der Gang zu den Toiletten versetzte sie stets in eine Art Zeitreise.

An der Theke stand der Wirt, der Ingeborg Schindler mit einem Kopfnicken anzeigte, dass sich alle im hinteren Versammlungsraum befanden.

»Getränke stehen auf den Tischen? Oder kommen Sie rein und nehmen die Wünsche auf?«

»Alles is uffm Tisch, wonn was fehlt, kumm isch roi.«

Obwohl Ingeborg Schindler ihre Kindheit in Speyer verbracht hatte, sprach sie keinen Dialekt und hatte immer wieder Schwierigkeiten, ihn zu verstehen. Der Satz war einfach, aber sie freute sich, dass sie keine langen Gespräche mit dem Wirt führen musste.

»Guten Abend«, begrüßte sie die Anwesenden, als sie mit energischem Schwung die Tür öffnete.

Der Raum war gut gefüllt. Die Tische standen u-förmig, und die Stühle boten für fünfzig Leute Platz. Nur wenige Stühle waren nicht besetzt. Ferdinand Weber und Jeannette Altmeyer hatten sich in die hintere Reihe gesetzt.

»Ich möchte mich gar nicht lange mit höflichem Geplänkel und Drumherumgerede aufhalten. Danke, dass Sie so zahlreich erschienen sind. Und auch, dass Sie an der Kundgebung vergangenen Samstag teilgenommen haben. Es ist jetzt schon abzusehen, dass es ein voller Erfolg war. Wir haben neue Interessenten werben können und auch Zusagen für Spenden bekommen. Wie Sie wissen, ist jeder Verein auf Beiträge und Spenden angewiesen. Viele von uns investieren viel Zeit und Herzblut in diese Kampagne. Ich kann das gar nicht genug loben und hervorheben. Unsere Idee, der Erhalt der Halle, lebt vom Mitmachen. Von Ihrem Einsatz, sei es körperlich, geistig oder finanziell.«

Sie machte eine Pause, schaute in die Gesichter ihrer Zuhörer und lächelte.

»Reden kann sie«, sagte Jeannette zu Weber.

»Alles wirkt einstudiert«, sagte er.

»Ja. Nichts wird dem Zufall überlassen. Das ist eine Vollblutpolitikerin. Die will in den Stadtrat. Vielleicht täte sie der Stadt sogar gut.«

»Sie meinen, eine parteilose Bürgermeisterin wie in Köln? Kann ich mir hier nicht vorstellen. Aber nichts ist unmöglich. Ich bin gespannt, was sie in dieser Sache bewegt.«

»Sie möchte die Halle als Kulturgut erhalten. Für Veranstaltungen. Aber natürlich fehlt es an Geld. Soweit ich weiß, ist ein Antrag auf Bestandsschutz gestellt«, sagte Jeannette.

»Sie ist eine der wenigen, denen ich zutraue, dass sie das hinkriegen.«

»Ja, eine durchsetzungsstarke Frau. Die haut so schnell nichts um. Beeindruckend.«

»Was weißt du sonst über sie?«, fragte Weber.

»Nicht viel. Das, was in den Zeitungen und im Internet

steht. Sie achtet sehr darauf, in der Öffentlichkeit ein makelloses Bild abzugeben. Mir ist nicht bekannt, dass sie mal über die Stränge geschlagen hat. Noch nicht einmal eine Laufmasche in der Strumpfhose. Ich glaube, die Presse würde sich draufstürzen, als wäre es eine Wahnsinnsenthüllungsstory.« Jeannette lachte laut.

Weber fand das albern und schenkte ihr einen müden Blick.

Jeannette wurde augenblicklich ernster. »Sie kriegt immer, was sie will. Hat in die Familie Schindler eingeheiratet. Auch da hat sie seit dem Tod des Seniors einiges verändert. Für die Finanzspritze von einem niederländischen Unternehmer war hauptsächlich sie verantwortlich. Gerüchteküche«, sagte sie und lachte wieder, als sie Webers erstaunten Gesichtsausdruck sah. »Der Buchladen ist die ideale Quelle für Tratsch und Klatsch. Sie haben einen Sohn, adoptiert. Leider fügt der sich gar nicht in die Familientradition. Er macht Haushaltsauflösungen und so was in der Art.«

Weber unterbrach sie. »Du meinst, der reiche Sohn einer einflussreichen Familie räumt Wohnungen von Verstorbenen aus? Oder muss Wohnungen entrümpeln, die von Mietnomaden ruiniert wurden? Das stelle ich mir ekelig vor.«

»Ich auch. Aber er hat das Studium geschmissen, soweit ich weiß, und sich damit selbstständig gemacht. Ich glaube, es läuft ganz gut. Zumindest inseriert er immer wieder in den einschlägigen Blättchen.«

»Das muss ja nichts heißen.«

Ingeborg Schindler hatte etwas gesagt, was einen kräftigen Applaus zur Folge hatte. Weber und Jeannette hatten keine Ahnung, worum es ging.

»Entschuldigung«, wandte sich Jeannette an ihren Sitznachbarn, »was hat sie gerade gesagt?«

»Wieso sind Sie eigentlich hier, wenn Sie nicht zuhören?« Der Mann schüttelte den Kopf und machte unappetitliche Geräusche mit dem Mund. »Es gibt nun eine Facebook-Gruppe für unsere Gemeinschaft und eine Homepage. Das hat alles Frau Schindler initiiert. Sie ist schon eine beeindruckende Persönlichkeit. Packt an und redet nicht nur, wie manch andere.«

Jeannette bedankte sich und klärte Weber flüsternd auf.

»Ja«, gab er zurück, »sie weiß Probleme anzugehen und packt an. Die Frage ist, ob sie jemandem mit ihrer Art auf den Schlips getreten ist. Und natürlich frage ich mich, ob es wirklich Zufall war, dass ein Mordversuch am Tag der Demonstration stattgefunden hat.«

In diesem Moment lief Ingeborg Schindler an ihnen vorbei. Weber nutzte die Gelegenheit. »Guten Abend, Frau Schindler, ich möchte Ihnen danken und zu Ihrer Initiative gratulieren. Sie können mit unserer Unterstützung rechnen.«

Sie blieb stehen, ihr eingefrorenes Lächeln zeigte keine Gefühle. »Wem darf ich danken?«

»Mein Name ist Ferdinand Weber, dies ist meine Bekannte Jeannette Altmeyer. Wir möchten auch, dass die Halle stehen bleibt und von uns Bürgern genutzt werden kann.«

»Wunderbar. Hier, ich gebe Ihnen den Flyer mit. Dort steht die Bankverbindung drauf, wir freuen uns über jede Unterstützung.«

17

Mechthild Krause lächelte glücklich. Sie hatte ihre Angelegenheiten geregelt und konnte beruhigt ins Hospiz ziehen. Das Angebot von Julius Schindler war fair gewesen, und sie hatte ihm einen Schlüssel zu ihrer Wohnung gegeben. Ihren Tod vor Augen, hatte sie das Gefühl, zumindest einmal in ihrem Leben alles richtig gemacht zu haben.

Es gab nicht viel, was sie in ihre Tasche packte. Drei Nachthemden, einen Freizeitanzug, Unterwäsche und Strümpfe. Als sie den Reißverschluss schließen wollte, durchfuhr sie ein heftiger Schmerz. Sie krümmte sich, schweißüberströmt versuchte sie, sich mit letzter Kraft am Bettpfosten festzuhalten. Ihre freie Hand presste sie gegen den Bauch, um den Schmerz zu lokalisieren. Sie wollte ihn packen, zu einem Ball formen und gedanklich weit von sich werfen. So hatte es ihr diese seltsame Esoterikerin erklärt.

»Nimm den Schmerz an, mach ihn dir bewusst, dann lass ihn gehen.« Was versuchte man nicht alles, wenn nichts mehr half. Das war, wovon Dr. Schröder gesprochen hatte. Es wurde Zeit für stärkere Mittel. Im Hospiz war man auf sie vorbereitet.

Mechthild Krauses Reserven reichten nicht. Sie ließ sich auf den Boden gleiten, und während sie liegend wartete, dass der Anfall vorüberging, überlegte sie die nächsten Schritte. Viel war nicht mehr zu tun. Nur noch das Taxi rufen, ins Hospiz am Dom fahren, sich ins Bett legen, Medikamente nehmen und auf den Tod warten. Darauf hoffen, dass sie bald Maria begegnen würde.

Sie glaubte an ein Leben nach dem Tod. Vielleicht auch nur, weil sie sich nicht vorstellen konnte, dass es einfach aus war. Ihr letzter Wunsch war, dass ihr noch so viel Zeit blieb, bis Julius verstehen und sie aufsuchen würde. Aber das lag nicht mehr in ihrer Hand.

Als der Anfall vorbei war, stand sie auf. Erschöpft nahm sie die Reisetasche, stellte sie vor der Tür ab und bestellte ein Taxi. Man versprach ihr, dass es in fünf Minuten kommen würde.

Sie warf ihren Mantel über und betrat ein letztes Mal ihre Zimmer. Abschied nehmen lag ihr nicht. Der Duft des Putzmittels lag noch in der Luft; ihre Putzfrau, die sie für die letzten Wochen engagiert hatte, hatte alles auf Hochglanz gebracht.

»Lebe wohl«, verabschiedete sich Mechthild Krause laut von ihrem Zuhause, ihrem bisherigen Leben, und zog die Tür hinter sich zu.

Man hieß sie wirklich herzlich willkommen im Hospiz am Dom.

»Liebe Frau Krause, kommen Sie, ich nehme die Tasche und zeige Ihnen Ihr Zimmer. Sie haben ein Einzelzimmer. Sie sehen gut aus, wenn ich das so sagen darf. Übrigens, mein Name ist Doris. So können Sie mich nennen. Ohne Schwester oder irgend so etwas. Da lege ich keinen Wert drauf.« Doris tätschelte ihren Arm. »Sie brauchen sich keine Sorgen zu machen, müssen sich um nichts kümmern. Herr Schindler hat alles geregelt.«

Mechthild Krause sah sich neugierig um. So sah also ihr letzter Ort aus. Das Zimmer war schön eingerichtet. Warme Farben, verschiedene Holzarten. Viele Blumen.

»Danke«, sagte sie, »es ist schön. Auch wenn ich nicht viel Zeit hier verbringen werde.«

Damit war alles gesagt.

18

Julius Schindler betrachtete die ausgeschnittenen Zeitungsartikel mit wachsendem Interesse. Ein Aufmacher, der groß in der Presse angekündigt wurde und die Bedeutsamkeit der Nachricht für die Speyerer zeigte. Der Papst hatte zugesagt, zu kommen. Nach seinem Aufenthalt in Augsburg hatte er mit einem Hubschrauber im Helmut-Bantz-Stadion landen sollen. Unwillkürlich fragte sich Julius Schindler, warum der Flugplatz nicht angemessener gewesen war. Vielleicht aus Sicherheitsgründen, dachte er.

Er stöberte weiter. Was die alte Dame alles aufgehoben hatte! Jede Schlägerei in der Stadt, an der die französischen Soldaten der Kaserne Normand beteiligt gewesen waren, steckte in einer Plastikfolie und war nach Datum abgeheftet. In einem Artikel wurde die Schließung einer Kneipe bedauert. Ein Foto zeigte zwei Frauen, die Bildunterschrift lautete: »Mechthild Krause und ihre Mitarbeiterin Maria Selbach«.

Mechthild Krause war in jungen Jahren eine hübsche Frau gewesen, wenn auch etwas derb. Die Frau neben ihr wirkte wesentlich zarter. Eine schmale Person, kleiner als ihre Chefin. Insgesamt weckte sie einen Beschützerinstinkt, zumindest in Julius Schindler. Er wollte alles Böse von ihr abwenden, sie nur lachen sehen. Die nach unten zeigenden Linien um ihre Mundwinkel zeugten davon, dass sie nicht nur Freundliches und Schönes erlebt hatte. Das Kellnern in einer Kneipe, in der es hart zuging, wollte seinem Empfinden nach nicht zu ihr passen.

Beim Weiterblättern fand er eine Todesanzeige. Der Text erschreckte ihn. »Maria Selbach, geboren am 1.5.1968, gestorben am 4.5.1987. Da, wo du jetzt bist, wirst du glücklich sein.«

Mehr nicht.

In ihm stieg eine unendliche Traurigkeit hoch. Was war dieser jungen Frau widerfahren? Ein so junges Leben. Vielleicht eine tückische Krankheit oder ein Unfall? Er entdeckte einen Artikel, der ihn schockierte.

»Junge Frau stürzt sich vor Zug.«

Er rieb sich die Augen und las weiter.

»Drama zum Besuch des Papstes. Kurz nach der Feier zum Papstbesuch auf dem Domplatz machte sich Augenzeugenberichten zufolge Maria S. auf den Weg nach Hause. Die Gründe, warum sie am Bahnübergang in der Schützenstraße unter den Zug geriet, sind nicht bekannt. Die Ermittlungen der Polizei laufen noch. Ob es ein Unfall oder Suizid war, konnten die Experten noch nicht sagen. Dem Zugführer ist kein Versagen vorzuwerfen. Die junge Frau hinterlässt ein Kind.«

Julius Schindler war fassungslos. Wie furchtbar, dachte er. Was brachte eine junge Frau, eine Mutter dazu, sich nach einer Veranstaltung, auch noch mit dem Papst, umzubringen? Hatte sie sich Hilfe, Beistand oder gar Erleuchtung gewünscht? Er war kein gläubiger Mensch, sah aber immer wieder im Fernsehen die Hoffnung, die die Katholiken auf das Oberhaupt ihrer Kirche setzten. Wie groß musste die Verzweiflung sein, um solch einen Schritt zu tun?

Einen Moment verharrte Julius Schindler noch in der Überlegung, dann blätterte er weiter. Es gab weitere Berichte über den Papstbesuch, die ganze Stadt schien im Ausnahmezustand gewesen zu sein. Ein Foto eines Mannes, der an dem Tag für die Sicherheit gesorgt hatte. Ferdinand Weber. Mechthild Krause hatte einen Kommentar an den Rand geschrieben. »Wo war er?« Was immer damit gemeint war.

Julius Schindler bedauerte, dass seine Eltern ihm nichts über die damaligen Ereignisse erzählen wollten. Aber zurzeit ging seine Mutter ja völlig in ihrer Kampagne für den Erhalt der Halle auf dem ehemaligen Kasernengelände auf.

Um ehrlich zu sein, hatte er sie nie anders erlebt. Sie musste immer irgendetwas retten. Als Kind fand er sie manchmal beängstigend. Viel öfter als zu Hause am Esstisch hatte er seine Mutter auf einem Foto in der Zeitung gesehen, wenn sie wieder einmal auf irgendeinem Empfang repräsentieren musste. Wenn er seinen Vater dann fragte, wo seine Mutter sei, nahm der seinen Sohn auf den Schoß, strich ihm übers Haar und erklärte ihm, dass sie am Abend wieder zu Hause sei.

In der Beziehung hatte sein Vater nie gelogen. Abends saßen sie gemeinsam am Esstisch, und sie sprach von ihrem Tag. Im Nachhinein fand er, dass sie trotz körperlicher Anwesenheit nie wirklich da gewesen war. Der Alltag, das ganz Normale, schien sie zu langweilen und überhaupt nicht zu interessieren.

Die Erklärung bekam er erst Jahre später. Sie war nicht seine leibliche Mutter, er wurde adoptiert. Plötzlich schien es nicht mehr so seltsam, dass er diese Leere in sich spürte. Er konnte sie nie richtig greifen. Das Gefühl war einfach da und ließ sich weder mit Besuchen im Technik-Museum, im Freizeitpark noch auf der Messe vertreiben.

Julius Schindler konnte nicht behaupten, dass es ihm an irgendetwas gefehlt hatte. Wenn er einen Wunsch äußerte, bekam er ihn erfüllt. Manchmal musste er aus erzieherischen Maßnahmen seinen Wunsch begründen. Aber das war pro forma. Pseudo-Diskussionen folgten. In irgendeinem Kinderratgeber stand wohl, dass diese Maßnahme fürs Erwachsenenleben eine extrem wichtige Lektion sei.

Seine Eltern mochten so funktionieren. Er tat es nicht.

Sie scheuten sich auch nicht, Hilfe zu holen, wenn sie nicht weiterwussten. Als Fünfjähriger hatte er eine Zeit lang ins Bett gemacht. Nachdem verschiedene Kinderärzte und ein Spezialist festgestellt hatten, dass organisch alles in Ordnung war, musste er zum Psychologen. Zu diesem Zeitpunkt wurde ihm auch im Beisein des Seelenklempners gesagt, dass seine Eltern nicht seine leiblichen waren. Sie machten einen Riesenaufwand mit einschmeichelnden Reden, motivierenden Sätzen, wie toll und was für ein außergewöhnliches Kind er sei.

Dass irgendetwas im Busch gewesen war, hatte er schon geahnt. Er hatte alles Mögliche vermutet. Die einfache Feststellung, dass er adoptiert war, berührte ihn seltsamerweise kaum. Seine Adoptiveltern und der Therapeut fanden seine Reaktion befremdlich, erklärten sein Schweigen mit Schockstarre. Seine Versuche, darzulegen, dass für ihn endlich alles einen Sinn ergab und die Antwort auf so viele Fragen war, verstanden sie nicht. Sie glaubten, er wolle sie trösten. Es ihnen erleichtern. Nichts hatte ihm ferner gelegen.

Seitdem beobachteten sie ihn mit Argusaugen, interpretierten jede seiner Handlungen vor dem Hintergrund seiner Adoption. Sie gaben sich verständnisvoll und verstanden überhaupt nichts. Ab dem Zeitpunkt war er wirklich allein. Zwar tat er das, was man von ihm erwartete, seine Gefühle behielt er jedoch für sich.

Irgendwann gab sich das Beobachten, man nahm ihn wieder, wie er war. Froh, dass er keine Probleme machte. Viele Kinder im Kindergarten erzählten plötzlich, dass sie einen neuen Papa und oft sogar zwei hatten. In seinen Ohren klang es wie das Austauschen von Spielzeug.

Er wuchs in dem Wissen auf, dass Walter und Ingeborg Schindler nicht seine leiblichen Eltern waren, ihn aber genauso liebten, als wären sie es. Das klang gut, und er hatte die Information gespeichert, hingenommen, wie die Wettervorhersage. Das Bettnässen hörte auf, und für alle war die Welt wieder in Ordnung.

Erst viel später hatte er verstanden, was das bedeutete. Das Wissen und der unverkrampfte Umgang mit seiner Herkunft halfen ihm, ungeniert zu fragen, was denn mit seinen leiblichen Eltern geschehen war. Statt direkt eine Antwort zu geben, benahm sich sein Vater seltsam. Er wirkte angespannt, seine Körperhaltung veränderte sich. Seine Stimmlage auch.

»Genau wissen wir das auch nicht. Deine Mutter ist gestorben, dein Vater war unbekannt. Eine entfernte Verwandte hat sich um dich gekümmert, sich dann aber zur Adoption entschlossen. Und wir waren überglücklich.«

Er legte eine dramatisch anmutende Pause ein, bevor er mit brüchiger Stimme erklärte, dass sie jahrelang vergeblich versucht hatten, ein Kind zu bekommen.

Das alles war so lange her. Während Julius an vergangene Zeiten dachte, überkam ihn plötzlich ein ungeheurer Verdacht. Ihm fiel die seltsame Reaktion seiner Adoptiveltern beim Abendessen vor ein paar Tagen ein, als er ihnen von der Wohnungsauflösung Mechthild Krauses erzählt hatte. Das blasse Gesicht des Vaters, das zerbrochene Glas der Mutter. Was, wenn er das Kind der Selbstmörderin war? Und Mechthild Krause die »entfernte Verwandte«? Hätten Walter und Ingeborg es ihm gesagt? Wäre das möglich, oder verrannte er sich da in eine unsinnige Idee?

Er betrachtete erneut das Foto der jungen Frau. Maria. Konnte sie seine Mutter sein? Er suchte nach Ähnlichkeiten mit sich. Waren die Augen gleich? Die Form des Gesichts? Die Nase, die Lippen?

Wenn dem so war, warum hatte ihm niemand etwas gesagt?

Eigentlich war für Julius Schindler alles gut gelaufen. Die Schule hatte er gut überstanden. Es gab kein Getuschel über seine Herkunft. Zumindest nicht bei seinen Mitschülern oder anderen in seinem Alter. Ob das bei den Erwachsenen anders war, wusste er nicht, vermutete es aber. Es lag in der Natur der Menschen, zu lästern. Mit Wissen, vor allem Halbwissen, bei Unterhaltungen zu glänzen, sich interessant zu machen. Er nahm es niemandem übel.

Ein Ereignis hatte sich besonders in seinen Erinnerungen festgesetzt. Er war mit einem Schulfreund nach der Schule zu ihm nach Hause gegangen. Ihre Eltern hatten dem zugestimmt. Artig und gut erzogen, wie er war, reichte er der Mutter des Freundes die Hand und stellte sich vor. »Herzlichen Dank, dass ich bei Ihnen essen darf. Mein Name ist Julius. Julius Schindler.«

Manche Dinge erscheinen erst im Nachhinein seltsam. Die Mutter seines Freundes, dessen Name ihm partout nicht mehr einfiel, hatte ihn freundlich und sehr neugierig angesehen und gesagt: »Ach, du bist der kleine Julius. Schön, dich kennenzulernen.«

Diese Erkenntnis, dass ihn jeder kannte, begleitete ihn seine ganze Kindheit über. In der Pubertät versuchte er ein-, zweimal, aufzubegehren, Dinge zu tun, die man normalerweise nicht tat und die niemand von ihm erwartete. Betrunken durch Speyer laufen, dazu grölen und lachen, heimlich rauchen. Am Rheinufer sitzen, grillen. Wenn es Beschwerden gab, dann wurde das gemeinsame Frühstück mit den Eltern am Wochenende zum Tribunal.

Ihm waren die Morgenstunden in der Woche lieber gewesen. Dann saß er nur mit der Haushaltshilfe Elena in der Küche. Er trank Kakao, später Tee, sah ihr zu, wie sie sein Pausenbrot schmierte. Seine Mutter war meist irgendwie unterwegs oder lag noch im Bett, weil es am Abend zuvor zu spät geworden war auf einer Wohltätigkeitsveranstaltung. Sein Vater war im Büro der Firma. Mit Elena verband ihn eine besondere Beziehung. Sie war seine Ansprechpartnerin für alle Fragen rund um das andere Geschlecht. Ihr vertraute er auch zuerst an, dass er nicht studieren wollte. Dass er einen ganz anderen Traum verwirklichen wollte.

Ihr einziger Kommentar dazu blieb ihm immer in Erinnerung: »Das werden sie nicht verstehen.«

Mehr nicht. Keine Versuche, ihn umzustimmen, ihm zu erklären, wie wichtig ein Studium war.

Elena brachte es auf den Punkt. Sie verstanden es nicht.

»Wie willst du ohne Studium ins Unternehmen einsteigen? Du bist unser Sohn.«

Und da hatte sich sein Widerspruch Bahn gebrochen. Nein, das war er *nicht*. Er war *nicht* der Sohn der einflussreichen Familie Schindler. Er war der Sohn einer jungen Frau, die gestorben war. Vielleicht einer Kellnerin?

Ihm erschien es nicht recht, in das Unternehmen einzusteigen. Hinzu kam, dass es ihn überhaupt nicht interessierte. Es war so belanglos, in dritter Generation ein Bauunternehmen zu übernehmen. Es ging ihm sogar mächtig gegen den Strich.

Die Schindler Baugesellschaft baute neu. Immer. Riss alte Häuser nieder, um sie modern und funktional auferstehen zu lassen. Seit Jahrzehnten. Damals hatte seine Mutter noch nicht diesen Zwang, unbedingt etwas Altes zu bewahren. Was auch immer ihren Wandel verursacht hatte, es gefiel Julius Schindler. Damals war es einfach nur darum gegangen, alles neu zu schaffen. Verstehen konnte man das, wenn man sich die Mühe machte, die Beweggründe seines Großvaters zu ergründen. Nach dem Krieg war Wiederaufbau angesagt. Aus Trümmern musste Neues entstehen. Walters Vater hätte er gern kennengelernt.

Walter. Den genauen Zeitpunkt, wann er beschlossen hatte,

sie Walter und Ingeborg zu nennen statt Vater und Mutter, wusste er nicht mehr. Aber es war ihm sofort besser gegangen, es hatte sich natürlicher angefühlt.

Vielleicht war das seine Stärke. Analytisches Denken. Nein, das war es nicht wirklich. Julius Schindler dachte nicht analytisch, sondern gerade, ohne Umwege. Die Schindlers waren nicht Vater und Mutter. Nicht in seinen Augen. Auch Elenas Versuch misslang: »Es sind Vater und Mutter, aber nicht Papa und Mama.« Auch wenn es ihm einleuchtete, kamen ihm die Worte nicht mehr über die Lippen. Walter und Ingeborg passten einfach besser. Das sagte ihm sein Bauchgefühl.

Und auch an dem Abend, als er ihnen seinen Entschluss mitteilte, klang es besser: »Walter, Ingeborg, ich habe euch etwas zu sagen. Ich mache mich selbstständig.«

Walter saß in seinem Lieblingssessel und las ein Buch, Ingeborg brütete über einer Rede, die sie am kommenden Tag für irgendeine Veranstaltung halten sollte. Ihre Reaktionen waren sehr unterschiedlich, entsprechend ihrem Charakter.

Sie blickte kaum auf. »Ach ja?«, war ihr lapidarer Kommentar.

Walters Buch fiel zu Boden, und er fragte ängstlich: »Was bedeutet das?«

Der Abend hatte sich ihm ins Gedächtnis gebrannt. Er sah sich in dem Zimmer stehen, ein super Abi in der Hand und nur den Wunsch in sich spürend, ein Dienstleister zu werden. Haushalte aufzulösen. In den Hinterlassenschaften anderer Menschen zu stöbern.

Verständlicherweise hatte sein Wunsch keine Begeisterung ausgelöst.

Zwischen »Du spinnst« und der Frage, ob er krank sei, etwas Falsches gegessen habe oder etwa betrunken sei, schauten sie ihn immer wieder entgeistert an.

In einer Studie hatte er mal gelesen, dass Prägung achtzig Prozent eines Menschen ausmachte, Gene den Rest. Die Sturheit seiner Adoptivmutter schien ihn sehr beeindruckt zu haben. Er war bei seiner Berufswahl geblieben, entgegen allen Schwierigkeiten. Ingeborg Schindler hatte sogar ihre

Contenance verloren und ihre Stimme erhoben. Nicht sehr, es war kein Schreien. Und gebracht hatte es auch nichts. Da die Familie nichts mehr scheute, als negativ in der Öffentlichkeit aufzufallen, saß er am längeren Hebel.

Seit Jahren war er nun sein eigener Chef, seine Einnahmen deckten seinen Bedarf, er war ein genügsamer Mensch, es reichte ihm. Wichtig war, dass er es jeden Tag liebte, seiner Arbeit nachzugehen.

So wie jetzt.

Er legte den Ordner zur Seite. Nahm die nächste Kiste in Augenschein. Postkarten. Alte Ansichtskarten von Speyer. Er setzte sich auf den Boden und sah sie durch. Ein paarmal war er sehr überrascht und schwelgte in Erinnerungen. Eine Karte zeigte die Maximilianstraße, als sie noch eine Durchgangsstraße für den Autoverkehr gewesen war. Heute fuhren dort nur noch Busse, Taxen und Lieferwagen. Von den vielen Fahrrädern mal abgesehen.

Papst Johannes Paul II. blickte ihm entgegen. Als Collage auf der Ostseite des Doms. Als könne er im Rhein stehen, dachte Julius schmunzelnd.

Er drehte die Karte um und entdeckte den grünen Stempel. »Zu Ehren …« und so weiter. Der 4.5.1987. Es war so lange her, Julius konnte sich gar nicht vorstellen, dass es tatsächlich eine so große Ehre für die Städte gewesen war, dass der Papst sie besucht hatte. War Speyer nur wegen des Doms ausgewählt worden?

In einem anderen Artikel wurde Julius fündig. Zwei Märtyrer der Nazizeit waren seliggesprochen worden. Am 1. Mai in Köln die in Auschwitz ermordete Ordensfrau Edith Stein, eine konvertierte Jüdin, und am 3. Mai in München der Jesuitenpater Rupert Mayer.

Den Ausschlag für den Besuch in Speyer hatte wohl der Hinweis gegeben, dass Speyer im Leben Edith Steins eine Rolle gespielt hatte. Die Philosophin und Nonne war zwischen 1923 und 1932 als Lehrerin an die Dominikanerinnen-Schule St. Magdalena gekommen. Im Oktober 1998 hatte Johannes Paul II. sie heiliggesprochen.

Die Informationen waren alle für Julius Schindlers kleines geplantes Museum nützlich. Seine Mutter hatte dazu noch nichts gesagt. Er war gespannt, wie sie reagieren würde. Entweder würde sie mit steinernem Gesicht und zusammengepressten Lippen den Kopf schütteln oder ihn anstrahlen und ihm anbieten, die Eröffnungsrede zu halten, ihre Pressekontakte zu mobilisieren und den Bürgermeister als Ehrengast einzuladen.

Ingeborg Schindler war und blieb unberechenbar mit einem unglaublichen Talent, die Öffentlichkeit für ihre Belange zu nutzen. Für sie gab es kein Mittelmaß. Entweder hundert Prozent oder gar nichts. Julius wusste, wie stark ihr Wunsch war, in die Politik zu gehen. Vielleicht wäre sie gar nicht die schlechteste Wahl und würde die Herren im Stadtrat etwas aufmischen.

Er grinste vor sich hin. Seine Mutter hatte die einmalige Gabe, anderen Menschen ihre Meinung aufzudrücken, sodass ihr Gegenüber glaubte, es sei seine eigene Idee gewesen. Erst viel später stellte er fest, dass er überrannt worden war.

Nur bei Julius versagte diese Technik. Ein ganz kleines bisschen fühlte er Stolz in sich aufsteigen.

Eine Postkarte fiel zu Boden. Beim Aufheben sah er, dass sie beschrieben war. Er stutzte. Die Karte war nicht an Mechthild Krause adressiert. Es stand ein anderer Name darauf. Ferdinand Weber. Den Namen hatte er doch vorher schon mal gelesen! Julius blätterte zurück. Ja, im Zusammenhang mit dem Papstbesuch hatte ihn Mechthild Krause erwähnt.

Kurzerhand verstaute Julius Schindler die Ausschnitte und die Karte in seiner Tasche. Für heute hatte er genug.

19

Die halbe Nacht hatte er wach gelegen und über den Nachlass von Mechthild Krause nachgedacht. Es gab so viele Dinge aus ihrer Vergangenheit, die ihn berührten. Die vielen Zeitungsartikel und Fotos. Er solle achtsam sein und die Vergangenheit ehren, vor allem die Toten, hatte sie gesagt. In ihren Alben war ihm nur eine Tote aufgefallen, die junge Frau, die sich umgebracht hatte. Maria Selbach. Es blieben so viele Fragen offen; vor allem der Gedanke, dass sie vielleicht seine Mutter war, nagte an ihm. Bevor er mit seinen Eltern sprach, musste er noch einmal mit Mechthild Krause reden.

Der andere Name, der auch immer wieder in den Alben auftauchte und ihm Rätsel aufgab, war Ferdinand Weber. Julius hatte recherchiert. Weber war der Kommissar, der vor Weihnachten den Frauenmörder in Speyer geschnappt hatte. In den 1980er Jahren war er der Leiter des Kommissariats in Speyer gewesen. Damals gab es zumindest noch ein richtiges Kommissariat, heute war Speyer eine Polizeiinspektion, die zu Ludwigshafen gehörte. Er musste Mechthild Krause fragen, was sie mit Ferdinand Weber zu tun hatte.

Spontan beschloss Julius Schindler, sie jetzt zu besuchen. In der Stadt besorgte er beim einzigen inhaberbetriebenen Blumengeschäft eine Orchidee, für deren Züchtung der Besitzer berühmt war.

Man musste sich spezialisieren, dachte Julius und grinste. Wie er mit seinem kleinen Unternehmen. Die Idee, ein Museum einzurichten, fand er auch nach der Kopfwäsche seiner Eltern genau richtig. Wie konnte etwas falsch sein, was sich so richtig anfühlte?

Aber er kannte ja seine Eltern, sie waren anders, ganz anders als er. Erfolgsorientiert. Immer auf Profit aus. Spenden nur gegen Quittung, um Steuern zu sparen. Geben nur, wenn dafür etwas zurückkam.

Das Hospiz lag in der Nähe des Doms. Es wirkte wie ein

kleines Krankenhaus mit einem freundlich gestalteten Eingangsbereich mit bunten Bildern und echten Blumenarrangements. Es gab kein Gefühl von Bedrückung, dunklen Vorahnungen und bevorstehendem Ende. Er war noch nie in einem Hospiz gewesen, konnte sich auch nicht vorstellen, den Tod freudig in so einer Institution zu erwarten. Lieber Himmel, er war zu jung für den Tod.

Die Dame am Empfangstisch begrüßte ihn lächelnd. »Guten Tag, was kann ich für Sie tun? Haben Sie sich angemeldet?«

»Ich wusste nicht, dass ich mich anmelden muss. Ich möchte jemanden besuchen.« Julius Schindler zeigte auf die Blumen. »Sonst gebe ich sie nur ab, wie gesagt, ich … mir …«

Er kam sich dumm vor, dass er nicht selbst auf die Idee gekommen war, seinen Besuch vorher anzumelden.

»Wen möchten Sie denn besuchen?«

Er schluckte, lächelte zurück. »Mechthild Krause. Sie ist keine Verwandte, aber eine Bekannte, und ich wollte sie etwas fragen. Weil ich … also sie hat mir ihren Nach…«

Wieder brach er ab, bemerkte eine Veränderung im Gesicht der Frau, die er nicht deuten konnte. Hatte er etwas Falsches gesagt?

»Unsere Gäste werden hier betreut. Frau Krause hat … Ach was. Warten Sie hier, jemand holt Sie gleich ab. Nehmen Sie Platz.«

Er setzte sich in einen der braunen Ledersessel und war überrascht, wie tief er einsank. Ob er im Alter hier wieder hochkommen würde, bezweifelte er.

Die Dame am Empfang griff zum Telefonhörer und sprach aufgeregt. Julius verstand kein Wort, merkte aber, dass es die Frau Energie kostete, ihr Anliegen durchzusetzen.

»Kommen Sie«, sagte sie, nachdem sie das Gespräch beendet hatte, und kam auf ihn zu. »Der Arzt war gerade bei Frau Krause. Sie hat Medikamente bekommen, freut sich aber bestimmt, Sie zu sehen.«

Sie gingen in den zweiten Stock, die Treppe war alt, in der Mitte durchgetreten, und knirschte. Schweigend liefen sie nebeneinanderher. Julius überlegte krampfhaft, was er sagen sollte. Small Talk lag ihm nicht, er war sich auch nicht sicher, ob es ein einfaches Gespräch oder ein beginnender Flirt sein sollte. Mal wieder ärgerte er sich, dass er zu schüchtern und befangen war, was das andere Geschlecht anging. Dass seine Mutter beim gestrigen Telefonat nachfragte, ob er eventuell homosexuell sei, hatte ihm den Rest gegeben.

»Da sind wir.« Die Empfangsdame stellte sich an den Türrahmen und ließ Julius vorbeitreten. Er roch ihr Parfüm, das ihm missfiel. Der Duft von alten Damen, kam ihm in den Sinn. Das war aber nichts gegen den Geruch im Krankenzimmer, den er nicht identifizieren konnte.

»Es ist gewöhnungsbedürftig, ich weiß«, sagte die Dame und nickte ihm aufmunternd zu. »Wenn Sie eine Weile in dem Raum sind, haben Sie sich daran gewöhnt. Vertrauen Sie mir.«

Dann ging sie. Er war allein mit Mechthild Krause. Der Unterschied zu ihrem Aussehen, als sie ihm ihre Wohnung gezeigt hatte, und jetzt war gravierend. Sie sah alt, krank und zerbrechlich aus.

Der Geruch, eine Mischung aus Desinfektions- und Putzmitteln und noch etwas anderem, das er nicht beschreiben konnte, raubte Julius fast den Atem. Dennoch ging er tapfer auf Mechthild Krause zu. Ihre Augen bewegten sich langsam hin und her, als überlegte sie, wer er war. Ansonsten verzog sie keine Miene.

»Hallo, Frau Krause. Ich habe Ihnen eine Orchidee mitgebracht.«

Keine Reaktion.

Er stellte den Blumentopf auf den Tisch, darauf achtend, dass Mechthild Krause ihn von ihrem Bett aus sehen konnte. »Ich hoffe, Sie mögen sie.«

Das Geräusch, das sie von sich gab, erschreckte ihn. Ein Laut, als bekomme sie zu wenig Luft und ersticke jeden Moment.

Er ging einen Schritt auf sie zu. »Was haben Sie gesagt? Ich konnte Sie nicht verstehen.«

»Schön«, krächzte Mechthild Krause und grinste. Sie hatte keine Zähne im Mund.

»Sie wissen, wer ich bin, oder? Julius Schindler. Ich soll Ihre Wohnung auflösen.«

Mechthild Krause nickte.

Ein Fortschritt, dachte Julius und zog sich einen Stuhl an das Bett heran. »Frau Krause, ich gehe gerade Ihre Zeitungsartikel durch. Das ist ja fast eine Speyerer Chronik. Und die vielen schönen Ansichtskarten. Da sind ja richtige Schätze dabei.«

Ihre Augen bewegten sich aufgeregt hin und her.

Er erzählte von seinen Plänen für ein kleines Museum. Es fiel ihm viel leichter, einer Fremden davon zu berichten als seinen Eltern. Ohne zu stocken, sprach er von seinen Vorstellungen, wie er Ansichtskarten, Fotos, altes Geschirr und Porzellan zur Geltung bringen würde.

»Ein typisches Esszimmer schwebt mir vor, aus den 1960er, 70er Jahren. Die junge Vergangenheit. Die ganz alten Dinge gibt es ja auch im Technik-Museum. Aber bei mir geht es um die Menschen, ihre Gefühle und um das, was ihren Alltag in der Zeit geprägt hat.«

Während er sprach, begann seine Idee in seinem Kopf reale Formen anzunehmen. Das sollte er vielleicht öfter machen. Menschen, die nichts von ihm erwarteten, von seinen Ideen berichten. Wenn er nicht die erwartungsvollen Mienen seiner Eltern vor sich sah, war er viel gelöster und freier. Er war so mit seiner Vision beschäftigt, dass er die Veränderung bei Mechthild Krause nicht bemerkte.

Ohne Vorwarnung zuckte plötzlich ihr Körper, und sie warf den Kopf hin und her. »Ah!«, rief sie und versuchte, sich aufzurichten. »Mord. Es war Mord! Sie alle haben Blut an ihren Händen. Sie müssen bestraft werden!« Schweißperlen rannen an ihrer Schläfe entlang, sie keuchte und stieß erneut seltsame Laute aus.

Julius befiel Panik. Er sprang auf, riss den Stuhl zu Boden, stieß die Tür auf und schrie: »Hallo, ich brauche Hilfe! Einen Arzt, sofort!«

Augenblicklich erschienen eine Schwester und ein Arzt. Julius erklärte, was passiert war, doch ihm hörte keiner zu. Er stand im Weg, wurde zur Seite geschubst und gebeten, draußen zu bleiben. Durch den schmalen Türspalt konnte er sehen, dass Mechthild Krause eine Spritze bekam. Er merkte nicht, wie nervös er mitfieberte, bis er einen akuten Schmerz verspürte. Irritiert betrachtete er den roten Fleck auf seiner linken Hand. Vor Anspannung hatte er seinen kleinen Finger in die Hand gepresst. Augenblicklich ließ er los. Der Schmerz verschwand, der Fleck blieb.

Um sich zu beruhigen, ging Julius Schindler den Gang auf und ab. Wagte immer wieder einen Blick durch den Türspalt. Er hatte sein Zeitgefühl verloren. Seine Armbanduhr war stehen geblieben, er hatte vergessen, sie aufzuziehen. Von innen hörte er geschäftig klingende Stimmen, hektisches Stühlerücken.

Julius hatte Angst. Angst vor der Nachricht, dass Mechthild Krause gestorben war. Dass sie es nicht geschafft hatte. Der Gedanke, dass er ihr in den letzten Momenten ihres Lebens von seinem Unternehmen und seinen Plänen erzählt hatte, missfiel ihm. Er hatte kein Wort über ihren Ausbruch verloren, er hätte reagieren müssen. Ihr lag doch etwas auf der Seele, aber er hatte geglaubt, er habe Zeit. Was für ein fataler Irrtum.

»Sind Sie ein Angehöriger?«, unterbrach eine Stimme seine Überlegungen.

Er schrak hoch. »Nein, ich …« Wieder fielen ihm nicht die richtigen Worte ein. Wie sollte er erklären, was in seinem Kopf vorging. »Ich bin … Ich wollte sie besuchen«, sage er schließlich.

Die Schwester schien sein Gestammel nicht zu stören. Ganz im Gegenteil. »So ein Anfall wirkt auf Außenstehende immer sehr beunruhigend. Es ist aber in diesem Stadium der Krankheit nicht ungewöhnlich. Ihr Körper hat den Kampf gegen die aggressiven Krebszellen verloren. Diese Krämpfe werden in immer kürzeren Abständen auftreten und sind leider nicht vorhersehbar. Frau Krause braucht jetzt Ruhe. Es tut mir leid, heute können Sie nicht mehr zu ihr.«

Julius verstand. »Gut. Ich gehe dann. Geht es ihr jetzt besser?«

»Sie schläft.«

»Morgen?«

»Rufen Sie lieber an. Dann können wir ihr vorher vielleicht eine Stärkungsspritze geben. Damit Sie das nicht noch einmal erleben müssen.«

Er drehte sich gerade um, als er Mechthild Krauses Stimme hörte. »Die Karten! ›Nicht immer ist man gut …‹« Der Rest ging in einem Husten unter.

»Leider haben die Medikamente und Schmerzmittel Nebenwirkungen. Nicht ungewöhnlich in unserem Haus. Die Menschen kommen her, um nicht allein oder in der unterkühlten Atmosphäre eines Krankenhauses zu sterben. Wie schön, dass Frau Krause einen guten Freund und Wohltäter hat, der ihr diesen Platz besorgt hat. Wir sind ein privates Hospiz und haben Wartelisten. Aber Herr Schindler ist ein so guter Mensch. Er hat sich persönlich für sie eingesetzt.«

Julius blickte die Schwester ungläubig an. »Wer?«

»Der Unternehmer, Walter Schindler, ein Gönner unseres Hauses. Und ein wahrer Wohltäter.«

Wie betäubt trat er vor die Tür. Was hatte die Frau gesagt? Sein Vater hatte Mechthild Krause den Platz im Hospiz besorgt? Persönlich, das hatte die Schwester betont. Mit keiner Silbe hatten seine Eltern erkennen lassen, dass sie Mechthild Krause kannten. Sein Verdacht erhärtete sich. Er war die Verbindung, er war der Sohn der Selbstmörderin. Mechthild Krause hatte ihn bewusst ausgesucht. Was lief hier für ein Spiel hinter seinem Rücken? Warum war niemand ehrlich zu ihm?

Seine Hände zitterten. Er wusste nicht, wie er sich fühlen sollte. Wütend – weil man ihn belogen hatte? Enttäuscht – weil man ihm seine wahre Herkunft verschwiegen hatte? Erleichtert – weil er nun die Chance hatte, herauszufinden, wer er war?

Verwirrt ging Julius Schindler zum Domgarten, setzte sich auf eine der vielen Bänke und ließ seinen Blick über die riesigen Bäume schweifen. Er lauschte dem Blätterrauschen, dem Vogelgezwitscher und den Kindern, die in der Ferne Spaß auf dem Spielplatz und der Minigolfbahn hatten. Er schloss die Augen und versuchte sich zu konzentrieren.

Ob ihm seine Eltern Auskunft gaben, wenn er sie direkt darauf ansprach? Sein Vater war mit Sicherheit leichter zu überrumpeln als seine Mutter. Einen Versuch war es wert.

»Hallo, Marlene«, sagte er ins Telefon. »Ist Walter da?«

»Nein, es tut mir leid, aber deine Mutter. Sie steht neben mir, ich gebe ab.«

Marlene hatte die Sprache gut gelernt, doch manchmal tat sie sich mit Redewendungen schwer.

»Hallo, Julius.«

»Ingeborg, ich habe nur eine kurze Frage. Wie du weißt, kümmere ich mich um den Nachlass von Frau Krause.«

»Von wem?«

»Jetzt tu nicht so. Ich habe beim Essen von meiner Auftraggeberin erzählt. Mechthild Krause, die im Hospiz ist.«

»Ach ja. Und?«

»Warum hat Walter ihr den Platz im Hospiz besorgt?«

Es blieb eine Weile still in der Leitung. Julius hörte seine Adoptivmutter atmen. »Ingeborg?«

»Dein Vater hilft, wo es geht. Er unterstützt die Einrichtung. Du weißt doch, dass er auch wohltätig ist, wo es geht.«

»Ihr kennt sie von früher, nicht wahr? Wer ist sie?«

Wieder blieb es still. Ingeborg Schindlers Atem ging schneller.

»Also gut. Das ist eine alte Geschichte, die ich ungern am Telefon erzählen möchte.«

»Ingeborg! Ich will es wissen, jetzt!« Julius war von seiner lauten Stimme selbst überrascht. Hastig blickte er sich um, doch niemand hatte seinen Ausbruch mitbekommen.

»Nun gut. Es ist unschön, dass du es so erfährst. Aber Frau Krause kannte deine leibliche Mutter.«

Er hatte es geahnt. Irgendwo in den Tiefen seines Herzens hatte er gewusst, dass es so war. Sonst wäre er überraschter gewesen. »War es Maria Selbach? Die, die sich umgebracht hat?«

Wieder keine Antwort.

»Ingeborg?«

»Komm heute Abend zum Essen.« Sie legte auf.

Julius blieb verwirrt sitzen, unfähig, einen klaren Gedanken zu fassen.

20

Mechthild Krause lag in ihrem Bett. Angeschlossen an einen Tropf, der sie ständig mit Schmerzmitteln versorgte. So war es erträglich. Es ging ihr nicht gut. Die Ärzte und Pfleger hatten sie darauf vorbereitet, dass sich ihr Gesundheitszustand verschlechtern und die Schmerzen sich verstärken würden. Sie nahm alles hin, solange sie nicht allein in ihrer Wohnung lag. Hier kam immer mal wieder jemand vom Personal vorbei und unterhielt sich mit ihr. Das war schön. Sie, die immer allein gelebt hatte, fühlte sich plötzlich als Teil einer Gemeinschaft.

Hilfreich waren auch die Drogen, die sie bekam. Alles fühlte sich leichter an. Sogar ihre Selbstzweifel wogen nicht mehr ganz so schwer. Gut, dass sie alles erledigt hatte, solange es noch ging. Ob sie Maria bald wiedersehen würde? Ob sie ihr verziehen hatte?

Maria hatte sich ihr nicht anvertraut. Mechthild Krause war noch immer überzeugt, dass Maria am Morgen des 4. Mai nicht aus dem Haus gegangen war, um sich umzubringen.

»Kümmere dich um Julius.« Damals war das eine ganz normale Bitte gewesen, weil Maria mal ohne den Kleinen aus dem Haus wollte.

Die Polizisten hatten es ganz anders interpretiert. Dennoch ließ sich Mechthild Krause nicht davon abbringen, dass an Marias Tod einiges seltsam war. Aber damals hatte ihr niemand zugehört. Sie stand da mit einem Baby, das sie nicht wollte und auch nicht versorgen konnte. Ihre Kneipe hatte sie kurz vorher verloren. Wie es beruflich und finanziell weitergehen sollte, wusste sie nicht. Besser als zu dem Zeitpunkt hätte die Hilfe von Walter und Ingeborg Schindler nicht kommen können.

Sie hatte sie angenommen. Das Geld, den Job. Konnte den Jungen aus der Ferne aufwachsen sehen. Kontakt war nicht erwünscht. Niemand hatte es verboten, aber man war der Meinung, dass es nicht gut für den Kleinen war. Sie hielt sich an jede Abmachung, verbannte jeden Zweifel an der Richtigkeit ihres Tuns.

Bis zu ihrer Diagnose. Mit dem eigenen Tod vor Augen konnte man manche Dinge anders werten.

Die Zweifel waren da. Das schlechte Gewissen begleitete sie jede Minute.

Das Nachdenken über sich und ihre Taten strengte Mechthild Krause an. Die Augen fielen ihr vor Erschöpfung zu, doch an Schlaf war nicht zu denken. Sie befand sich in einem Dämmerzustand, einer Mischung aus Wachen und Dösen. In den Momenten blieb das Denken fern, und das tat gut. Wenn ihr Kopf klar genug zum Denken war, musste sie sich mit ihrer Vergangenheit und mit sich selbst auseinandersetzen. Wenn es zu viel wurde, wünschte sie sich wieder den Dämmerschlaf zurück.

Dass ihr Ende so schnell kommen würde, hatte sie nicht erwartet. Andererseits bedeutete der Tod eine Erlösung. Ihr Nachlass war bei Julius Schindler in guten Händen, und sie war sicher, dass er ihre Hinweise verstanden hatte. Er war hier, hatte ihr die nette Schwester gesagt, er würde wiederkommen.

Sie würde ihm von Maria erzählen. Und von den Karten. Vielleicht fand er heraus, was damals passiert war. Mit Hilfe des Kommissars.

Maria! Sie hatte sie wie eine Tochter geliebt. Wenn sie in der Kneipe war, herrschte gute Laune, die Soldaten verloren ihr Heimweh und fühlten sich wohl. Dass Maria dabei mit ihren Reizen nicht geizte, musste man heute nicht mehr aufwärmen. Diese Geschichten gingen niemanden etwas an.

Viele Franzosen fanden Gefallen an Maria, manche zogen sie mit ihren Blicken aus, allen voran dieser Aust. Er hatte sie bei jeder Tätigkeit beobachtet, bei jeder Gelegenheit mit ihr geflirtet. Sie hatte gesehen, wie er Maria zufällig berührte, sie bedrängte. Wo war er geblieben, als sie Hilfe von Freunden nötig gehabt hätte? Eine andere hatte er sich gesucht, hatte Maria im Stich gelassen.

Und dieser Kommissar, der nichts anderes zu tun gehabt hatte, als sich um den Papst zu kümmern. Er hätte die Wahrheit herausgefunden, wenn er Zeit gehabt hätte. Er war ein kluger Mann, er hätte bemerkt, dass ein Selbstmörder nicht mit gepacktem Rucksack verschwand.

Mechthild Krause war überzeugt, er hätte auch Jean-Luc gefunden. Ein Rätsel, was damals passiert war. Die Suche der Militärpolizei war im Sande verlaufen.

Bald war sie mit ihr vereint. Würde sie in den Arm nehmen und hoffen, dass sie ihr verzieh.

Die Tür ging auf. Mechthild Krause hob den Kopf.

»Hallo, Frau Krause.«

Sie schreckte aus ihren Gedanken und riss beinah die Kanüle ab. »Hallo«, erwiderte sie. Ihre Stimme klang rau und unbeholfen. So, wie man spricht, wenn man lange Zeit stumm war.

»Sie sehen gut aus. Trotz allem. Behandelt man Sie gut?«

Mechthild Krause nickte. Bevor sie antwortete, räusperte sie sich. Ihre Stimme klang noch immer fremd. »Ja. Sehr gut. Wer hat Sie geschickt? Was wollen Sie? Adieu sagen?«

»Ja. So kann man das nennen.«

»Es ist schön, dass man nicht ganz vergessen wird. Maria hat es auch nicht verdient, vergessen zu werden. Ich denke sehr viel an Maria. In letzter Zeit mehr als in all den Jahren zuvor.« Sie hustete, das Reden strengte sie an.

»Sie haben die Postkarten verschickt, nicht wahr? An Hervier, an Schindler, an wen noch?«

Mechthild Krause schloss die Augen. »Damit man sie nicht vergisst«, wiederholte sie. Sie wollte noch den Kommissar nennen, aber sie war so müde. Die Worte formten sich in ihrem Kopf, doch sie konnte sie nicht aussprechen. Der Mund wurde noch trockener, das Schlucken schmerzte. Sie blieb einfach stumm.

»Alle, die damals anwesend gewesen waren? Und wem haben Sie noch die Schuld gegeben? Dem Kommissar, nicht wahr? Weil er nicht gesehen hat, was los war. Er hätte aber doch gar nichts machen können. Ihm waren die Hände gebunden. Glauben Sie wirklich, dass irgendjemand noch an etwas denkt, das fast dreißig Jahre her ist? Auch wenn es für Sie so wichtig ist? Das ist albern.«

Warum bist du dann hier?, dachte Mechthild Krause und schüttelte sich. Woher kam die plötzliche Kälte?

»Ich …« Sie brach hab. Die Müdigkeit nahm zu. Warum jetzt rechtfertigen? Sie wollte schlafen. Ein letztes Mal nahm sie ihre Kraft zusammen und setzte erneut zum Sprechen an. »Sie haben keinen guten Moment gewählt, um mit mir zu reden. Die Medikamente, Sie verstehen?«

»Ja, ich weiß.«

Die Stimme kam näher. Der Besuch trat an ihr Bett, berührte ihre Hand, drückte kurz zu.

Mechthild lächelte. Wenn man zum Sterben verurteilt war, dann kamen sie. Um Anteilnahme oder Mitleid zu zeigen. Oder um zu heucheln. Oder um das eigene Gewissen zu beruhigen. Sie hatte selbst nicht anders gehandelt. Wurde zum Ende hin doch alles gut?

Sie versuchte, ihre Gefühle zu analysieren, doch ihre Gedanken kreisten um Maria und um ihren Sohn. Plötzlich spürte sie einen winzigen Stich, ähnlich einer Spritze, wunderte sich, dass sie das überhaupt noch merkte.

»Bald ist alles vorbei. Dann sind Sie mit Maria vereint. Freuen Sie sich auf das Wiedersehen?«

Wurde es dunkler um sie herum? Warum fiel ihr das Atmen schwerer? Noch ein Stich? Sie wollte ihre Augen öffnen, doch das ging nicht. Eine Zentnerlast lag auf ihrer Brust. Was war das? Woher kam der Druck so plötzlich? Die Schwester musste kommen, irgendetwas stimmte nicht mit ihr. Die Luft wurde knapp, das Atmen immer schwerer. Was passierte hier?

Auf einmal verstand sie. Ihr Aufenthalt im Hospiz war kürzer als erwartet. Vielleicht die beste Lösung. Zumindest die schnellste. Keine Angst vor Schmerzen, vor einem einsamen Dahinsiechen.

Ihre Zeit war um, und sie konnte früher als erwartet zu Maria. Und das war gut so.

Der Mörder tat ihr einen Gefallen. Ob ihm das bewusst war?

Mit einem Lächeln und dem Gefühl, dem anderen überlegen zu sein, atmete Mechthild Krause ein letztes Mal.

Die Pflegeschwester Doris betrat leise das Zimmer. Mechthild Krause schlief. Sie sah so friedlich in ihrem Bett aus. Doris überprüfte die Kanülen, füllte die Medikamente auf, strich das Laken glatt. Erst jetzt stutzte sie. Hier stimmte etwas nicht. Sie fühlte den Puls der Patientin und erschrak. Mechthild Krause machte nicht einfach nur ein Nickerchen, sondern war für immer eingeschlafen.

Doris hielt inne, betrachtete den ausgemergelten Körper, die eingefallenen Wangen. Ob sie ihren Frieden gefunden hatte? Sie sah erlöst aus. Es tat ihr leid, dass Mechthild Krause doch allein aus dem Leben geschieden war. Niemand hatte geahnt, dass es so schnell gehen würde.

Sie hoffte, dass dieser verdammte Krebs irgendwann besiegt werden würde. Er nahm die Menschen zu früh aus dem Leben. Trotz der Traurigkeit gewann ihr Verstand. Das Bett wurde für den Nächsten frei.

Als Doris bewusst wurde, was sie dachte, errötete sie. Sie machte den Job schon zu lange.

21

Wieder stand Ferdinand Weber viel zu früh auf. Er grübelte. Das hielt ihn zumindest davon ab, über Louise nachzudenken. Sein Auftraggeber Clément Aust war tot. Opfer eines Verkehrsunfalls. Der zweite Versuch hatte geklappt. Für ihn stand es außer Frage, dass der Täter derselbe war, der es bereits bei der Demo im Quartier Normand probiert hatte.

Während er in der Küche seinen Kaffee zubereitete und sich eine Scheibe Brot mit Butter und Leberwurst schmierte, dachte Weber über die Vorfälle der letzten Tage und vor allem über Aust nach. Sein Handy klingelte. Christians Nummer.

»Guten Morgen, Ferdinand. Geht dein Festnetz immer noch nicht?« Ein Lachen. »Hab ich dir doch gesagt, dass das dauern wird. Aber Themawechsel. Es gibt Neuigkeiten.«

Weber ging auf die Stichelei mit dem Telefon nicht ein. »Schieß los!«

»Als Frau Krause damals die Kneipe aufgeben musste, hat sie rasch einen Job gefunden. Rat mal, wo?«

»Sag schon. Ich habe schlecht geschlafen, mir ist nicht nach Rätselraten.«

»Baugesellschaft Schindler. Überraschung! Ich muss los in die nächste Besprechung. Wir telefonieren bald wieder, vielleicht auch über das Festnetz.« Wieder lachte er, dann erst legte er auf.

Weber ärgerte sich. Wer ließ sich schon gern verspotten. Aber die Nachricht war interessant. Wieder eine Verbindung zu Schindler. Zufall?

Dass Clément Aust tatsächlich Opfer eines Verkehrsunfalls geworden war, war erschreckend und unvorstellbar. Aber passiert. Und was steckte hinter diesen ominösen Papst-Postkarten?

»Nicht immer ist man gut, manchmal fehlt der Mut.«

Was bedeuteten diese Worte? Was bezweckte der Verfasser damit? Natürlich war man nicht immer gut. Er selbst konnte sich auch als Polizist an Momente erinnern, in denen er sich anders, besser hätte verhalten können. Aber Menschen waren nicht immer gut, was immer man auch darunter verstand. Bedeutete »gut« das Gleiche wie »human«, »verständnisvoll«? Oder einfach nur »spendabel«? Reichte ein großes Portemonnaie, dessen Inhalt man verteilte, um gut zu sein? Wie so oft kam es auf den eigenen Standpunkt an.

Laut las Weber den nächsten Spruch. »Das Böse versteckt sich gern im Licht, leicht zu finden ist es trotzdem nicht.« Auch so ein emotionaler Gedanke. Das Böse. Was war das? Kinder betitelten etwas als böse, was andere als vernünftig bezeichneten. Was war das Böse? Der Teufel fiel ihm ein. Das fand ja wieder einen Weg zum Motiv der Karte: Papst Johannes Paul II. Selbst Kritiker der katholischen Kirche waren Fans dieses Papstes. Opfer eines Attentäters, was ihn aber nicht davon abhielt, ins Gefängnis zu gehen, um diesem Mann zu verzeihen. Er war ein guter Mensch. Zumindest verhielt er sich so, er predigte nicht Wasser und trank selbst Wein.

Dieser Papst stand für das Gute, die katholische Kirche. Den Glauben, Gebete. Was war das Böse? Was stand im Rampenlicht, sodass es jeder sehen konnte, aber nicht als das Böse erkannte? Oder wahrnahm?

Zum ersten Mal, seit er denken konnte, hatte er nicht die Tageszeitung zum Frühstück gelesen. Diese Karten beunruhigten ihn mehr, als er zugeben wollte. Sie waren Realität und betrafen ihn direkt. Da rückten andere Geschehnisse in den Hintergrund. Und er hatte immer noch keine Ahnung, was es damit auf sich hatte.

Kopfschüttelnd legte Weber die Postkarten zur Seite, räumte den Tisch ab und ging ins Bad. Heiß-kalte Wechselduschen hatten ihm schon immer beim Denken geholfen.

Eine halbe Stunde später setzte er sich erfrischt an den Küchentisch und ließ die Postkarten auf sich wirken. Er hatte die Rückseiten kopiert und legte die Vorder- und dazugehörigen Rückseiten nebeneinander.

Mit einem Vergrößerungsglas untersuchte er die Schrift genauer. Auch wenn er kein Grafologe war, meinte er dennoch zu erkennen, dass ein und dieselbe Person die Sprüche geschrieben hatte. Aber war das etwas bahnbrechend Neues? Nein, natürlich nicht. Irgendetwas musste er übersehen haben. Was hatte Aust ihm mitteilen wollen? Ihm war etwas eingefallen. Nur war er nicht mehr dazu gekommen, es ihm zu sagen. Warum passierte der Unfall ausgerechnet, kurz bevor er Weber aufsuchen wollte? Der nächste Zufall?

Für seinen Geschmack etwas zu viele Zufälle. Nur, woher hatte der Täter gewusst, dass Aust sich mit ihm treffen wollte? Ein angezapftes Telefon? Augenblicklich verwarf Weber diesen Gedanken. Das war hier kein Agententhriller, und Verschwörungstheorien hatten ihm schon immer ferngelegen. Aust musste außer mit ihm noch mit jemand anderem gesprochen haben.

Die Zeit raste. Erschrocken stellte Weber fest, dass es bereits nach elf Uhr war. Das Grübeln bereitete ihm Kopfschmerzen, seine Muskeln schmerzten. Er stand auf, streckte die Arme in die Luft und gähnte ausgiebig. Ein Gang zum Briefkasten brachte Bewegung.

Die üblichen Reklamepostwurfsendungen. Nichts Aufregendes. Wieder gab es Supersonderangebote bei einem Möbelgeschäft in Mannheim. Wie die mit den Wahnsinnspreisen überleben konnten, verstand Weber nicht. Mehr als einmal hatte er überlegt, ein neues Sofa zu kaufen. Doch die Erinnerung an Louise hinderte ihn stets daran. Wie sie das jetzige Sofa gekauft hatte, mit wie viel Begeisterung sie die Farbkombination und die passenden Kissen dazu gewählt hatte. Er brachte es nicht über das Herz, es verschwinden zu lassen. Es zum Sperrmüll zu geben oder zu verschenken kam nicht in Frage.

Noch immer hing ein Hauch ihres Dufts in den Fasern des Bezugs und in den Kissen. Vielleicht bildete er sich das nur ein, aber wenn er abends auf dem Sofa saß, spürte er Louise ganz nah bei sich.

Der Umschlag fiel ihm erst auf, als er wieder in seiner Wohnung war. Augenblicklich war er alarmiert. Der gleiche einfache weiße Umschlag. Dieses Mal klebte ein Adressaufkleber darauf. Keiner von der Poststelle, sondern jemand hatte die Adresse mit einem Computer gedruckt. Auch war der Klebestreifen nicht mit Tesafilm verstärkt.

Weber ging überlegt ans Werk und zog sich direkt Einweghandschuhe über. Vorsichtig tastete er den Umschlag ab, ob es auch nur eine Postkarte war. Erleichtert nahm er die Umrisse wahr. Erneut setzte er einen Topf mit Wasser auf, um mit Hilfe des Wasserdampfes den Umschlag zu öffnen, ohne ihn zu zerstören. Er wollte den Kollegen, den Ex-Kollegen, korrigierte er sich in Gedanken, ein einwandfreies Beweisstück für die Untersuchung liefern.

Mit einer Grillzange hielt er den Umschlag über den Dampf, um sich nicht zu verbrühen. Als sich das Papier wellte, legte er es auf den Küchentisch und begann vorsichtig, die Lasche entlang dem Falz zu öffnen.

Der Papst schaute ihn an.

Er hatte es geahnt. Es ging weiter, es war noch nicht vorbei.

Auch auf dieser Karte stand in schwarzen, akkurat gemalten Druckbuchstaben ein Spruch. »Besser ist es, nichts zu tun, lass die alten Zeiten ruhn.«

Eine Warnung, er sollte die Finger von etwas lassen, sich raushalten.

Weber setzte sich hin und starrte sekundenlang auf den Spruch. Er konnte nur von Austs Mörder kommen. Mit dieser Karte sollte er auch Hamacher und Maulbeer davon überzeugen, dass er nicht selbst der Verfasser war.

Er wusste nicht, wer dahintersteckte, war sich aber sicher, dass der Poet noch nie mit ihm zu tun gehabt hatte. Niemand, der Ferdinand Weber privat oder als Kommissar kannte, würde annehmen, dass er sich von einer solchen Drohung beeindrucken lassen würde.

Auch wenn die Worte ihm Angst einflößten – das Gefühl war neu und erschreckte ihn.

22

Jeannette betrachtete verzweifelt das offiziell aussehende Schreiben. Die Buchstaben tanzten vor ihren Augen. Mühsam erfasste sie den Sinn – obwohl sie geahnt hatte, dass das kommen würde. Die nächste Mieterhöhung. Es hatte sich abgezeichnet. Die Fenster und Türen waren erneuert worden. Seit die Wohnanlage, in der sie wohnte, verkauft worden war, gab es endlich die notwendigen Reparaturen. Der Käufer, ein Investor aus dem Ausland mit Sitz in den Niederlanden, hatte mit den Renovierungen begonnen.

Was sich erst wie Glück anfühlte, entwickelte sich zum Alptraum. Einige Mieter hatten im Internet nach Informationen gesucht und waren fündig geworden. Diese Gesellschaft war dafür bekannt, verfallende Immobilien für kleines Geld zu erwerben, sie dann sehr hochwertig zu renovieren und später als Luxusimmobilie zu verkaufen. Die bisherigen Mieter ekelte man mit Mieterhöhungen hinaus. Es war ein Riesengeschäft.

Jeannettes anfängliche Begeisterung wich Sorge, als sie die dreifach wärmegedämpften Fenster sah. Nicht nur, dass sie seitdem wesentlich häufiger lüften musste, damit sich kein Schimmel bildete, der moderne Standard der Fenster stand in keinem Verhältnis zu der übrigen Ausstattung. Der Vermieter argumentierte mit Emissionswerten und neuestem Stand der Technik und schöpfte aus dem Vollen, um die Miete zu erhöhen. Vorher hatte sie genug von ihrem Gehalt übrig behalten, jetzt wurde es knapp.

Wenn alle Modernisierungen abgeschlossen waren, würde ihr die Wohnung zum Kauf angeboten werden, hieß es. Zwar hatte sie einen kleinen Betrag als Rücklage angespart, doch sie bezweifelte, dass es jemals reichte, um eine Immobilie zu erwerben. Das widerstrebte ihr – selbst wenn alle sagten, dass es nie wieder niedrigere Zinsen geben würde und die Gelegenheit so günstig sei. Wer wusste denn schon, was in einigen Jahren war? Vielleicht ging sie doch ins Ausland oder fand ihren

Traummann, der bereits ein Haus hatte. Oder Kinder standen irgendwann an.

Der Gedanke an Kinder bereitete ihr gemischte Gefühle. Sie hatte einen Schwangerschaftsabbruch geplant, das Kind aber verloren, bevor es zu dem Termin gekommen war. Einerseits war sie froh gewesen, dass ihr die Entscheidung abgenommen worden war, andererseits haderte sie noch immer mit ihrem schlechten Gewissen.

Aber das war jetzt nichts, worum sie sich kümmern sollte. Es lenkte nur ab. Mieterhöhung. Das Wort hallte in ihrem Kopf. Sie war überzeugt, ihr Heim bald verlassen zu müssen. Liebevoll betrachtete sie die gestrichenen Wände. Der Flur in Mintgrün, mit Wandtattoo. »Träume nicht dein Leben, lebe deinen Traum.«

Ein Gedanke, der ihr gefiel, den sie aber nicht umsetzen konnte. Ein Versuch war die Renovierung gewesen. Als sie eingezogen war, hatte sie die Wände weiß gelassen, weil sie glaubte, das passte besser zu ihr. Weiß. Klar, rein. Clean. Kalt. Dann hatte sie einen Bericht über Farbenlehre gelesen und den Gedanken interessant gefunden, dass die Umwelt das eigene Denken und Handeln beeinflusst.

Das hatte sie zumindest im Kleinen ausprobieren wollen. Im Baumarkt kaufte sie sich Farben. Und war überrascht, wie gut es ihr gelang, mit Pinsel, Rolle und Farbe umzugehen. Sie, die noch nie einen Pinsel oder eine Farbrolle in der Hand gehalten hatte, begann zu streichen. Es machte irrsinnigen Spaß. Auch wenn Rücken und Hände von der ungewohnten Bewegung schmerzten, war das Ergebnis überwältigend. Eine Wand im Wohnzimmer war ziegelrot und strahlte Wärme und Gemütlichkeit aus. Die Übergänge zu den anderen Wänden zeigten zwar bei genauerem Hinsehen ein paar Unregelmäßigkeiten, die sie aber persönlich nicht störten. Sie, die Perfektionistin, konnte mit ihrer eigenen Unzulänglichkeit leben, sie akzeptieren. Ein Prozess, den ihr Therapeut mit Wonne wahrgenommen hätte, würde sie noch hingehen.

Sie grinste gequält. Zwei Therapiesitzungen hatte sie noch gut bei Dr. Eberhardt, der auf den ersten Blick gewirkt hatte, als ob er selbst dringend Hilfe benötigte. Der Eindruck hatte sich auch beim zweiten Hinsehen nicht gelegt, sondern im Gegenteil noch verstärkt. Von Besuch zu Besuch schien er unselbstständiger und nicht überlebensfähig. Mal hatte er Schokoladencreme in den Mundwinkeln, mal Ei – so hoffte Jeannette – auf der Hose.

Darüber hätte sie noch hinwegsehen können. Das wirklich Schlimme war seine Art zu sprechen und sich zu bewegen gewesen. Statt sich auf seinen Patienten zu konzentrieren, rutschte er unruhig auf dem Stuhl hin und her, berührte sich selbst ständig im Gesicht, mal an der Nase, dann an den Ohren. Er zog an seinen Haaren, kratzte sich an der Oberlippe, an den Schultern, bewegte den Kopf von rechts nach links, ließ seine Finger knacken und wippte stets mit einem Fuß.

Er hatte sie wahnsinnig gemacht. Seine Nervosität sprang auf sie über, sie ahmte seine Bewegungen nach und war nach fünfundvierzig Minuten völlig nervös. Auf ihre gemischten Gefühle zu ihrem geplanten Schwangerschaftsabbruch und dem plötzlichen Verlust des Babys ging er gar nicht ein, sondern fragte sie nach ihrem Verhältnis zu ihrer Mutter aus. Auf ihr Nachfragen nach dem Sinn dieser Frage grinste er überheblich und wechselte das Thema, um drei Minuten später wieder auf ihre Mutter zu sprechen zu kommen.

Das Forschen in ihrer Vergangenheit war ihr gehörig gegen den Strich gegangen. Ihr Problem hieß Schlafstörung, auch heute noch, und war sicherlich nicht in einem Fehlverhalten ihrer Mutter vor zwanzig Jahren begründet.

Mit Ferdinand hatte sie noch nicht darüber gesprochen. Weder über ihre Schlafprobleme noch über den Therapeuten. Das Einfachste wäre sicherlich gewesen, den Arzt zu wechseln, das hatte ihr die Beraterin der Krankenkasse geraten, falls »die Chemie nicht stimme«, aber davor scheute sie sich. Sie hatte Angst, von vorn zu beginnen, wieder alles erklären zu müssen. Was, wenn sie an einen noch schlimmeren geriet und die Lösung ihres Problems in weite Ferne rückte?

Jetzt kam ein weiteres Problem hinzu. Wenn nicht ein Wunder geschah, stand sie bald auf der Straße. Bezahlbarer

Wohnraum war in Speyer Mangelware, ihr Gehalt als Buchhändlerin nicht gerade üppig. Ganz abgesehen davon, dass sie sich hier wohlfühlte und nicht umziehen wollte. Wer wusste schon, wie die nächsten Nachbarn waren?

Ihre Wut wuchs. Auf diesen ausländischen Investor, auf die nach Faktenlage agierenden Unternehmen, denen Einzelschicksale völlig egal waren. Sie war ja nicht die Einzige, die betroffen war. Wenn sie an ihre Nachbarin Frau Schmidt dachte, bekam sie wirklich ein mulmiges Gefühl. Seit vielen, vielen Jahren war deren Wohnung ihr Zuhause, wohin ging man dann, wenn plötzlich die Rente nicht mehr für die Miete reichte? Sollte eine Mittsechzigerin putzen gehen? Sollte sie hoffen, schnell krank zu werden und dass ihr Leben bald ein Ende hatte?

Jeannette erschrak über ihre radikalen Gedanken, aber die Möglichkeiten sahen alles andere als rosig aus.

Und sie? Nebenjob annehmen für die Miete? Wann denn? Ihre Arbeitszeiten ließen wenig Freiraum für Hobbys, geschweige denn für einen weiteren Job, für den sie sicherlich feste Zeiten einplanen musste. Fast unmöglich bei den häufig wechselnden Arbeitszeiten oder dem vielen Einspringen bei Krankheit und Urlaub.

Noch einmal warf sie einen Blick auf das Schreiben. Und stutzte, als sie die Fußzeile genauer in Augenschein nahm. Es war eine Kommanditgesellschaft. Gesellschafter war die Firma, die als Investor der Reithalle abgesprungen war. Hatte diese Gesellschaft sich auf Speyer eingeschossen? Die Ankündigung hatte hohe Wellen geschlagen, ging durch die Presse. Dass hier Mietern gekündigt wurde, die man auf die Straße setzen wollte, war in diesem Zusammenhang vielleicht genauso interessant für die Öffentlichkeit. Und wenn sich eine so prominente Frau wie Ingeborg Schindler engagierte, konnte man sie sicherlich auch auf diese Sauerei aufmerksam machen. Einen Versuch war es auf jeden Fall wert.

Es klingelte.

Ohne durch den Spion zu sehen, öffnete Jeannette die Tür. Ferdinand Weber stand vor ihr. Er sah fürchterlich aus.

»Ich muss mit Ihnen reden, Jeannette. Haben Sie Zeit für mich?«

Sie war perplex und ließ ihn wortlos eintreten.

Auf einmal war Weber sein Überfall peinlich. Was hatte er sich nur dabei gedacht? Sein Verhalten glich dem eines pubertierenden Jugendlichen und nicht dem eines ehemaligen Kriminaloberrats.

»Entschuldigung«, sagte er. »Ich brauchte jemanden zum Reden, und … Es gefällt mir, dass Sie Urlaub haben.« Er grinste.

Sein Satz klang falsch, er war zu weit gegangen. Diese Intimität gab ihre Freundschaft nicht her. Wenn sie ihn jetzt rausschmiss, hatte er es nicht anders verdient. Man tauchte nicht einfach ohne Voranmeldung bei jemandem auf. Er selbst hasste es und hatte es auch noch nie getan. Aber die Postkarten und dieses unwürdige Versteckspiel mit Christian Hamacher nahmen ihn mehr mit, als er zugeben wollte.

Er breitete die Arme aus, zog die Schultern hoch und ließ sie wieder fallen. »Wenn ich ungelegen komme, schmeißen Sie mich raus. Ich hätte anrufen sollen. Das fällt mir jetzt erst ein, ich bin ein kompletter Idiot.« Er wandte sich zum Gehen um, als Jeannette endlich etwas sagte.

»Kommen Sie herein. Kaffee? Oder etwas Härteres? Mit Sherry kann ich leider nicht dienen. Vielleicht mit einem Klaren?«

»Ein Cappuccino wäre wundervoll. Sie haben die tolle Maschine noch?«

Jeannette lachte. »Höchst verwerflich mit diesen Kapseln, was den Müll betrifft, aber sehr lecker. Nehmen Sie bitte Platz. Kaffee kommt sofort. Erzählen Sie, was los ist.«

»Störe ich wirklich nicht?«

»Nein, und wenn ich andere Probleme höre, lenkt es mich von meinen eigenen ab. Ich muss hier aus der Wohnung raus. Heute ist die nächste Mieterhöhung gekommen. Wie ich damit umgehen soll, weiß ich noch nicht. Auf Dauer werde ich mir eine neue Wohnung suchen müssen. Aber jetzt geht es um Sie.«

»Ist das rechtens? Ich meine, es gibt doch Grenzen dafür.«

Jeannette zuckte die Schultern. »Ja, die werden voll ausgeschöpft. Ich muss mich erkundigen. Ein Anwalt ist mir zu teuer, eine Versicherung habe ich nicht.« Sie warf ihm einen erwartungsvollen Blick zu. »Das ist die Kurzfassung, was bei mir los ist. Und? Was ist mit Ihnen?«

Weber holte tief Luft. »Tja, Christian Hamacher, Sie wissen schon, mein Freund bei der Polizei, will Karriere machen.«

»Na, das scheint ja noch nicht so schlimm.«

»Nein«, sagte er kopfschüttelnd, »das nicht. Aber sein Vorgesetzter mag mich nicht. Christian meint, sein Chef bekommt Pickel, wenn er mich sieht. Dass ich Clément Aust kennengelernt habe, ist ihm ein riesiger Dorn im Auge. Da Christian aber ohne mich nicht klarkommt, wie er behauptet, informiert er mich jetzt immer heimlich. Oft von den Waschräumen aus. Und dann habe ich heute eine zweite Postkarte bekommen, obwohl die mutmaßliche Verfasserin tot ist. Christian erreichte mich gerade und teilte mir das mit, als ich auf dem Weg zu Ihnen war.«

»Ein natürlicher Tod?«, fragte Jeannette. Als Weber nickte, wollte sie wissen, was auf der Postkarte stand.

»Ich soll mich aus allem raushalten. Nicht wortwörtlich, sondern dem Sinn nach.«

Jeannette hielt inne. »Echt? Ich … also das ist irgendwie unheimlich. Da hat jemand Angst, dass Sie etwas entdecken, was nicht entdeckt werden soll. Aust starb kurz nach dem Erhalt der ersten Karte. Was soll das bedeuten, dass Sie eine zweite bekommen haben? Ist es eine Drohung?«

Weber blickte aus dem Fenster, während er antwortete. »Etwas kryptisch. Ich denke nicht, dass es jemand auf mich abgesehen hat. Nicht, seitdem ich Rentner bin. Früher sah das natürlich anders aus.«

Erst jetzt bemerkte Jeannette, dass der Kaffee fertig war. Sie stellte Weber die Tasse hin.

»Mittlerweile weiß ich, warum die Postkarten geschrieben wurden«, sagte er. »Ein junges Mädchen hat sich am 4. Mai 1987 umgebracht. Und die Frau, bei der sie wohnte, hat die Karten geschrieben. Das nehmen zumindest Hamacher, seine Kollegin und auch ich an.«

»Wie passen Sie in die Geschichte?«

Weber holte tief Luft und vermied es, Jeannette direkt anzuschauen. An die Decke blickend, begann er zu sprechen. »Damals war ich für das Sicherheitskonzept zum Papstbesuch verantwortlich.« Seine Worte kamen zögerlich. »Ich hatte nicht viel Zeit übrig, mich um die normalen Dinge des Alltags zu kümmern. Selbst Louise hat nicht viel von mir gehabt. Ich war so besessen von dem Gedanken, keinen Fehler machen zu dürfen. Das nennt man wohl den berühmten Tunnelblick. Alles andere rund um mich habe ich nicht richtig wahrgenommen, und ehrlich gesagt war es mir auch egal. Die Aufgaben wurden verteilt. Es galt Sicherheitsstufe eins. Das volle Programm. Die Anwohner mussten überprüft werden, aufgrund der Brandanschläge in Kölner Kirchen mussten hier alle Kirchen untersucht werden. Kanaldeckel waren zu verschweißen. Und so weiter. Sie können sich das nicht vorstellen. Meine Gedanken kreisten wirklich nur um diesen einen Tag. Ich betete, dass alles gut ging. Als der Tag vorüber war, fiel ich in ein tiefes Loch, aus dem ich mich nur langsam befreien konnte.«

»Sie meinen, darauf wollte der Schreiber aufmerksam machen? Also der ursprüngliche? Wie passt die neue Karte da rein?«

»Es macht nur Sinn, wenn die jemand anders geschrieben hat. Vielleicht ein Trittbrettfahrer, der auch eine Karte bekommen hat und vermutet, dass ich informiert wurde«, sagte Weber.

»Ich fasse noch mal zusammen.« Vor Aufregung bekam Jeannette rote Flecken auf Wangen und Hals. »Sie haben ein Verbrechen nicht als solches erkannt und es nicht geahndet. Eine todkranke Frau schreibt in Erinnerung an dieses Verbrechen Postkarten, und einer der Empfänger kommt unter mysteriösen Umständen ums Leben. Die Verfasserin, ich gehe mal davon aus, dass es diese Krause war, stirbt. Was wissen Sie über die Selbstmörderin von damals? Ist das diese Maria Selbach, von der Sie erzählt haben?«

Weber trank einen Schluck Kaffee und vermied es, Jeannette anzusehen. »Ja. Maria, ein schöner Name, wie ich immer fand.

Im Zusammenhang mit dem Papstbesuch besonders dramatisch. Johannes Paul II. lebte nach dem Motto ›Totus tuus‹. ›Ganz dein‹ bedeutet das und bezieht sich auf seine Verehrung der Mutter Gottes.«

Als er Jeannettes kritischen Blick bemerkte, sah Weber sich genötigt, hinzuzufügen, dass er das auch erst mit der Recherche zu den Postkarten herausgefunden hatte.

Sie schwieg dazu, und er erzählte ihr alles, was er von dem damaligen Kollegen erfahren hatte. Inklusive der Geschichte des Zugführers. »Und das Schlimmste ist, dass ich sie gekannt haben muss, mich aber überhaupt nicht an sie erinnern kann.«

»Woher sollten Sie? Hatte sie vorher schon mal etwas mit der Polizei zu tun?«

Weber schüttelte den Kopf. »Sie hat in der Kneipe nah bei der Kaserne gearbeitet. ›Bei Krause‹. Da war ich öfter, weil die Besitzerin, ebenjene Mechthild Krause, die die Postkarten geschrieben hat, die Soldaten nicht immer im Griff hatte. Sie seh ich vor mir, eine derbe Frau. Zu dem Mädchen habe ich kein Bild. Ich weiß, sie war da, aber ob sie blond, rot- oder dunkelhaarig war, kann ich nicht sagen. Dass ich kein Gesicht zu dem Namen habe, belastet mich. Es ist furchtbar.«

»Wie steckt Aust in der Sache drin? Kannte er diese Maria?«

»Davon gehe ich aus. Vielleicht wollte er mir davon erzählen. Kurz bevor … Sie wissen schon. Aber es kommt noch schlimmer.«

Jeannette sah ihn fragend an.

»Sie hat ein Kind gehabt. Einen Sohn. Ingeborg und Walter Schindler haben den Jungen adoptiert und Mechthild Krause nach der Schließung ihrer Kneipe einen Job gegeben.«

»So schließt sich der Kreis wieder«, sagte Jeannette nachdenklich. »Trotzdem verstehe ich die Zusammenhänge nicht.«

23

Das Versteckspiel belastete Christian Hamacher. Wieder musste er sich davonschleichen, dieses Mal, um sich mit Rainer zu treffen. Gestern nach dem Dienst hatte ihm in einer Nacht- und Nebelaktion Ferdinand Weber seine neue Postkarte übergeben, die er nun mit den anderen an den Schriftexperten weiterreichen wollte.

In der Polizeiinspektion ging es zu wie in einer Familie. Mit Vorlieben und Abneigungen. Auch gegen Kollegen. Aber man durfte sich nicht ausgrenzen, musste mitspielen. Man tat nichts hinter dem Rücken der anderen. Sonst wurde man schnell zum Außenseiter – und wer wollte das schon?

Es war nur blöd, dass niemand seine Gedanken in Bezug auf Aust, die Postkarten und Weber teilte. Weber war der Einzige. Etwas in Hamacher sagte ihm, dass die Kollegen falschlagen. Also musste er die Familie hintergehen – und das belastete ihn.

Diese blöden Postkarten. Sein Vorgesetzter nahm sie nicht wichtig, war aber immerhin von dem Verdacht abgerückt, dass Weber sie selbst geschrieben haben könnte. Dass sie etwas zu bedeuten hatten, war eindeutig. Was, das galt es herauszufinden. Auch ohne den Auftrag von einem Vorgesetzten.

Für Hamacher als Laie sah es so aus, als seien die beiden ersten Postkarten von ein und derselben Person geschrieben worden. Die dritte an Weber hingegen sah ähnlich aus, jedoch nur bei flüchtiger Betrachtung. Sah man genauer hin, konnte man erkennen, dass das kleine e abwich, es war breiter und die Rundung größer als bei den ersten Briefen.

Sein Freund Rainer würde mehr Unterschiede finden. Hamacher durfte allerdings nicht den offiziellen Weg gehen, sondern musste einen Gefallen einfordern. Rainer Radmacher war *der* Experte für Schriftanalysen. Und ihm noch etwas schuldig.

»Hallo, Rainer, Christian hier.«

»Was willst du dieses Mal von mir? Und vor allem bis wann? Ich stecke bis zum Hals in Arbeit.«

Hamacher grinste. Er sollte sich nicht nur bei seinem alten Schulfreund melden, wenn er etwas von ihm wollte. Das war sehr durchsichtig. Einfach nur ein Anruf, um zu hören, wie es ihm ging, nahm ihm Rainer nicht ab.

»Es geht um drei Postkarten mit jeweils einem kurzen Satz drauf.«

»Und du willst wissen, ob sie von derselben Person geschrieben wurden?«, fragte Radmacher prompt. »Wenn es kein Gutachten sein muss, das vor Gericht Beweiskraft haben soll, kann ich sie mir ja mal anschauen. Ich nehme an, es ist nicht von oben angeordnet?«

»Kannst du Gedanken lesen?«

»Ich bin in der Mittagspause am Rhein, sitze am Flaggenmast.« Er legte auf.

Hamacher fluchte. Rainer war ein komplizierter Mensch. Perfekt durchorganisiert, für ihn gab es immer nur Schwarz oder Weiß, sämtliche Graustufen dazwischen waren ihm ein Gräuel. Eine Mittagspause begann für ihn um Punkt zwölf. Ab zwölf Uhr zehn saß er auf der Bank auf dem Platz unter dem Flaggenmast am Rhein und würde sein mitgebrachtes Käsebrot verzehren.

Hamacher hatte dreißig Minuten; wenn er sich beeilte, konnte er es schaffen. Er sprang hoch, dabei fiel sein Holzstuhl nach hinten. Sein Kollege Paul, der gerade hereinkam, sah ihn irritiert an. »Ist was passiert? Bankräuber gefasst?«

Ein Running Gag innerhalb der Polizeiinspektion. Die mehrmaligen Überfälle auf die Speyerer Sparkasse hielten die Polizei in Atem. Trotz vieler Hinweise auf die Täter hatten sie noch niemanden gefasst.

»Bin auf dem Weg zur Verhaftung, im Alleingang«, witzelte Hamacher zurück, ohne eine weitere Begründung für seinen Weggang zu nennen. »Bin in einer halben Stunde wieder da.«

Er lief auf die Straße und rannte zum Dom. Im Dompark verfiel er in einen lockeren Dauerlauf und kam ziemlich außer Atem am Rhein an. Wie erwartet, saß Rainer bereits da, Brotkrümel zierten seine Lippen, die leere Butterbrottüte lag auf seinem Schoß.

»Grüß dich. Hast du die Karten dabei?«, fragte er. Es war typisch für ihn, direkt auf den Punkt zu kommen. Kein Wort zu viel. Niemals würde er mit der Frage nach dem Befinden oder mit sonstigen hohlen Phrasen beginnen. Ihn interessierten nur Fakten. Außerdem vertrat er den Standpunkt, dass es besser für ihn war, je weniger er wusste.

Hamacher setzte sich neben ihn und gab ihm einen Umschlag. »Hier. Mir wäre wichtig, zu wissen, ob es dieselbe Handschrift ist. Und was du so anhand der Schrift über den Charakter des Verfassers sagen kannst. Alter, Geschlecht und so weiter.«

Rainer Radmacher öffnete den Umschlag und warf einen kurzen Blick auf die Zeilen. »Weiblich. Alle. Rest morgen, wieder hier.«

Unglaublich, dachte Hamacher, dass ihm ein Blick für diese Aussage reichte. Wie immer Rainer es auch machte, für ihn war seine Genialität eine Art Autismus. Nicht so stark ausgeprägt, dass er nicht am normalen Leben teilnehmen konnte, aber immerhin so weit, dass er ein Außenseiter war, den man für seine Profession achtete.

Rainer hatte ein Gespür für Schriften, einen Blick für Unterschiede, mochten sie auch noch so winzig sein. Er war eine Koryphäe auf diesem Gebiet, wurde für Kriminalfälle aus ganz Deutschland und dem nahen Ausland herangezogen. Seine Darstellungen in Gerichtssälen waren nicht unterhaltsam, sondern ermüdend, weil seine Stimme monoton klang. Intonation war ein Fremdwort für ihn. Für ihn waren alle Erkenntnisse gleich wichtig, und eine unterschiedliche Betonung wäre ihm wie eine Wertung der Ergebnisse vorgekommen. Seine Prämisse war Neutralität.

Sein Ruf als *der* Experte brachte ihn persönlich häufig in Schwierigkeiten. Er musste zu Gerichtsverhandlungen reisen, dabei hasste er nichts mehr, als in Zügen, Taxen oder Straßenbahnen zu sitzen und mit fremden Menschen in Berührung zu kommen. Am liebsten blieb er in Speyer in seiner Wohnung und verbrachte die Tage nach seinem Rhythmus.

Hamacher beobachtete, wie Rainer aufs Wasser starrte. Er wusste, dass er für heute nicht mehr aus ihm herauskriegen würde. Er musste ihm die Zeit lassen, die er brauchte. »Ich danke dir, Rainer. Du meldest dich?«

Ein Nicken reichte Hamacher. »Wie geht es dir sonst?«

»Wie soll es mir gehen? Es ist alles wie immer. Nichts Neues. Das ist gut. Der Rhein hat an Wasser zugelegt. Der Pegel ist um null Komma zwei gestiegen.«

Hamacher blickte ebenfalls aufs Wasser und fragte sich, woher er das so exakt wusste. Durchs Zuschauen berechnet? Irgendwo gelesen? Er wollte es nicht wissen, es war ihm egal. Er beneidete Rainer. Als gäbe es für ihn nichts Wichtigeres als den Wasserstand des Rheins. Das Leben konnte so einfach sein.

24

Das Abendessen mit seinen Eltern war anders verlaufen als alle anderen zuvor. Keine Vorwürfe, keine Verkupplungsversuche, keine peinlichen Fragen. Ingeborg und Walter Schindler saßen da, schauten auf ihre Teller und trauten sich kaum, ihren Sohn anzusehen. Aber es gab zumindest Antworten. Und irgendwie auch nicht, wie Julius am nächsten Morgen feststellte.

Sie hatten ihm nur das bestätigt, was er selbst herausgefunden hatte. Maria Selbach hatte in der Kneipe von Mechthild Krause gearbeitet, die sie aufnahm, nachdem Maria schwanger geworden war. Der Vater des Kindes verschwand, Maria Selbach warf sich vor einen Zug.

Schindlers waren für ihre Wohltätigkeit bekannt. Walter Schindler kannte natürlich auch die Kneipe, weil er öfter Gast dort gewesen war. Er leitete damals alles in die Wege, um ihn, Julius, zu adoptieren.

Auf seine Frage, was seine Mutter für ein Mensch gewesen sei, hatte Julius keine zufriedenstellende Antwort bekommen. »Nett. Fröhlich, sehr jung.«

Dennoch fühlte sich Julius seltsam erleichtert. Zwar wirbelten immer noch Hunderte von Fragen durch seinen Kopf, auf die er sicherlich allein keine Antworten finden würde. Gleichwohl war er bereits einen Schritt weitergekommen, der Rest des Rätsels würde sich ebenfalls klären. Dafür brauchte er Unterstützung.

Die junge hübsche Frau mit dem melancholischen Zug um den Mund war seine Mutter. Er strich mit dem Finger über das Zeitungsfoto und suchte nach Ähnlichkeiten. Sie war ihm vertraut, er fühlte sich zu ihr hingezogen. Ihre Verletzbarkeit zeigte sich selbst auf dieser schlechten Abbildung.

Was hatte sie dazu bewogen, sich umzubringen? War er der Grund gewesen? Wo und vor allem wer war sein Vater?

Aber die Frage, die ihn am meisten umtrieb, war: Wer konnte ihm helfen?

Der gestrige Besuch bei Mechthild Krause hatte ihn mehr mitgenommen, als er zugeben wollte. Ihr eingefallenes Gesicht, die furchtbaren Laute hatten ihn bis in den Schlaf verfolgt. Die Schwester hatte gesagt, er durfte wiederkommen, wenn er vorher anrufe.

Er nahm die Karte in die Hand. Einfach fragen, ob sie heute zu einem Besuch in der Lage war.

»Hospiz am Dom, Schwester Annabell. Was darf ich für Sie tun?«

Er fragte nach Mechthild Krause.

»Entschuldung, wie ist Ihr Name?«

»Julius Schindler, ich habe gestern Frau Krause besucht, aber da ging es ihr schlecht. Ihre Kollegin meinte, dass ich sie heute besuchen könne, wenn es ihr besser gehe.«

»Das tut mir leid, Herr Schindler. Sind Sie mit Frau Krause verwandt?«

»Nein«, sagte er. Was sollte das denn jetzt? Gestern hatte ihn auch niemand nach einem Verwandtschaftsgrad gefragt. »Mein Vater zahlt das Zimmer.«

Augenblicklich veränderte sich Schwester Annabells Verhalten. »Ach ja, der Schindler. Es tut mir leid, dass Ihnen noch niemand Bescheid gegeben hat. Frau Krause ist verstorben. Gestern Abend. Manchmal geht es doch sehr schnell.«

Julius Schindler hörte ihre Worte, doch er begriff nur sehr langsam, was sie bedeuteten.

Christian Hamacher blickte zur Uhr. Er musste los, wenn er nicht wieder völlig abgehetzt am Treffpunkt ankommen wollte. Sein Kollege schaute nur kurz auf, war völlig vertieft in seine Unterlagen. »Bis gleich, ich mache dann nach dir Mittag«, sagte er und las weiter.

Hamacher nahm die Jacke vom Haken und trat in die Frühlingssonne. Ein tiefer Atemzug half ihm, sich bewusst auf die Mittagspause vorzubereiten. Im Internet hatte er einen Artikel über Achtsamkeit gelesen. Die Idee faszinierte ihn. Zumindest in Momenten, in denen er daran dachte, wollte er achtsamer für sich, seine Bedürfnisse und seine Umwelt sein. Er lächelte eine Mutter an, die einen Kinderwagen vor sich herschob, sah die Menschenmenge vor dem Dom, wahrscheinlich wieder eine Führung, und genoss den Spaziergang durch den Domgarten bis zum Rhein.

Rainer saß bereits auf seiner Bank.

»Hallo, Rainer«, sagte Hamacher und nahm neben seinem Freund Platz, der wie immer gleich zur Sache kam.

»Zwei Postkarten stimmen mit der Schriftprobe überein. Ältere Dame, um die siebzig, geringe Schulbildung, kein Abitur, Volksschule, nehme ich an. Die mit dem Spruch von dem Bösen ist anders. Auf der gibt es im Übrigen keine Fingerabdrücke, was ich interessant finde. Ebenfalls eine Dame, aber wesentlich jünger und gebildeter. Vielleicht die Tochter, die die Arbeit der Mutter fortführt, weil sie zu schwach geworden ist? Nur so ein Gedanke. Ansonsten versucht sie, die Schrift nachzuahmen. Ob als Auftragsarbeit oder als Täuschungsversuch, kann ich natürlich nicht sagen. Das musst du herausfinden. Viel mehr kann ich dir nicht sagen, reicht es dir?«

Hamacher überlegte, was er mit den Informationen anfangen sollte. Brachte es ihn weiter? Er musste mit Weber darüber sprechen. Er hatte bereits vermutet, dass sie es mit unterschiedlichen Verfassern zu tun hatten.

Ein ganz anderer Gedanke kam ihm in den Sinn. Clément Aust hatte eine Postkarte bekommen und war tot. Mechthild Krause war die Verfasserin der Postkarten und ebenfalls tot.

Was hielt die Zukunft für Ferdinand Weber bereit?

25

Julius Schindler war unschlüssig, wie seine nächsten Schritte aussehen sollten. Die Nachricht von Mechthild Krauses Tod berührte ihn. Vielleicht sollte er sich auf den Mann konzentrieren, der ebenfalls in den Artikeln und Notizen erwähnt wurde: Kriminaloberrat Ferdinand Weber, mittlerweile außer Dienst, soweit er wusste. Mit ihm sollte er Kontakt aufnehmen. Eigentlich von der Nutzlosigkeit überzeugt, nahm Julius Schindler gleichwohl das Telefonbuch zur Hand.

»C… D…«, murmelte er vor sich hin, »W… Weber.« Er staunte. »Ferdinand Weber. Salierstraße. 06232-54…« Sollte es so einfach sein? Wenn das wirklich die richtige Nummer war, was sollte er ihm sagen?

Das wird sich zeigen. Einfach um ein Treffen bitten, dachte er. Zögerlich tippte er die Nummernfolge ein.

Bereits beim zweiten Klingeln nahm jemand ab.

»Hier bei Weber«, meldete sich eine junge Frauenstimme.

Irritiert verschluckte er sich, als er sich vorstellte, und bekam einen Hustenreiz. Röchelnd versuchte er, seinen Namen zu nennen, und wunderte sich, dass die Frau nicht einfach auflegte.

»Entschuldigung«, brachte er schließlich mit heiserer Stimme heraus. »Mein Name ist Julius Sch… Schindler.« Was für eine verpatzte Kontaktaufnahme. Er sollte auflegen, es erneut versuchen. Dennoch sprach er weiter. »Könnte ich bitte Herrn Weber sprechen? Also, wenn dieser Herr Weber Ferdinand Weber, der ehemalige Kommissar, ist.«

Seine Sätze hörten sich unbeholfen, völlig daneben an. An ihrer Stelle hätte er aufgelegt, ihn vielleicht vorher noch einen »Spinner« genannt.

Doch die Frau lachte laut. »Wie kommen Sie an die Nummer?«, fragte sie.

Julius Schindler staunte. Mit dieser Frage hatte er nicht gerechnet. »Telefonbuch«, antwortete er schlicht. Seine Stimme beruhigte sich. »Es tut mir leid, gerade in dem Moment, als ich Ihnen antworten wollte, habe ich mich verschluckt. Der Versuch, den Hustenreiz zu unterdrücken, hat nicht funktioniert. Normalerweise kann ich schon telefonieren.« Er fühlte sich wie ein Idiot. So musste ihn die Frau auch einschätzen. Was sie tatsächlich dachte, wusste er nicht, denn sie lachte erneut.

»Herr Weber kann gerade nicht ans Telefon kommen. Möchten Sie es in drei Minuten noch einmal probieren? Danke.« Sie legte auf, ohne ihm die Chance auf eine Erwiderung zu geben.

Irritiert hielt Julius noch immer das Telefon ans Ohr und sagte: »Scheiße.« Was für ein unglücklicher Beginn für sein Anliegen. Was sollte der Kommissar von ihm denken? Natürlich würde ihm die junge Frau von seinem Auftritt erzählen, warum sollte sie auch nicht. Ob sie seine Tochter war?

Julius schämte und ärgerte sich. Zumindest hatte er eine Antwort auf seine Frage bekommen, ob der Mann der richtige Weber sei. Warum sollte er ihn noch einmal anrufen, wenn er es nicht war?

»Drei Minuten« klang verbindlicher als »fünf«. »Fünf Minuten« war eine Redewendung, eine Floskel. Irgendwie beruhigte ihn die Aussage. Er blieb stehen und wartete, bis die Zeit um war, dann drückte er die Taste für die Wahlwiederholung.

»Weber.«

Er hatte die Frau erwartet, nein gehofft, dass sie noch einmal mit ihm sprach. Vor Überraschung begann er wieder zu stottern, als er seinen Namen nannte. Zum Glück sah niemand, dass er rot wurde.

»Ju… Julius Schi… Schindler ist mein Name. Sie kennen mich nicht, Herr Weber.« Endlich gewann er seine Fassung zurück. Mit normaler Stimme und ohne Stottern sprach er weiter. »Sie sind doch der ehemalige Kommissar, oder? Ich habe eine Bitte. Oder auch ein Problem, bei dem Sie mir helfen können. Es wäre wichtig für mich.«

Ferdinand Weber gelang es, seine Überraschung für sich zu behalten. »›Kriminaloberrat‹ ist die korrekte Bezeichnung. Was möchten Sie von mir? Was kann ich für Sie tun?«

Es fiel Julius schwer, Webers Stimme einzuordnen. Sie klang für ihn weder freundlich noch besonders herzlich. Er war nur froh, dass er ihn gut verstand. Manche der älteren Speyerer sprachen einen ausgeprägten Dialekt, der ihm Schwierigkeiten bereitete.

»Entschuldigung. Ich wollte Sie nicht in irgendeiner Form überfallen oder beleidigen. Es ist nur so, dass …« Wieder ein Halbsatz, ein unvollständiger Gedanke. Es war aber auch so schwer, sein Anliegen verständlich vorzubringen.

»Kein Problem, nur der Richtigkeit halber«, unterbrach ihn Weber. »Wobei soll ich Ihnen behilflich sein? Was ist Ihr Problem?«

»Frau Mechthild Krause hat mich gebeten, ihren Haushalt aufzulösen. Sagt Ihnen der Name etwas?«

»Wer?«, fragte Weber erschrocken.

»Mechthild Krause. Eine nette ältere Dame, die leider verstorben ist.«

Wieder reagierte Weber verwirrt. »Was?«

»Ja. Es tut mir leid, dass Sie es von mir erfahren. Aber sie lag ja im Hospiz. Es ging schneller als erwartet.«

»Sprechen Sie weiter«, sagte Weber gefasster.

»In ihrem Nachlass bin ich auf Ihren Namen gestoßen. Es geht um ein Ereignis, einen Suizid, der schon viele Jahre zurückliegt. Außerdem habe ich auf einer alten Postkarte Ihren Namen entdeckt. Die Frage klingt in Ihren Ohren wahrscheinlich seltsam, aber haben Sie vielleicht eine alte Postkarte bekommen?«

Weber räusperte sich.

Julius spürte, dass sich etwas bei dem Mann veränderte.

»Eine alte Postkarte? Was denn für eine?«, hakte Weber nach.

»Eine Gedenkkarte an den Papstbesuch in Speyer. Auf der Vorderseite ist sein Gesicht …«

Weber unterbrach ihn. »Papst Johannes Paul II., der am 4. Mai 1987 Speyer besuchte? Ich denke, wir sollten uns unterhalten. Können wir uns so schnell wie möglich treffen?«

Julius Schindler war überrascht. »Jetzt? Ich habe Zeit. Wenn auch Sie …? Wollen wir uns am Altpörtel treffen? Die

Wohnung von Frau Krause ist dort in der Nähe. Wir könnten gemeinsam hingehen, und ich zeige Ihnen die Karte und die Artikel.«

»Ich bin in einer halben Stunde da.«

Weber legte auf und spürte Jeannettes Blick auf sich ruhen. Sie ließ ihm Zeit, sich zu sortieren und zu verstehen, was er gerade erfahren hatte. Gab es hier endlich die Erklärungen?

»Sie sehen aus, als hätten Sie einen Geist gesehen«, durchbrach sie endlich die Stille.

»Gar kein schlechter Vergleich. So könnte man es nennen. Nur dass ich sie nicht gesehen, sondern von ihnen gehört habe. Die Geister der Vergangenheit. Haben Sie Lust, einem Geheimnis auf die Spur zu kommen? Gleich wissen wir mehr. Wir treffen uns mit dem Anrufer am Altpörtel und sehen uns den Nachlass einer alten Frau an. Der junge Mann scheint sehr nett zu sein.«

Jeannette sprang neugierig auf. »Das klingt spannend, auch wenn ich nicht verstehe, warum Sie dorthin sollen.«

»Wir könnten Antworten auf diverse ungeklärte Fragen erhalten. Das Rätsel der Postkarten, vielleicht auch, warum Aust sterben musste.«

26

Sie waren überpünktlich. Ferdinand Weber schaute zur Turmuhr. »Wissen Sie, wie spät es ist, Jeannette? Nein, nicht Ihre Armbanduhr, dort oben.«

Jeannette lachte. »Oh, schon wieder ein Test? Also, das große Zifferblatt zeigt die Stunde an. Vier. Das kleine ist für die Minuten …«

Weber schüttelte den Kopf.

»Nein, nein, warten Sie, ich hab's. Die Viertelstunden zeigt es an. Ist gar nicht so schwer. Wir haben jetzt halb fünf. Oder?«

»Korrekt. Und da scheint der Julius Schindler auf uns zu warten. Ich nehme an, er ist der schlaksige Mann, der nervös auf und ab geht.«

In diesem Moment drehte sich Julius Schindler um und lächelte, als er Weber erblickte. Sie gingen aufeinander zu und reichten sich die Hände. »Wie schön, dass Sie Zeit haben«, sagte Julius Schindler und wandte sich Jeannette zu.

»Hallo«, sagte sie, »wir haben telefoniert.«

Ein Hauch von Rot überzog Julius Schindlers Gesicht. »Hallo. Schön, Sie kennenzulernen. Die Wohnung ist hier ums Eck. Zwei Häuser weiter«, sagte er, während er sich in Bewegung setzte.

Obwohl Weber gut zu Fuß war und gern schnell ging, musste er sich beeilen, um Schritt zu halten.

»Also, normalerweise frage ich meine Auftraggeber, ob es ihnen überhaupt recht ist, dass ich Fremde in ihre Wohnung mitnehme. Oft finde ich Liebhaberstücke, die ich einem Experten oder Interessenten zeigen will. Es ist ja nicht immer nötig. Aber jetzt …« Er brach ab, holte Luft und fuhr fort. »Wissen Sie, Frau Krause ist tot. Ganz plötzlich, hat man mir im Hospiz mitgeteilt. Sie war sehr krank, es war schlimmer als gedacht. Und jetzt hat sie sicherlich nichts dagegen, dass ich Sie hinzubitte. Ich habe Ihnen die Unterlagen mitgebracht, die sich auf Ihre Person beziehen.« Julius Schindler übergab Weber einen großen Umschlag.

Ferdinand Weber verkniff sich eine Entgegnung. So langsam reimte er sich manches zusammen. Doch statt zu spekulieren, sollte er einfach nur zuhören, mahnte er sich. Still sein und zuhören, dann gäbe es bald die Auflösung.

»Frau Krause ist echt eine nette Dame gewesen. Ich habe sie nur zweimal gesehen. Sie ist auf mich in der Zeitung aufmerksam geworden. Haushalte aufzulösen ist mein Beruf. Wir sind da.« Das musste genügen. Der Rest ging niemanden etwas an. Dass Mechthild Krause seine Mutter kannte, wollte er einem Fremden nicht erzählen.

Sie standen vor einem alten schiefen Haus. In dieser Straße gab es einige Gebäude, die diese ganz spezielle Atmosphäre von Unvollkommenheit ausstrahlten. Weber liebte das. Touristen verirrten sich selten hierhin.

»Im Erdgeschoss hat sie gewohnt«, sagte Julius Schindler, während er nach dem Schlüssel suchte. »Zur Miete. Sie hat keine Angehörigen mehr und hat im Vorfeld alles geregelt. Bis Ende des Monats muss ich hier fertig sein.« Plötzlich hielt er inne. »Das ist ja merkwürdig«, sagte er und sah Weber verwirrt an. »Die Tür ist offen. Ich habe sie aber abgeschlossen. Ganz bestimmt.«

Weber wurde unruhig. »Sind Sie sicher?«

»Natürlich. Doppelt. Es ist ja keine moderne Tür, die kriegt man sicherlich schnell auf. Es gibt zwar nichts zu klauen, also keine Wertgegenstände. Aber ich bin ja verantwortlich, und da bin ich sehr pflichtbewusst.« Zögernd schob Julius Schindler die Tür auf.

»Ach du meine Güte«, hörte Weber ihn sagen. Alarmiert schob er ihn zur Seite, deutete ihm an, ihn vorzulassen, und blieb dann ebenfalls stehen. Jeannette stand wortlos hinter ihnen.

»Hierbleiben«, befahl Weber und betrat den Flur, einen schmalen, düsteren Gang. Zu düster für seinen Geschmack. Die Luft roch abgestanden, dazu mischte sich ein leichter Duft, der nicht hierhergehörte. Blumenduft. Zedern. Zitrus. Ein

Herrenduft? Oder, wie es neudeutsch hieß, unisex? Für Damen und Herren? Es war nur ein Hauch.

»Seit wann ist die Wohnung unbewohnt?«, fragte Weber leise.

»Drei Tage«, flüsterte Julius.

Weber nickte und schritt voran, darauf achtend, keine Geräusche zu verursachen, und blickte hinter die Tür. Nichts. Geradeaus befand sich das Wohnzimmer. Schon vom Flur aus sah er Papiere auf dem Boden liegen. Daneben ein Stuhlbein. Aufmerksam lauschte er in die Stille. Befand sich noch jemand hier?

Hoch konzentriert betrat er das Wohnzimmer. Es war offensichtlich, dass hier jemand etwas gesucht hatte. »Hallo?«, rief Weber und wusste instinktiv, dass sich niemand außer ihnen in der Wohnung befand. Sie waren zu spät. Andererseits war es ein Glück, je nachdem, wer hier eingebrochen war.

»Rufen Sie die Polizei, Herr Schindler. Hier fand ein Einbruch statt. Können Sie aus der Ferne sehen, ob etwas fehlt? Fassen Sie besser nichts an.«

»Meine Fingerabdrücke sind sowieso überall. Ich habe alles überprüft und durchgesehen. Musste doch schauen, was ich noch verkaufen und was auf den Müll kann. Dabei bin ich auf diese Postkarten und die Zeitungen im Schlafzimmer gestoßen. Wie ein Archiv. Kommen Sie«, sagte er.

Weber und Jeannette folgten ihm.

Im Schlafzimmer sah es nicht anders aus. Die Schranktüren standen offen, der Inhalt der Kartons lag auf dem Boden.

Fassungslos hob Julius Schindler die Arme. »Hier hatte sie alle Zeitungen, nach Jahren sortiert, aufbewahrt. Unglaublich, das hätten Sie sehen müssen. Wer macht so etwas?«

Sie gingen zurück. Julius Schindler zeigte auf den Sekretär. »Und hier, schauen Sie, die Postkarten meinte ich.«

Weber hinderte ihn gerade noch daran, sie aufzuheben. »Lassen Sie alles liegen. Vielleicht hat der Einbrecher keine Handschuhe getragen. Auch wenn Ihre Fingerabdrücke überall zu finden sind, müssen Sie ja nicht eventuell vorhandene vom Einbrecher verwischen.«

Julius Schindler machte ein betretenes Gesicht. »Nein, natürlich, darüber habe ich gar nicht nachgedacht. Entschuldigung.«

Jeannette kam näher. »Die gleichen«, sagte sie.

Weber nickte. »Wie kamen Sie darauf, dass eine Postkarte an mich gegangen ist?«

»In der Schreibmappe habe ich sie gefunden. Und Schreibübungen«, sagte Julius Schindler. »Ich glaube, Frau Krause war nicht geübt im Schreiben. Sie hat mehrfach Ihren Namen geschrieben, ganz akkurat, auch andere Wörter. Sinn ergeben solche Übungen ja in der Regel nicht. An ›das Böse‹ kann ich mich erinnern und noch so einen Quatsch. Steckt im Umschlag. Aber schauen Sie mal: der schöne Füller, schauen Sie doch nur!« Empörung lag in seiner Stimme. »Wer macht denn so etwas!«

Ein Füllfederhalter lag ebenfalls auf dem Boden, jemand war darauf getreten. Ein riesiger Fleck breitete sich aus.

»Noch frisch«, sagte Weber. »Es kann nicht lange her sein. Ich rufe jetzt die Polizei an.«

»Hamacher wird sich freuen. Und sein Chef erst.« Jeannettes Stimme triefte vor Sarkasmus.

Weber nahm sein Handy und meldete den Einbruch. »Wir warten vor der Tür«, sagte er und legte auf. »Sie kommen gleich«, teilte er Jeannette und Julius Schindler mit.

Nach zwanzig Minuten erschien Christian Hamacher in Begleitung von Harald Maulbeer. Ein Umstand, den man Webers Anwesenheit zu verdanken hatte. Hamacher rang sich ein Lächeln ab, Maulbeer ein kurzes Nicken. »Ferdinand«, brachte Hamacher mit starrer Miene hervor.

Julius Schindler bekam hektische Flecken im Gesicht, sein Hals wurde krebsrot, als er erklärte, was er hier zu suchen hatte.

Maulbeer hörte kopfschüttelnd zu. Er sah Weber nicht an, aber der nächste Satz galt eindeutig ihm. »Das klingt alles sehr abenteuerlich. Aber hier ist tatsächlich eingebrochen worden. Die organisierten Banden sind echt eine Plage.« Er seufzte. »Frau Krause ist im Hospiz? Das wusste wohl jemand und dachte, er könne hier rasche Beute machen. Fehlt Schmuck? Hatte sie wertvolle Uhren?«

»Ich habe eine Inventarliste gemacht«, sagte Julius Schindler hastig. »Wir haben den Vertrag für die Wohnungsauflösung aufgesetzt, sie wollte alles geregelt haben, für den Fall, dass es schneller geht als erwartet. Sie ist gestern verstorben.«

»Hospiz bedeutet ja wohl, dass sie sehr krank war. Ein natürlicher Tod.« Beim letzten Satz erhob Maulbeer wieder die Stimme, als wäre er nur an Weber gerichtet. Mit ihm hatte er, bis auf die Begrüßung, noch kein Wort gewechselt. »Herr Schindler, Ihre Rolle hier verstehe ich jetzt, aber weshalb sind Herr Weber und seine Begleitung hier?«

»Ja, das erkläre ich gern«, holte Julius Schindler aus. »Ich habe im Nachlass von Mechthild Krause Zeitungsartikel gefunden, in denen Ferdinand Weber erwähnt wird. Zu seiner aktiven Zeit. Frau Krause hat ja alles aufgehoben, aber schön sortiert. Der Einbrecher hat wohl vermutet, dass zwischen den Zeitungen Geldscheine liegen. Anders kann ich mir nicht erklären, warum alles aus den Kartons geworfen wurde. Und außerdem hatte ich in der Schreibmappe Postkarten gefunden, eine ging an Herrn Weber, also ... sollte wohl an ihn gehen. Dabei hatte sich Frau Krause wohl verschrieben, deshalb lag die Karte noch darin. Sie hat auch alles über den Tag, als der Papst in Speyer war, gesammelt, und da ist ja auch dieses Unglück mit dem ...« Er stockte. Es ging niemanden etwas an, dass Maria Selbach seine Mutter war. Zumindest jetzt würde er nicht darüber reden. »... also, der Suizid am Bahnübergang auf der Schützenstraße passiert. Dazu hat sie ebenfalls jeden Artikel ausgeschnitten und mit Kommentaren versehen. Einen habe ich mir gemerkt. ›Wo war er?‹ Ich fand das merkwürdig, wollte eigentlich mit Frau Krause reden, sie hat auch immer so Andeutungen gemacht, also ich hab sie erst im Nachhinein verstanden, wenn Sie wissen, was ich meine. Frau Krause konnte ich nicht mehr fragen, sie ist ja tot, auch ganz plötzlich, aber das sagte ich schon.«

Sein Hals bekam wieder seine normale Hautfarbe, nur die Flecken im Gesicht blieben. Kreisrund und feuerrot.

»Überall Verbrechen zu wittern mag in Büchern interessant sein, in der Realität werden solche Menschen schon mal als Querulanten und Unruhestifter betrachtet«, sagte Maulbeer.

Weber biss sich auf die Unterlippe. Das ging gegen ihn. Es war eine eindeutige Warnung, er solle sich raushalten.

»Können wir gehen?«, fragte er, die irritierten Blicke von Schindler und Jeannette registrierend.

Christian Hamacher versuchte, die Situation zu retten. »Du kennst das Prozedere. Wenn noch Fragen sind, melde ich mich. Ich weiß ja, wo ich dich finde. Herr Schindler, Sie brauche ich für die Inventarliste. Bis wann kann ich die haben?«

»Die ist natürlich in meinem Büro. Reicht es Ihnen, wenn ich sie Ihnen«, er schaute auf seine Uhr, »in einer Stunde vorbeibringe?«

Auf der Straße machte sich Weber Luft. »Das ist nicht der Hamacher, den ich kenne. Er hätte sich anders verhalten können. Das eben war ein affektiertes Ar…« Er brach ab. »Entschuldigung, das ist überhaupt nicht meine Art. Aber ich fühle eine unbändige Wut in mir. Dass Maulbeer alles ignoriert, ist klar, wenn auch nicht verständlich. Aber Hamacher? Aust, den Autounfall, die Postkarten. Die Verbindung zu Mechthild Krause. Das tote Mädchen. Und jetzt auch noch Frau Krauses plötzlicher Tod. Und Sie, Herr Schindler. Das ist doch alles kein Zufall mehr!«

»Ich denke, Hamacher hat nur ein Pokerface aufgesetzt, um zu verhindern, dass sein Chef ahnt, dass er mit dir zusammenarbeitet. Das könnte gut sein, oder?«, versuchte ihn Jeannette zu beruhigen.

Julius Schindler wurde wieder hellhörig. »Was meinen Sie?«

»Maria Selbach war Ihre Mutter. Mechthild Krause hat Sie deshalb engagiert, nicht wahr? Seit wann wissen Sie es?«

Nervös trat Schindler von einem Bein auf das andere. »Ich dachte, das weiß keiner.«

Weber brummte. »Hamacher weiß es auch. Er wird Sie sicher noch dazu befragen. Er ist an sich ein sehr fähiger Kriminalist. Ein guter. Vor ihm brauchen Sie keine Angst zu haben.

Er hat gerade nur sehr gut geschauspielert. Sein Chef und ich …«, Weber suchte nach einer freundlichen Umschreibung, »haben von früher noch ein paar Differenzen.«

Julius Schindler sah verwirrt von einem zum anderen. »Hätte ich ihm jetzt sagen sollen, dass Sie Kopien von den Zeitungsausschnitten haben? Das habe ich ganz vergessen.«

»Lassen Sie mal. Sie haben ihm ja von den Artikeln erzählt. Das reicht denen. Falls sich herausstellt, dass die Originale verschwunden sind, können Sie das immer noch sagen.«

27

Nur die Ruhe bringt einen weiter. Diesen Satz musste sich Weber immer wieder ins Gedächtnis rufen, während er der Reihe nach die Vorfälle betrachtete. Julius Schindler hatte ihm die Ausschnitte übergeben, durch die er auf ihn aufmerksam geworden war.

Alles hatte mit dem Besuch des Papstes begonnen. Nein, das stimmte nicht. Maria Selbach war vorher schwanger geworden. Am 4. Mai 1987 tötete sich Maria Selbach selbst. Warum? Weil der Vater des Kindes sie verlassen hatte? Wollte sie erst das Kind zur Welt bringen und dann aus dem Leben scheiden? Wie passte Aust da hinein? Was wollte er ihm erzählen? War er der Vater von Julius? Was wusste Aust, das er nicht weitergeben durfte? Woher wusste der Mörder, dass er ihm etwas mitteilen wollte?

Wer sollte denn sein oder Austs Telefon abhören? Selbst wenn die NSA dafür bekannt war, waren sie doch völlig unbescholtene und uninteressante Bürger. Zumindest er. Und bei Aust war er auch auf nichts Besonderes gestoßen, nur auf die Information, dass er seinen Namen geändert hatte. Doch dafür gab es eine plausible Erklärung.

Lustlos blätterte Ferdinand Weber die Ausschnitte durch. Er hatte sie schon so oft gelesen, da gab es keine versteckten Hinweise. Er lächelte, als er das Foto sah. Da war er noch jung gewesen. In der Zeit hatte er auch versucht, sich einen Schnurrbart wachsen zu lassen, und sah, wie er heute fand, lächerlich aus. Damals war das topmodern, und Louise gefiel es.

Ein heftiger Stich in Höhe des Herzens zwang ihn für einen Moment, die Augen zu schließen. Ob es irgendwann aufhörte? Er bezweifelte das. Wollte es auch nicht. Er hatte Angst vor dem Vergessen, insgeheim hoffte er, dass es nicht so lange dauern würde, bis er ihr nachfolgte. Der Arzt hatte ihm aber bei der kürzlich durchgeführten Vorsorgeuntersuchung beste Gesundheit bescheinigt.

Er stutzte plötzlich. Der Mann hinter ihm auf dem Bild trug ebenfalls einen Schnäuzer, der jedoch wesentlich voller und breiter war, als seiner jemals geworden wäre. Die Pixel verzerrten das Aussehen zusätzlich, aber wenn er seine Phantasie anstrengte, erinnerte ihn dieser Mann an eine bestimmte Person.

Das konnte doch nicht sein.

Weber holte seine Lesebrille hervor, die wie eine Lupe funktionierte, und betrachtete das Bild genauer. Dann sprang er auf und nahm die Zeitung vom heutigen Tag dazu.

»Wo ist denn der Artikel?«, murmelte er, während er hektisch die Seiten umblätterte.

Da war es. Am Morgen hatte er die Artikel nur überflogen, zu sehr war er mit den aktuellen Fragen beschäftigt gewesen. Man sah Ingeborg Schindler im Kreise der Familie abgebildet. Einen Schritt hinter ihr stand ihr Mann. Eine gewisse Ähnlichkeit zwischen Walter Schindler und dem Mann auf dem Foto war nicht von der Hand zu weisen. Konnte das sein? Was hatte Mechthild Krause mit Ingeborg Schindlers Mann zu tun? Gab es noch mehr, was die Wirtin zu verbergen hatte?

Mechthild Krause. Eine alte Frau, die viel in ihrem Leben gesehen hatte. Als Kneipenbesitzerin besaß man Menschenkenntnis, Durchsetzungs- und Stehvermögen. Weber versuchte, sich an die damalige Zeit zu erinnern, wie es da ausgesehen hatte. Ganz langsam kamen die Bilder. Er war kein Stammgast gewesen, aber ab und zu hatte er dort nach dem Rechten sehen müssen. Meist waren die französischen Soldaten ruhige Gesellen, aber manchmal nutzte auch der ganze Drill nichts, und sie schlugen über die Stränge. Wenn dann ein hübsches, meist leicht bekleidetes Mädchen flirtete, verstanden darunter die einen eine geschäftstüchtige Art, die anderen eine Anmache. Das konnte zu Streitereien zwischen den Männern führen, vor allem wenn das Testosteron überhandnahm.

Mechthild Krause wusste die Soldaten zu nehmen, wenn es ihre Kellnerin zu wild trieb. Weber kannte ja auch nur die Gerüchte. Und davon gab es jede Menge. Er hatte auch vernommen, dass sich das Mädchen gern mit den Männern einließ, aber nicht weiter darüber nachgedacht, als das Lokal geschlossen wurde. Aus dem Auge, aus dem Sinn.

Er setzte sich in seinen bequemen Sessel und stellte den Fernseher an. Ein Fußballspiel war genau das Richtige, um sich berieseln zu lassen. Dazu kostete er einen Sherry aus seinem Probierpaket, das er im Internet bestellt hatte. Noch immer wurde er deshalb von Bekannten belächelt. Er musste nur an das Gesicht von Christian denken, als er ihm von seiner neuen Begeisterung für Sherry erzählt hatte. Na ja, ob es eine Leidenschaft wurde, wusste er noch nicht.

Mit der Suche nach Neuem und Unbekanntem konnte er sich die Zeit vertreiben. Er war immer Dingen auf der Spur, die ihn vom Trübsalblasen abhielten. Außerdem trainierte er so sein Gehirn. Er lernte noch immer gern und schnell. Er nahm Informationen wie ein Schwamm auf, natürlich nicht so wie früher, aber er fand es wichtig, seinen Kopf anzustrengen. Immer nur Kreuzworträtsel und Sudoku zu lösen füllte ihn auf Dauer nicht aus.

Freunde hatte er nicht mehr viele, Jeannette konnte er nicht ständig belästigen, sie führte ihr eigenes Leben. Sie unterstützte ihn, indem sie die passenden Standardwerke zu den jeweiligen Themen bestellte, die ihn gerade umtrieben. Aktuell sammelte er alles über Sherry.

Zu seiner aktiven Zeit hatte er nicht bemerkt, wie wenig Freunde er eigentlich hatte. Bewusst wurde ihm diese Tatsache an Abenden wie diesem, an denen er allein in seinem Sessel saß, Louise vermisste. Da war niemand, den er anrufen konnte. Das führte dann dazu, dass er Jeannette überfiel und sich danach wie ein Idiot vorkam.

Er nippte an dem spanischen Sherry, der in einer Fachzeitschrift hoch gelobt wurde. Ihn faszinierte, wie so oft, die Geschichte dahinter. Dass auch Getränke Modediktaten unterworfen waren. In Amerika wurde Sherry bereits als das neue Szenegetränk gefeiert. Angesagte Bars, vor allem in New York, brüsteten sich mit dem Wissen über Sherry. Ähnlich wie dem Gin, der ebenfalls zeitweise komplett aus dem Bewusstsein der

Menschen verschwunden und von Wodka abgelöst worden war und nun ein phänomenales Comeback feierte, war es dem spanischen Likörwein ergangen. In den Hochzeiten trank die Welt Sherry – alte englische Ladys und selbst James Bond in »Diamantenfieber«.

Alles hat seine Zeit, dachte Weber und trank einen Schluck. »Was gut ist, kommt wieder«, wiederholte er den Lieblingsspruch seiner Mutter und dachte augenblicklich, was für ein Schwachsinn das war. Louise war das Beste, das ihm je passiert war, und sie kam nicht wieder. Nie wieder.

Seine Gedanken wanderten neunundzwanzig Jahre zurück. Zu Clément Aust, eigentlich Hervier, einem französischen Soldaten aus der Kaserne Normand, der der Liebe wegen in Speyer geblieben war. Ob er glücklich gewesen war? Was wusste er überhaupt von ihm? Eine flüchtige Bekanntschaft, getroffen auf einer Demonstration. Ein Mann, dem er das Leben gerettet hatte. Na ja, den er zumindest vor einem bösen Unfall bewahrt hatte. Kurze Zeit später hatte der Mörder dann doch erfolgreich zugeschlagen.

War er Aust früher vielleicht in dieser Kneipe begegnet? Nein, das hätte ihm Aust gesagt.

Weber hatte mit einigen Franzosen Kontakt gehabt, allzu gern erinnerte er sich auch an Serge, der zur Militärpolizei gehörte. An manchen Abenden hatten sie eine Flasche Rotwein getrunken und über das Leben philosophiert. Über die Franzosen, ihre Lebensart, die sich gar nicht so sehr von der Speyerer Art unterschied. Was er wohl heute machte?

Einer Eingebung folgend – vielleicht lag es auch am Sherry – holte er seinen Laptop.

»Serge Bertrand«, murmelte er und gab den Namen in die Suchmaschine ein. Weber war überrascht über die vielen Ergebnisse. In allen sozialen Netzwerken befand sich mindestens einer. XING, Facebook, LinkedIn, ein französischer Arzt, ein Handwerker, wenn er die Hinweise mit seinem eingerosteten Französisch richtig übersetzte.

Er sah sich die zu dem Namen gehörenden Fotos genauer an. Tatsächlich waren es meistens ältere Männer. Dann stutzte er. Das war er doch, das war sein alter Gendarm Serge inmitten französischer Rotweine.

Weber lachte und klickte das Foto an. Er gelangte zu der Website eines Onlineshops für französische Weine. Das passte zu Serge!

Webers Sprachkenntnisse reichten, um zu erfahren, dass sein alter Freund im Elsass, in Lauterbourg, lebte und über einen Webshop Weine verkaufte. Gar nicht weit von Speyer, eine gute halbe Stunde mit dem Auto entfernt. Eine E-Mail-Adresse, eine Telefonnummer.

Weber zögerte nicht lange und schrieb eine E-Mail. Wie einfach es heutzutage ist, mit jemandem Kontakt aufzunehmen, dachte er. Ohne großartig zu überlegen, was man sagen sollte, zu jeder Zeit, ohne zu überdenken, ob es zu früh oder zu spät war. E-Mails schreiben war eine wunderbare Art der Kommunikation. Auch als Empfänger musste man nicht sofort reagieren, sondern konnte in Ruhe eine passende Antwort formulieren.

»*Salut, Serge*«, begann er und schrieb auf Deutsch weiter – was man halt so schrieb, wenn man sich lange nicht gesehen und gesprochen hatte.

»Erinnerst du dich an mich? Hoffe, es geht dir gut, muss gerade an alten Zeiten denken.«

Weber spürte, wie einfach es ihm fiel, einem Unbeteiligten die Sache mit Aust mitzuteilen. Er schrieb von den Karten, von dem Mädchen, das sich vor den Zug geworfen hatte. Wie sehr sich das Gelände der Kaserne verändert hatte, wo früher die Pioniere stationiert gewesen waren.

»Vielleicht magst du dich melden«, beendete er seinen elektronischen Brief und drückte auf »Senden«.

Es dauerte keine drei Minuten, als ein Ton erklang, der ihm mitteilte, dass eine Nachricht in seinem Postfach eingegangen war.

»*Mon ami*«, las Weber in der Vorschau. Serge hatte sofort geantwortet. Weber spürte eine riesige Freude in sich. Er überflog die Zeilen, an deren Ende Serge vorschlug, zu telefonieren. Der Abend habe doch gerade erst begonnen, er müsse zwar eigentlich Bürokram erledigen, doch er habe viel mehr Lust, mit einem alten Freund über alte Zeiten zu sprechen. Etwas zu viel »alt«, dachte Weber und zückte das Telefon.

Er war erleichtert, dass sich Serge noch immer wie früher anhörte. Serge, der alte Brummbär. »Wie ist es dir ergangen, mein Freund? Du hast einen Weinhandel?«

»Ferdinand«, Serge sprach seinen Namen französisch aus, was in Webers Ohren immer affig klang, »du weißt doch, im Wein liegt Wahrheit. Warum nicht das Hobby zum Beruf machen? Ich muss keine Familie mehr ernähren. Und es macht mir Spaß! Warte, ich schütte nach. Einen Roten, wunderbar vollmundig. Einen Bergerac, ein Cuvée aus Merlot und Cabernet Sauvignon. Passt wunderbar zu Ente, Pasta, Steak und natürlich einfach nur so, wenn man mit einem alten Freund über die vergangenen Zeiten sprechen will. Es hat sich viel verändert in Speyer, wenn ich deinem Schreiben Glauben schenken darf.«

»Ja, auf dem Exerzierplatz stehen Mehrfamilienhäuser, die an Schuhkartons erinnern. Die Sporthalle steht mal wieder kurz vor dem Abriss. Aber mittlerweile befindet sich dort auch ein toller Kinderspielplatz, der würde dir gefallen. Hast du Enkel?«

»Ich bin dreifacher Opa, *mon ami*. Ein Vorzeigeopa. Ich liebe die Kleinen, sie wickeln mich um den kleinen Finger und können alles mit mir machen.« Sein Stolz war nicht zu überhören.

»Schön, dass du Familie hast.«

»Das bedeutet, dass du allein bist? Was ist mit Louise?«

Weber war wie immer überrascht, wie weh es tat, über Louises Tod zu sprechen. Sein direktes Umfeld wusste Bescheid. »Krebs. Ging schnell.«

Einen Augenblick blieb es sehr still in der Leitung. »Ich hebe mein Glas auf Louise, sie war eine tolle Frau.«

»Ja, das war sie, danke, Serge.«

Beide hingen ihren Gedanken nach, bis Serge schließlich fragte: »Weshalb meldest du dich, Ferdinand? Es ist doch nicht nur Sehnsucht nach alten Zeiten? Irgendetwas irritiert dich am Tod des Soldaten. Wie, glaubst du, kann ich dir helfen?«

Dankbar, dass Serge nichts von seinem Spürsinn verloren hatte, sagte Weber: »Erinnerst du dich an die Schlägerei in der Kneipe in der Nähe der Kaserne?«

»Welche meinst du? Es gab einige.« Serge lachte. »›Bei Krause‹ ging es immer hoch her. Und diese Kellnerin, oh, là, là!«

»An besagtem Abend ist ein Soldat verschwunden. Vielleicht erinnerst du dich daran.«

»Oh ja, wie könnte ich das vergessen. Wir haben zwei Männer vermisst, die nicht pünktlich in der Kaserne erschienen waren. Unser Suchtrupp hat einen in der Nähe der Kneipe ›Bei Krause‹ gefunden. Er sah schlimm aus. Blutüberströmt, wir dachten schon, dass es mit ihm aus war. Das wird sein Gegner auch gedacht und Panik bekommen haben, denn er verschwand. Wir haben ihn nie gefunden. Ich konnte es damals nicht glauben und habe es bis heute nicht verstanden. Er blieb einfach weg.«

»Was war mit dem verletzten Soldaten?«, fragte Weber.

»Ach, der war hart im Nehmen. Unglaublich, aber er hat nur Schürfwunden abgekriegt, Prellungen, ich glaube, einen Zahn hat er verloren. Sturzbetrunken. Da hat sich das Sprichwort wieder bewahrheitet: Kinder und Betrunkene haben einen Schutzengel. Alles halb so wild. Umso seltsamer, dass der andere verschwunden blieb. Die Militärpolizei versteht da auch keinen Spaß, aber der war wie vom Erdboden verschluckt. Es gab Gerüchte …«

»Was denn für welche?«

»Ich kannte den Jungen nicht persönlich, er war mir nur als Störenfried und Draufgänger genannt worden, der sich immer wieder in Schwierigkeiten brachte. Solche Typen gibt es, aber meist sind sie gute Kerle. Einige der Rekruten glaubten, dass sein Verschwinden mit der Kleinen in der Kneipe zusammenhing. Muss sie geschwängert haben. Das schien vielen ein Grund für sein Desertieren gewesen zu sein. Man sagte ja auch, dass das Mädchen nicht nur ihm ihre Gunst erwies.«

Was für eine nette Umschreibung, dachte Weber. Er hörte, wie Serge einen großen Schluck trank, und nippte an seinem Sherry.

»Kurz darauf wurde die Kneipe geschlossen«, sagte Serge.

»Schade, dass du wenige Wochen später auch gehen musstest.«

»Ich mochte Speyer, aber noch lieber ist mir Frankreich. Übrigens habe ich mich später noch einmal erkundigt, ob der Soldat aufgetaucht ist. Nein.«

»Weißt du noch, wie er hieß?«

»Aber sicher doch, den einzig verlustig gegangenen Mann der Truppe während der Amtszeit vergisst man doch nicht. Dumont. Jean-Luc Dumont.«

Weber rechnete im Kopf nach. Er könnte Julius Schindlers leiblicher Vater sein. Wie brachte ihn das nun weiter?

»Serge, es hat Freude gemacht, mit dir über alte Zeiten zu sprechen. Das müssen wir wiederholen.«

Sie verabschiedeten sich herzlich voneinander mit dem Versprechen, dass Serge das nächste Mal anrief.

28

Christian Hamacher lehnte sich an die Wand seines Büros und schloss die Augen. Er konnte es drehen und wenden, wie er wollte: Er saß in der Falle. Egal, was er unternahm, er konnte nur verlieren.

Mit Maulbeer gestaltete sich die Zusammenarbeit immer schwieriger. Er vertrat Ansichten, die er nicht teilen konnte. Jede Verbindung zu Schindlers in dem Fall Aust ignorierte er. Selbst der Einbruch in Mechthild Krauses Wohnung schien ihn nicht zu überzeugen. Blieben nur Ferdinand Weber und seine Kollegin Sommer, mit denen er reden konnte. Aber konnte er Karoline Sommer auch vertrauen?

Weber hatte eine Art, Dinge und Menschen zu betrachten, die Hamacher fehlte. Keiner seiner Kollegen, bis auf Sommer, war mit solchem Herzblut Polizist. Es lag mit Sicherheit an der Zeit. Früher, als Speyer eine eigenständige Polizeidirektion gewesen war, hatte man garantiert nicht so viel Bürokram zu erledigen gehabt wie heute. Sicher waren auch nicht so viel Politik und Diplomatie vonnöten gewesen wie zurzeit. Maulbeer, sein direkter Chef, nervte entsetzlich. Sobald er ihn in der Polizeiinspektion traf, sprach er ihn an. »Auf ein Wort, Hamacher.«

Diese Floskel jagte ihm bereits einen Schauer über den Rücken. Auf ein Wort. Bliebe es wenigstens bei einem Wort. Aber Maulbeer pflegte um den heißen Brei herumzureden, wenn er eigentlich nur wissen wollte, ob Ferdinand Weber wieder mit ihm in Kontakt getreten war.

»Sie sind wirklich das Aushängeschild des modernen Polizisten. Sportlich, gut aussehend, modern. So möchten wir nach außen wirken, nicht wahr?«

Was für ein Schwachsinn. Außerdem gab es im Moment Wichtigeres zu tun. In diesen Augenblicken hoffte Hamacher sehr, dass keiner seiner Kollegen die Gespräche mitbekam. Der Spott der ganzen Inspektion wäre ihm sicher gewesen.

»Sie denken daran, was ich Ihnen gesagt habe? Wir sind ein eingeschworenes Team. Einmischung von außen unerwünscht. Wie geht es voran im Fall des überfahrenen Franzosen? Ein unglückseliger Autounfall, nicht wahr? Verübt von jemandem, der die Nerven verloren hat. Keine gezielte Tötungsabsicht.«

»Wir ermitteln in alle Richtungen.«

Die Floskel, die normalerweise den Journalisten vorbehalten war, beruhigte den Chef. Ansonsten verzog Hamacher die Mundwinkel nach oben, auch wenn ihm nach allem anderen als nach Lächeln zumute war. Manchmal nickte er – das reichte in der Regel.

»Also machen Sie weiter. Sie informieren mich, sobald es neue Erkenntnisse gibt. Aber nur mich. Wir verstehen uns, nicht wahr? Demnächst stehen wieder Beförderungen auf dem Programm.« Ein süffisantes Lächeln, und Maulbeer verschwand.

Hamacher blieb völlig entnervt zurück. Wie sollte er diesen Spagat zwischen Pflichterfüllung gegenüber seinem Vorgesetzten und der Loyalität gegenüber Weber bewältigen? Und diese seltsamen Fälle lösen?

Nun kam noch ein Einbruch hinzu. Maulbeer war der Meinung, das habe alles nichts miteinander zu tun. Aber Hamacher konnte das nicht mehr glauben. Natürlich hing alles zusammen, er fand nur den gemeinsamen Nenner nicht.

Er war sogar im Hospiz gewesen und hatte sich nach Mechthild Krause erkundigt. Es gab keine Ungereimtheiten, sie war friedlich eingeschlafen. »Wie schön, dass sie so viel Besuch bekommen hat. Einfach einschlafen ist das Beste, was ihr passieren konnte«, hatte die Schwester noch angefügt und dabei traurig gelächelt.

29

»Die ersten beiden Postkarten stammen von Mechthild Krause. Die zweite an dich ist eine Nachahmung. Trittbrettfahrer. Warum wieder du?«

Weber antwortete nicht sofort, sondern verzog sein Gesicht zu einer Grimasse. »Glaub mir, Christian, mir wäre es lieber, wenn es nicht so wäre. Aber es beweist meine Unschuld, oder? Der Experte sagt, eine weibliche Person. Das müsste doch auch Maulbeer akzeptieren.«

Christian Hamacher gab keine Antwort.

»Wir können Mechthild Krause nicht mehr über ihre Motivation befragen. Sie ist tot. Was mich in diesem Zusammenhang zu der Frage bringt, ob es wirklich ein natürlicher Tod war? Eine Obduktion wäre hilfreich.«

Hamacher glaubte, nicht richtig zu hören. »Spinnst du jetzt völlig, alter Freund? Was glaubst du denn, wer das anordnen soll? Es gibt überhaupt keinen Hinweis darauf, dass die alte Frau Opfer eines Mörders geworden ist. Sie ist in ein Hospiz gegangen, dann rechnet man mit dem Tod. Jeder. Nur natürlich ein Herr Ferdinand Weber nicht.«

Hamacher hatte sich in Rage geredet und unabsichtlich die Stimme erhoben.

»Pst. Nicht so laut, muss ja nicht jeder mitbekommen, über was wir reden«, sagte Weber. »Auch einen Ruländer?«, fragte er, als die Bedienung der Weinbar an den Tisch kam und nach ihren Wünschen fragte. »Und eine Kleinigkeit zu essen. Ich nehme ein Sandwich.«

»Ich auch«, sagte Hamacher und senkte seine Stimme. »Warum sollte irgendjemand diese Krause umbringen? Die Zeit hätte doch das Problem erledigt, wenn es denn eins mit ihr gab.« Er merkte gar nicht, wie er sich Webers Gedankengänge zu eigen gemacht hatte.

»Vielleicht wusste sie etwas, was sie jeden Moment hätte verraten können, und jemand wollte sie daran hindern.«

»Wenn sie etwas gewusst hätte, hätte sie es doch schon auf den Postkarten verraten können. Wir müssen in ihrer Vergangenheit forschen. Es muss doch irgendwas geben.«

»In Krauses Kneipe haben sich viele Einheimische und Soldaten getroffen, es war ganz gemütlich da. Humane Preise. Vor allem für die Soldaten.« Weber schloss die Augen, als er murmelnd weitersprach. »Die Soldaten … Einer ist verschwunden, glaubte, er habe jemanden umgebracht, und ist desertiert. Ich habe einen alten Kumpel gesprochen«, erklärte er, als er Hamachers misstrauischen Blick auf sich spürte. »Mal ganz ehrlich. Du warst damals ja noch nicht im Dienst. Aber du hast viele Geschichten gehört. Glaubst du allen Ernstes, ein Soldat entwischt einfach so der Militärpolizei?«

»Das waren harte Hunde, oder?«, fragte Hamacher.

»Hart, aber fair. Ich mochte die Franzosen, die waren richtig ausgebildet und mit Herzblut bei der Sache. Denen wäre ein Soldat nicht so einfach abhandengekommen. Es sei denn …« Weber brach ab. Es sei denn, er hätte Hilfe gehabt, dachte er. Nur wessen?

Bei Hamacher dauerte es etwas länger. »Jemand hat ihn versteckt.«

Die Getränke kamen. Die Männer prosteten sich zu.

»Essen kommt gleich«, sagte die Bedienung freundlich und ging zum nächsten Tisch.

»Aber ist die Angst vor Aufdeckung dieser Sache ein Motiv für einen Mord?«, fragte Hamacher. »Das ist doch bestimmt schon verjährt. In Deutschland nach fünf Jahren. Selbst wenn es bei den Franzosen strenger zugeht, die Sache ist neunundzwanzig Jahre her. Das muss verjährt sein, war doch kein Mord.«

»Was, glaubst du, ist an der Theorie deines Schriftexperten dran, dass jemand in Krauses Auftrag die Postkarte an mich geschickt hat? Mich quält immer noch die Frage nach dem Warum. Ich zermartere mir das Hirn, ich komme nicht drauf.«

»Eine Warnung, dass du dich raushalten sollst. Könnte sogar von Maulbeer stammen.« Hamacher lachte laut. »Findest du das nicht komisch? Okay, ich schon. Die Vorstellung, dass der Maulbeer da sitzt und versucht, die Schrift nachzuahmen, hat etwas unheimlich Lustiges. Ich sehe ihn vor mir, die Zunge hängt raus, krampfhaft hält er den Stift in der Hand und flüstert wahrscheinlich: ›Gute Idee, nicht wahr?‹« Als er Webers Miene sah, hörte er sofort auf zu lachen.

»Witzig finde ich das nicht, aber dumm ist der Gedanke auch nicht. Du bringst mich auf eine Idee«, sagte Weber.

»Das war ein Scherz. Du kannst nicht wirklich annehmen, dass der Maulbeer …«

»Nein, das nicht. Natürlich hat Maulbeer die Karte nicht an mich geschrieben. Warum sollte er, er hat dich doch in der Hand.« Weber überging Hamachers Protest. »Aber derjenige, der das geschrieben hat, hat eine Vorlage gehabt. Da stimmst du mir doch zu, oder?«

»Klar«, sagte Hamacher.

»Es gibt zwei Möglichkeiten. Entweder hat unser Mörder auch eine Karte bekommen, oder aber er ist in Krauses Wohnung eingebrochen und hat ein Exemplar gefunden.«

Hamacher sah ihn irritiert an. »Aber das würde ja bedeuten … Ja, was eigentlich? Wie bringt es uns weiter? Wer ist unser Mann? Oder unsere Frau?«

Weber zuckte die Schultern. »Ganz einfach, wir begeben uns weiter in die Vergangenheit.«

30

Weber wusste nicht, von wem ursprünglich die Idee ausging. Er hatte Jeannette von dem Telefonat mit Serge und von dessen Weinhandel in Lauterbourg erzählt. »Es war wie früher, als wir uns unterhalten haben.«

»Lauterbourg liegt direkt an der Grenze. Warum haben Sie ihn nie besucht?«

»Er wohnt ja noch nicht so lange dort. Erst seit, na ja, ein paar Jahren.« Zehn, um genau zu sein, dachte er. Man hätte hinfahren können, wenn man gewusst hätte, dass er dort lebte. »Er hat sich ja auch nicht gemeldet«, sagte Weber und spürte, wie fadenscheinig die Begründung klang.

Jeannette widersprach nicht.

»Früher waren Louise und ich oft dort, um einzukaufen. Ob Wissembourg oder Lauterbourg, wir haben alle Supermärkte in unmittelbarer Nähe zur Grenze aufgesucht. Die Käseauswahl, der Fisch!« Weber geriet ins Schwärmen.

Jeannette hielt mit. »Mit meinen Eltern haben wir dort vor Weihnachten oder Ostern auch immer den Einkauf erledigt. Als Kind war ich entsetzt über die gerupften Hühner und Wachteln, die dort in der Auslage nebeneinanderlagen. Ich fand die Milchpackungen aber viel spannender.«

Weber stutzte. »Die Milchpackungen?«

»Ja. Ist Ihnen nie aufgefallen, dass die ganz anders sind als bei uns? Dass man gar nicht weiß, was man da eigentlich kauft? Ich habe immer irgendwas in den Wagen gepackt, was mir von der Verpackung gefiel. Und war mir nie sicher, ob es Frischmilch oder H-Milch war. Schon gar nicht, welche Fettstufe. Prozentzahlen habe ich vergeblich gesucht.«

Er hatte nie darauf geachtet, und eigentlich war es ihm auch egal. Statt zu antworten, sagte er: »Was halten Sie davon, wenn wir gemeinsam hinfahren? Zum Einkaufen und um Serge einen Besuch abzustatten? Nur kurz, und wenn man sich tatsächlich versteht, kann man das ja wiederholen.« Mit dem Aufwärmen alter Freundschaften hatte er unterschiedliche Erfahrungen gemacht. Der letzte Versuch war misslungen.

»Wann? Ich habe noch zwei Tage Urlaub«, sagte Jeannette.

»Warum nicht gleich?«, fragte Weber.

Jeannette saß neben ihm in seinem Polo und genoss die Fahrt. »Carrefour, oder? Kennen Sie noch den Weg?«, fragte sie.

»Ja, aber mein mobiles Navigationsgerät auch.«

Jeannette schaute aus dem Fenster und bewunderte die Landschaft. »So viel Gegend. Waren Sie mal mit Louise hier zum Wandern?« Sie biss sich auf die Zunge, das hätte sie nicht sagen sollen. An Louise erinnert zu werden tat Weber nicht gut. Wider Erwarten lächelte er.

»Nein. Wir haben in unserer schönen Pfalz genug Wanderwege. Dafür fahre ich nicht nach Frankreich. Ich gebe zu, wir sind hier mal spazieren gegangen. Aber zum Wandern brauche ich abschließend eine Hütte zum Einkehren.«

So kann man es auch sehen, dachte Jeannette, die vom Wandern nichts hielt.

Die Fahrt dauerte eine Dreiviertelstunde. Der Parkplatz des Supermarktes war sehr voll. Auffällig waren die vielen deutschen Kennzeichen. Weber hielt an, um sich einen Überblick zu verschaffen. Langsam setzte er die Fahrt fort und suchte nach einer Parklücke.

»Wir sind offenbar nicht die Einzigen, die Lauterbourg besuchen wollen. Haben Sie Serge eigentlich gesagt, dass wir kommen?«, fragte Jeannette.

Weber verneinte. »Ich dachte, das mache ich spontan nach unserem Einkaufserlebnis.« Er setzte zum Einparken an und vermied es, Jeannette anzusehen.

Feigling, dachte Jeannette und nahm sich vor, ihn nicht vom Haken zu lassen.

Früher glich das Betreten eines französischen Supermarktes dem Eintritt in eine andere Welt. Heute war nur das Sprachgewirr anders, obwohl hier an der Grenze jeder Mitarbeiter Deutsch beherrschte. Das Warenangebot der regionalen Produkte war anders als in deutschen Supermärkten.

Weber ließ es sich nicht nehmen, den Wagen durch die Gänge zu fahren. Das war schon mit Louise seine Aufgabe gewesen. Er folgte Jeannette, beobachtete, wie sie alles in die Hand nahm und begutachtete. Sie verglich die Preise, suchte Anbieter, die nicht in deutschen Regalen zu finden waren. Es war wie früher. Für einen Moment hatte er das Bild vor Augen, wie er mit seiner verstorbenen Frau unterwegs war.

»Schauen Sie mal«, sagte Jeannette. »Diese Fischauswahl. Frische Jakobs- und Teppichmuscheln. Mir läuft gerade das Wasser im Mund zusammen, dazu Spaghetti, etwas Knoblauch. Oder hier, die Scholle. Haben Sie Lust auf einen Fischtag?«

»Heute nicht. Ich dachte an Fleisch und Käse.« Jeannettes Ablenkungsversuch schien zu funktionieren. Weber schob den Wagen entschlossener voran und blieb an einem Aktionskorb stehen. »Eine Apfeltarte zum Kaffee?« Er wartete ihre Antwort gar nicht erst ab, sondern legte eine Packung in den Wagen.

»Mit Serge«, gab Jeannette zurück.

Weber nickte zustimmend.

Die meiste Zeit verbrachte Jeannette an der Käsetheke. Weber beobachtete sie und wurde zunehmend melancholischer. Fünfzehn Jahre zurück hätte dort auch Louise stehen können. Damals hatte er den Duft der strengen Sorten im Auto gehasst, jetzt freute er sich fast auf die Heimfahrt.

Auf dem Parkplatz bat Jeannette ihn, endlich Serge anzurufen. »Kommen Sie, er wird sich freuen, davon bin ich überzeugt.«

Ein Zurück gab es sowieso nicht mit Jeannette an seiner Seite. So wählte Weber Serges Nummer, hin- und hergerissen zwischen Hoffen, dass er da und nicht da war. Beides wäre okay gewesen.

Serge meldete sich sofort. »*Mon ami, Ferdinand!* Wie schön, wieder von dir zu hören. Was kann ich heute für dich tun?«

Weber druckste herum. »Bin gerade in der Nähe, wollte fragen, ob du einen Kaffee für uns hast, wenn wir einen Apfelkuchen mitbringen.«

»Wer ist ›wir‹?«

»Eine Bekannte. Jeannette, eine Buchhändlerin.«

»Der Name klingt französisch.«

»Ja, aber ist sie nicht.«

Jeannette fand es unpassend, neben Weber zu stehen und zu hören, wie man über sie sprach. Unruhig wechselte sie von einem Bein auf das andere und machte Handzeichen, dass er aufhören solle.

Endlich legte Weber auf. »Zehn Minuten, meinte Serge.«

Es war wirklich ein Katzensprung zu Serges Wohnung. Vor der Tür war ein Parkplatz frei, in den Weber souverän den Wagen setzte. Doch er stieg nicht sofort aus. Er suchte im Handschuhfach nach etwas, wischte Staub vom Armaturenbrett, nahm das Navigationsgerät aus der Halterung.

»Sind Sie nervös?«, fragte Jeannette erstaunt. »Aber Sie kennen sich doch schon seit Jahren.«

»Ja«, sagte Weber, »die Jahre sind das Problem. Was, wenn er sich doch total geändert hat?«

»Das hat er sicherlich. Aber das muss ja nicht schlecht sein. Wenn doch, fahren wir wieder. Dann sag ich, ich muss nach Hause, weil ich etwas vergessen habe. Da fällt mir schon was ein. Sollen wir ein Zeichen verabreden? Dreimal hintereinander husten?«

Jetzt musste Weber doch lachen. »Ein guter Plan.«

Serge hatte sich kaum verändert. Sein Schnäuzer war zwar grau geworden, und die Haare waren kaum noch vorhanden, aber sein Lachen war das gleiche. Nur der Bauch, den die Hemdknöpfe nur bedingt im Zaum hielten, und die zitternden Hände zeigten, dass auch an ihm die Zeit nicht spurlos vorübergegangen war. Die Begrüßung war herzlich, Umarmung und Küsschen, die Sitte hatte Ferdinand völlig verdrängt. Er war unangenehm berührt.

Bald saßen sie um den Küchentisch, tranken Kaffee und aßen Kuchen.

»Irgendwann hatte ich die Nase voll davon, alle paar Jahre umzuziehen. Und nicht nur das, die Welt hat sich verändert. Mit dem Fall der Mauer … Wir mussten nicht mehr beschützen.« Serge zog eine Schachtel Zigaretten aus seiner Brusttasche heraus. »Darf ich?«

»Wenn ich das Fenster etwas öffnen kann?«, sagte Weber. Jeannette warf ihm einen dankbaren Blick zu.

»Aber jetzt erzähl mir mal, was passiert ist. Wieso wühlst du immer noch in der Vergangenheit? Immer noch wegen des verschwundenen Soldaten Dumont?«

»Ich dreh mich im Kreis. Irgendwie scheint alles zusammenzuhängen. Das Verschwinden des Soldaten, der Selbstmord. Die Postkarten. Die hat übrigens die Kneipenwirtin von damals geschrieben, das hatte ich nicht erzählt. Bis auf meine zweite natürlich, die kam erst nach ihrem Tod.«

Serge unterbrach ihn. »Noch eine Tote? Auch ein Unfall?«

»Nein, sie ist todkrank gewesen und in einem Hospiz friedlich verschieden.«

»Zwei Tote so kurz hintereinander«, bemerkte Serge, bat dann aber Weber mit einer Geste, weiterzusprechen.

»Ich bin ziemlich sicher, dass der verschwundene Soldat der Vater des Jungen der Kellnerin ist. Ausgerechnet der wurde von Mechthild Krause beauftragt, ihre Wohnung aufzulösen. Das ist sein Beruf«, erklärte er. »Dort findet er in Unterlagen einen Zeitungsausschnitt, auf dem die Krause mich markiert hat. Daraufhin kontaktiert er mich. Als wir gemeinsam in die Wohnung gehen wollen, ist dort eingebrochen worden.«

Serge sah aus, als käme er nicht mehr mit. »Es war bekannt, dass Jean-Luc Vater werden sollte. Viele hielten das für den Grund, warum er verschwand. Weil ihm das den Rest gegeben hat. Er war jemand, der permanent in Schwierigkeiten geriet. Dann auch noch eine Kellnerin schwängern …«

»Und wenn sie sich geliebt haben?«

Serge beließ es bei einem skeptischen Blick, der Jeannette erschreckte. »Das ist doch möglich«, sagte sie.

Serge schüttelte den Kopf. »Wir sprechen von einem Franzosen.« An Weber gewandt, sagte er: »Warum tust du nicht das, was auf der Karte stand? Lass die alten Zeiten ruhn. Die Polizei kümmert sich um den Tod von diesem Aust. Und Einbrüche in Wohnungen, die leer stehen, gibt es zuhauf, wie du wissen solltest. Es ist ja sicher kein Geheimnis, dass Madame Krause ins Hospiz gegangen ist.«

Weber sah ihn ernüchtert an. Sah er wirklich Zusammenhänge, wo keine waren? »Die Polizei kümmert sich eben nicht wirklich. Nicht so, wie ich das …« Er brach ab.

Serge blickte ihn prüfend an. »Ist das das Problem? Du willst nicht loslassen? Dir macht es Spaß, dabei zu sein?«

Jeannette unterbrach das Gespräch. »Ich müsste mal für kleine Mädchen.«

Serge zeigte ihr den Weg. »Sie ist sehr sensibel. Weiß, wann sie besser gehen sollte. Findet man nicht oft heute.«

Weber fand den Kommentar unpassend und sagte nichts dazu.

Serge fuhr fort. »Mein Freund. Ich spreche aus eigener Erfahrung. Es tut weh, nicht mehr dazuzugehören.«

Endlich antwortete Weber. »Ein wenig, aber das ist nicht der Hauptgrund. Immer wieder stolpere ich über einen Namen. Er taucht wiederholt in den Ermittlungen auf. Der Name einer einflussreichen Familie. Aber weil der Polizeipräsident mit ihnen gut befreundet ist, hat man den Beamten aufgetragen, in alle Richtungen zu ermitteln, nur nicht bei der Familie. Dabei könnten die Mitglieder bestimmt einiges aufklären. Schließlich haben sie den Jungen der Kellnerin adoptiert.« Weber vermied es, zu viel preiszugeben.

»Wir haben damals alle Gäste der Kneipe befragt«, sagte Serge. Ein Hauch Rechtfertigung klang in seinen Worten mit. »Da gab es einige, die mir seltsam vorkamen. Aber wer spricht schon gern mit der Militärpolizei. Niemand hat uns etwas sagen können, obwohl fast alle den Soldaten kannten. Na ja. Ich habe auch noch mal in meinen Erinnerungen gegraben, aber der Name Aust ist mir nicht bekannt.«

»Kein Wunder, er hieß vor seiner Hochzeit Hervier.«

Etwas in Serges Gesicht veränderte sich. »Das ist komisch.«

»Was?«

»Dann war er der Soldat, der mit Dumont befreundet war. Wir verdächtigten ihn, etwas mit Dumonts Verschwinden zu tun gehabt zu haben. Ich glaubte sogar, dass er ihn versteckt hielt. Wir ließen ihn beschatten, konnten aber keine Hinweise finden.«

»Das ist doch alles kein Zufall. Ich denke, dieser Unternehmer steckte damals und auch heute dahinter. Mir fehlen nur die Beweise.«

»Du glaubst, dass wir damals etwas übersehen haben? Dass wir nicht richtig gesucht haben?«, fragte Serge.

»Nein, das habe ich nicht gesagt.«

In diesem Moment kam Jeannette zurück und bemerkte die veränderte Stimmung. Verdutzt blieb sie stehen und sah von einem zum anderen. »Sie haben ein sehr schönes Haus, Serge«, sagte sie, ohne auf die gereizte Atmosphäre einzugehen.

»Vielen Dank. Sehr freundlich von Ihnen.«

Weber hustete ein paarmal hintereinander.

»Leider müssen wir jetzt aufbrechen, ich habe noch einiges zu tun«, sagte Jeannette. »Es hat mich sehr gefreut, einen Freund Ferdinands kennenzulernen.«

»Mich auch. *Au revoir, Madame. Au revoir, Ferdinand.*«

»Auf Wiedersehen.«

Ihr Aufbruch ging schnell.

»Was ist passiert, während ich auf der Toilette war? Haben Sie etwas Neues erfahren, was uns weiterbringt? Ich hatte das Zeichen als Scherz gemeint.«

»Es passte aber gut. Es war Zeit. Über den Rest muss ich erst nachdenken«, sagte Weber.

31

Die Fahrt nach Frankreich war für Jeannette eine wunderbare Abwechslung gewesen. Die Arbeit in der Buchhandlung machte ihr noch immer Spaß, aber dass sie vor Kurzem beinah Opfer eines Serienmörders geworden war, hatte sie verändert. Ferdinand Weber hatte ihr das Leben gerettet, und sie stand für immer in seiner Schuld. Seitdem konnte sie dem Geplänkel ihrer Kollegen wenig abgewinnen, nie war ihr bewusster gewesen, dass sie ein Außenseiter war. Vielleicht war das der Grund, warum sie sich in Webers Nähe so wohlfühlte. Heute hatte sie ihren väterlichen Freund so gelöst wie selten erlebt. Zumindest bis zur Rückfahrt. Irgendetwas hatte er von Serge erfahren, das ihn beschäftigte.

Sie fühlte sich ausgeschlossen, weil er nicht mit ihr darüber sprach. Immerhin hatte er in einem Nebensatz zugegeben, dass ihm die gemeinsamen Mittagessen im Osiander-Café ebenso fehlten wie ihr. Bis jetzt hatten sie noch keinen adäquaten Ersatz gefunden. Es sollte lecker, preiswert und in der Nähe ihrer Arbeitsstelle sein. Doch wenn sie an das Angebot in dem französischen Supermarkt dachte, überfiel sie die Lust, öfter selbst zu kochen. Vielleicht könnte sich ein wöchentlicher Kochabend mit Weber etablieren? Er war auch allein. Gab es Besseres gegen das Gefühl der Einsamkeit als Gesellschaft?

Sollte sie ihn anrufen? Ihr fiel ein, dass sein Festnetz noch immer nicht funktionierte und der Akku seines Handys in Frankreich den Geist aufgegeben hatte.

Sie sollte die Idee mit dem Kochabend verfolgen, das war eine gute Sache. Vielleicht könnte man noch andere dafür gewinnen. Christian Hamacher zum Beispiel. Und Julius Schindler. Ihr gefielen beide, der eine gut aussehend, ein Charmeur, der andere zurückhaltend und schüchtern. Ihr wurde bewusst, dass es wieder nur Männer waren, mit denen sie gern Zeit verbrachte. Okay, Frau Schmidt von nebenan wäre einem gemeinsamen Abend sicher nicht abgeneigt, schmackhaft kochen konnte sie auch. Natürlich setzte das voraus, dass sie ihre Wohnung behalten konnten und die Mieten bezahlbar blieben.

Damit war sie wieder bei dem leidigen Thema angekommen, zu dem ihr partout keine Lösung einfiel. Ingeborg Schindler sollte das wissen. Jemanden mit so viel Einfluss für Mieterbelange zu begeistern wäre hilfreich. Zumal sie ja immer wieder betonte, wie wichtig ihr bezahlbarer Wohnraum in Speyer war.

Jeannettes Handy piepte. Eine SMS.

»Merkwürdig«, murmelte sie, als sie die Nachricht gelesen hatte. Die Absenderrufnummer kannte sie nicht. »Muss etwas überprüfen, kommen Sie mit? Treffpunkt Parkplatz der Sparkasse. Mach mich schon auf den Weg. F. W.« Dahinter: »#SMS by 955.de«.

Ferdinand Weber fand immer einen Weg. Sie wusste nicht, wann sie das letzte Mal eine SMS über den Computer verschickt hatte. Warum er nicht einfach Skype zum Telefonieren nutzte, blieb sein Geheimnis. Seine Ausreden waren fadenscheinig, und für jedes ihrer Argumente fand er eines dagegen. Manchmal brauchte er einfach länger, um sich mit neuen Technologien anzufreunden. Doch darüber jetzt nachzudenken war nicht wichtig. Er hatte eine Spur und wollte sie dabeihaben. Er nahm sie ernst, holte sie mit ins Boot. Das fühlte sich gut an.

Sie nahm ihre Jacke und machte sich auf den Weg. Um sich vor dem Wind zu schützen, schlug sie den Kragen höher und beschleunigte ihre Schritte. Was Weber wohl herausgefunden hatte? Es musste mit einer Information zusammenhängen, die er von Serge bekommen hatte.

War dieser verschwundene Soldat, Jean-Luc, der Vater von Julius Schindler? Was war mit ihm passiert? Niemand verschwand ohne Spuren von der Bildfläche. Ob er an jenem Abend aus Panik geflohen war? Alkoholisiert bekam man schon mal seltsame Ideen, wie sie aus Erfahrung wusste. Doch spätestens wenn der Kater vorbei war und das Gehirn wieder normal funktionierte, hätte er bemerken müssen, in welcher ausweglosen Situation er sich befand. Fahnenflucht, Körperverletzung, gesucht von der Militärpolizei.

Was hatte ihn nur daran gehindert, sich bei Maria zu melden? Er wusste von dem Kind und schien sich darauf gefreut zu haben. Zumindest wenn man den Erinnerungen von Serge trauen konnte.

Der Kontrast zwischen Tag und Abend in der Maximilianstraße war immens. Wo tagsüber Horden von Touristen die Einkaufsstraße entlangliefen und die Sehenswürdigkeiten betrachteten, herrschte jetzt gähnende Leere. Dafür waren die Restaurants voll besetzt.

Jeannette bog in die Wormser Straße ab, sah kurz zur Buchhandlung, ob alles in Ordnung war. Sie hoffte, dass Ferdinand Weber auf dem Willy-Brandt-Platz stand.

Schon von Weitem sah sie, dass der Platz verwaist war. Zum wiederholten Male stellte sie fest, wie abhängig sie von ihrem Handy war. Mal eben eine Nachricht schreiben, kurz anrufen – alles nicht machbar, wenn der zu Erreichende keines besaß.

Einen Moment blieb sie stehen, konnte sich nicht entscheiden, ob sie links oder rechts um das Sparkassengebäude herumgehen sollte, und entschied sich für links. Wie dunkel es hier war. Weit und breit kein Ferdinand Weber zu sehen.

Leise rief sie seinen Namen. »Ferdinand, wo sind Sie?« Sie ging weiter, umrundete das Haus, stolperte über eine Bürgersteigkante. »Verdammt. Ferdinand, jetzt zeigen Sie sich doch!«

Wieder erhielt sie keine Antwort. Es war verflucht dunkel.

Umständlich kramte sie in ihrer Handtasche, Smartphones waren Überlebenshelfer. Die integrierte Taschenlampe leuchtete den Weg gut aus. Das hätte mir auch früher einfallen können, dachte sie.

Als sie mit dem Lichtstrahl des Handys die Umgebung nach Weber absuchte, hörte sie ein Geräusch hinter sich.

»Endlich, da sind Sie ja, Ferdinand«, sagte Jeannette erleichtert. »Ich fing schon an, mich zu gruseln.«

In diesem Moment bewegten sich zwei Jugendliche singend und lachend über den Parkplatz auf sie zu. Schief und laut ertönte »Atemlos«.

»Singen muss ja auch nicht sein«, murmelte sie vor sich hin

und drehte sich erneut im Kreis auf der Suche nach Weber. Warum sprach er nicht? Wollte er sie erschrecken?

Der Platz hinter ihr war leer. »Ferdinand? Wo sind Sie? Jetzt sagen Sie doch was!«

Keine Antwort.

Ihr schwante, dass hier etwas ganz und gar nicht stimmte. Erst jetzt wurde ihr bewusst, dass auch die SMS merkwürdig gewesen war. Sie sah ihrem Freund gar nicht ähnlich.

Angst stieg in ihr auf. Sie dachte an den Unbekannten, der Aust vor das Auto gestoßen hatte, an die Postkarten mit den mystisch anmutenden Botschaften. Sie konnte nur noch einen Satz denken: Ich muss hier weg.

»Wartet mal!«, rief sie kurz entschlossen den Jugendlichen hinterher und lief auf sie zu. »Ich kenne mich hier nicht aus, mich hat jemand versetzt.«

»Hey, Lady, kein Problem. Wir nehmen dich gern zwischen uns. Willste mit, einen Cocktail trinken?«

Dankbar, nicht mehr allein durch die Dunkelheit gehen zu müssen, ließ sie sich in die Mitte nehmen.

32

Ferdinand Weber verweilte in seinen Erinnerungen mit dem nächsten Sherry aus seinem Probierpaket. Nach diesem schönen Tag im Elsass hätte er auch Jeannette auf ein Glas einladen können. Aber das wäre ihm zu viel gewesen. Das Wiedersehen mit Serge glich einer Reise in die Vergangenheit.

Gedanklich befand er sich im Jahr 1987. Der Papstbesuch war ohne Probleme verlaufen. So dachte er zumindest damals. Sechzigtausend Besucher in Speyer und nur zwei Anzeigen wegen Diebstahls, aber das war an einem belebten Samstagmorgen auf der Maximilianstraße auch möglich. Fast sechzigtausend Menschen! Allerdings profitierten die Gastronomen weniger als erwartet von dem großen Ansturm. Vielleicht wäre es anders gewesen, wenn das Wetter mitgespielt hätte, dachte Weber. Regen, kühle Temperaturen. Untypisch für Speyer im Mai.

Trotzdem herrschte diese besondere Stimmung. Überall lächelnde und zufriedene Gesichter. Ob es an der Prominenz lag, die es sich nicht nehmen konnte, dem Papst die Ehrerbietung zu zeigen, oder am Pontifex selbst, wusste Weber nicht mehr. Den Bundeskanzler hatte er schon oft im Einsatz erlebt. Es war bekannt, dass er stolz auf seine Heimat und Speyer war.

Was Weber umtrieb, war die Frage, was Maria Selbach an diesem Tag vorgehabt hatte. Die französische Polizei glaubte, dass jemand Jean-Luc Dumont versteckt hielt. Wäre es denkbar, dass die beiden diesen besonderen Tag ausgewählt hatten, um sich aus dem Staub zu machen? In ihrem Abschiedsbrief stand nicht, dass Maria sich umbringen wollte. Man könnte die Zeilen auch ganz anders interpretieren.

Weber stellte sich vor, wie sie auf ihre große Liebe wartete. Und was, wenn er nicht gekommen war? Sich ihre Hoffnung in Luft auflöste und sie in dem Moment den Zug als einzige Lösung ansah? Sie konnte sicher sein, dass Mechthild Krause sich um Julius kümmern würde.

Dumpf erinnerte sich Weber, wie er von dem Unglück am Bahnübergang in der Schützenstraße erfahren hatte. Im Nachhinein empfand er es als viel furchtbarer als damals. Sein erster Gedanke war wirklich gewesen, dass der Vorfall zum Glück nicht den Besuch des Papstes in Gefahr gebracht hatte. Zu dem Zeitpunkt saß er bereits wieder im Hubschrauber auf dem Weg nach Rom.

Es bleibt nicht viel übrig von einem Menschen, der sich vor einen Zug wirft. Das Gespräch mit dem Zugführer würde er so schnell nicht vergessen. Was hatte er zum Schluss gemurmelt? »Ich habe sie nicht gesehen. Auf einmal war sie da. Ich konnte es nicht vorhersehen. Sonst hätte ich gebremst, ich hätte es versucht, alles hätte ich versucht.« Tränen in seinen Augen, auch nach neunundzwanzig Jahren. Ein gebrochener Mann, eine kaputte Familie. Hamacher hatte bei Vater und Sohn das Alibi zum Zeitpunkt von Austs Unfall überprüft und sie als Täter ausgeschlossen. Seine Überraschung hielt sich in Grenzen.

Menschen wie Mommsen hatte Weber viele im Laufe seiner Zeit als Kriminalist getroffen. Menschen, die nach einem Gewaltverbrechen nicht mehr so weiterleben konnten wie zuvor.

»Was soll ich dem Kind denn sagen, warum ich seine Mutter getötet habe?« Dieser Satz hatte ihn besonders berührt.

Eine Antwort darauf zu finden war schwierig. Auf eine Reihe von Fragen gab es keine Antworten. Mommsen fühlte sich tief in seinem Innern schuldig, und diese Schuld hatten ihm weder Therapie noch Analytiker nehmen können.

Weber betrachtete die hellgelbe Flüssigkeit in seinem Glas, schwenkte es einige Male hin und her und roch anschließend mit geschlossenen Augen daran. Der Duft Spaniens. Erst jetzt probierte er einen Schluck und nickte anerkennend. Den Fino Jarana fand er schmackhafter als den, den er zuvor probiert hatte. Ein trockener Wein aus der Produktion eines der wenigen Familienbetriebe, die sich noch mit dem Sherryanbau beschäftigten.

Genussvoll leckte sich Weber die Lippen und bekam Appetit auf Nüsse oder Oliven. Leider hatte er nur Käse aus Frankreich mitgebracht. In der Küche machte er sich eine kleine Platte zurecht und setzte sich wieder in den Sessel. Der Fernseher blieb aus. Weber wollte nachdenken.

Serge hatte ihm die Gerüchte mitgeteilt, die damals umgingen. Man ging davon aus, dass Jean-Luc einen sicheren Unterschlupf gefunden hatte. Es gab aber keine Hinweise, bei wem. Selbst mit Amtshilfe konnte man nicht alle privaten Häuser durchsuchen, um einen flüchtigen Soldaten zu finden.

Zu dumm aber auch, dass er Mechthild Krause nicht mehr fragen konnte. Hätte er anstelle von Adler sie über den Suizid informiert, hätte er höchstwahrscheinlich mehr erfahren. Adler hatte mit Sicherheit die falschen Fragen gestellt, überlegte Weber. Hätte er … Aber das brachte niemanden weiter. Hätte, hätte, Fahrradkette.

Berufsbedingt war er ein paarmal »Bei Krause« gewesen, konnte sich aber kaum noch an Einzelheiten erinnern. Sehr genau hingegen war ihm sein damaliger Gemütszustand bewusst. Die Ankündigung, Papst Johannes Paul II. besuchte Deutschland, war schon eine Sensation, und die Nachricht, dass auch Speyer auf der Besucherliste stand, erreichte ihn zu Hause auf dem Sofa, mitten in der Planung des nächsten Urlaubs mit Louise.

Ab da hätte sie ihm eine Wanderung zum Südpol vorschlagen können, er hatte keinen Kopf mehr für Dinge, die nicht mit dem Papstbesuch zusammenhingen. Geistesabwesend hätte er allem zugestimmt.

Nach dem Attentat 1981 stand das Oberhaupt der katholischen Kirche unter besonderer Beobachtung. Die Sicherheitsstandards mussten erhöht werden. Das war eine logistische Herausforderung, die es zu bewältigen galt. Der Medienpapst ließ es sich nicht nehmen, unter die Menschen zu gehen, die ihn frenetisch feierten.

Weber hatte alles mit Bravour gemeistert. Sogar seine Ehe hatte das überlebt, obwohl sie manchmal auf der Kippe stand, wie er im Nachhinein glaubte. Natürlich hatte Louise ihn mit allen ihr zur Verfügung stehenden Mitteln unterstützt. Aber den Traumurlaub in die Karibik mussten sie verschieben und waren nie wieder dorthin gekommen. Ob sie ihm das je verziehen hatte? Gesagt hatte sie nichts, nur traurig geschaut und kein Wort mehr darüber verloren. Noch nicht einmal auf dem Totenbett.

Wie sehr er sie vermisste! Mit jeder Faser seines Körpers, es schmerzte körperlich. Damals hatte er immer gedacht, dass er alles wettmachen würde, wenn er pensioniert wäre. Alle Länder bereisen, die ihr wichtig waren, ohne zu murren, ohne Widerspruch. Stattdessen hatte er sie gepflegt, ihr die Reisebeschreibungen aus den Katalogen vorgelesen. Ihre Hand gehalten und das Schicksal verflucht.

Er stand noch einmal auf und schaute sich den Zeitungsartikel genauer an, in dem er Walter Schindler zu erkennen glaubte. Das Foto war vor der Gaststätte entstanden. Er holte seine Lesebrille, um jedes Detail zu betrachten. Erst jetzt fiel ihm auf, dass der Mann eine Hand auf Mechthild Krauses Schulter gelegt hatte, was seltsam vertraut wirkte.

Was hatte Serge gesagt? An dem Abend der Schlägerei waren auch Speyerer da gewesen, die man nach dem Verlauf des Abends gefragt hatte. Er musste ihn noch einmal anrufen. Auch wenn er über Webers Unterstellung, dass sie ihren Job nicht richtig gemacht hatten, verärgert war. Doch für Befindlichkeiten war jetzt keine Zeit. Er griff zum Telefon.

Ungeduldig erledigte er die Begrüßung und legte ein Minimum an Höflichkeit an den Tag.

»Serge, mir läuft die Zeit davon. Mir ist gerade noch etwas eingefallen. Ich habe einen Zeitungsausschnitt mit einem Foto, da stehen ein paar Franzosen – und ich mittendrin. Scheint vor Krauses Gaststätte aufgenommen worden zu sein. Hinter mir ist ein Mann, groß, mit Schnäuzer. Er wirkt vornehm, intellektuell. Kannst du dich erinnern, ob du jemanden befragt hast, auf den diese Beschreibung passt? Vielleicht sagt dir der Name etwas. Schindler, Walter Schindler. Klingelt da was bei dir?«

»Tatsächlich, Ferdinand. Der Mann ist mir auch eingefallen. Ein wirklich sehr netter Mann. Sehr höflich. Immer noch. Als du weg warst, habe ich noch gedacht, wie schwierig es mit Erinnerungen ist. Jahrelang habe ich nicht an diesen Jean-

Luc gedacht. Der einzige Verlust in meiner Truppe. Seit du aufgetaucht bist, frage ich mich, was aus ihm geworden ist. Je mehr ich darüber nachdenke, desto mehr glaube ich, dass sich dieser Schindler damals seltsam benommen hat. Ich habe ihn angerufen.«

»Wen hast du angerufen?«

»Walter Schindler, immer noch ein netter Mann. Ich glaube, er hatte ihm damals geholfen.«

»Wem? Was hast du erzählt?«

»Na, Jean-Luc. Nicht viel. Dass ich ein alter Mann bin, dass ihr mich besucht habt, du und deine reizende Freundin.«

Nach dem üblichen Small Talk legte Weber auf. Sein Verdacht, dass Serge seltsam wurde, verstärkte sich.

Schindler. Immer wieder tauchte der Name auf. Walter Schindler war häufig in der Kneipe gewesen, er adoptierte Julius, gab Mechthild Krause erst einen Job, dann sorgte er für ihren Hospizplatz. Steckte mehr dahinter?

Weber fluchte, er hatte wieder vergessen, das Handy auf die Ladestation zu stellen. Er nahm das Festnetztelefon in die Hand, um festzustellen, dass es immer noch nicht ging. Am nächsten Tag musste er das dringend reklamieren. Das hatte man davon, wenn man den Anbieter wechselte. Es bestärkte ihn wieder in seiner Ansicht, dass man Funktionierendes nicht aufgeben sollte. Man wusste nie, was auf einen zukam.

33

»Ingeborg, schön dich zu sehen.« Walter Schindler stand auf, um seine Frau zu begrüßen, doch sie blieb auf Abstand. »Gibt es etwas Neues? Habt ihr genug Geld gesammelt, um die Halle zu erhalten? Es wäre furchtbar, wenn sie abgerissen wird.«

»Es wäre eine Katastrophe. Das würde alles zunichtemachen. Aber um deine Frage zu beantworten: Nein. Was wir brauchen, ist ein Investor, der Geld hineinpumpt. Aus Herzensgüte.«

Hätten wir noch das Sagen in unserer Firma, würden wir das Problem in den Griff bekommen, dachte Walter Schindler. Niemals würde er wagen, seiner Frau Vorwürfe zu machen, weil er sich vor ihrer Reaktion fürchtete. »Das geht alles nicht spurlos an mir vorbei. Ich denke viel nach.«

Sein Tonfall ließ sie aufhorchen. In ihrem Gesicht zeigte sich Skepsis. Wut, Angst. »Walter, was ist los? Gibt es etwas, was ich wissen muss?«

Er druckste herum, sortierte die CD-Hüllen vor sich.

»Walter!«, schrie sie. »Was hast du getan?«

Seine Stimme gehorchte ihm nicht. Er flüsterte. »Weißt du, als Julius erzählte, dass er die Wohnung von Mechthild auflöst, ist mir ganz schlecht geworden. Ich wusste ja nicht, was sie aufgehoben hatte. Es war ja kein …«

»Walter, komm auf den Punkt.«

Sein Blick wanderte zum Fenster, er sah zum Gartenhaus. Bilder der Vergangenheit kamen ihm blitzartig in den Sinn. Das Geräusch von Schaufeln, die ein Loch gruben und aneinanderstießen. Schweiß, der ihm in die Augen rann. Ihre Stimme. »Tiefer! Weiter! Nicht aufgeben!«

»Ingeborg, wir sind uns doch einig, dass unser Geheimnis bei uns bleiben muss. Es darf nicht …«

Ingeborg Schindler änderte die Taktik, kam näher, nahm seine Hand und streichelte sie. »Was hast du getan?«

»Ich bin in ihre Wohnung, hab alles durchsucht. Den Abschiedsbrief habe ich gefunden, aber da stand nur das drin, was wir ihm gesagt haben. Aber es hätte ja anders kommen können. Sie war misstrauisch. Gut, dass sie so schnell gestorben ist. Als ich raus bin, wäre ich beinah Julius in die Arme gelaufen. Mit dem Kommissar, du weißt schon, der vor Weihnachten die Serienmorde gelöst hat …«, er holte tief Luft, »und da war noch ein junges Mädchen dabei, ich konnte mich gerade noch verstecken.«

»Die sind auch auf den Versammlungen zusammen erschienen. Weber heißt er, Ferdinand Weber. Sie hat sich als Jeannette Altmeyer vorgestellt und arbeitet in der Osiander-Buchhandlung. Wo ist der Brief?« Jetzt war sie wieder die knallharte Geschäftsfrau.

Walter Schindler ging zu seinem Mantel, zog den Brief aus der Innentasche und legte ihn vor seine Frau.

Sie lächelte. »Es ist kühl heute Abend. Soll ich den Kamin anmachen?« Sie stellte sich vor die Feuerstelle. Die Scheite waren vorbereitet, was fehlte, war ein Anzünder, ein Streichholz. Das Knäuel aus gewachster Holzwolle begann zu brennen, entzündete erst die dünnen Scheite, bevor es auf die dickeren überging.

Ein wohliges Knacken, ein Geräusch, das er liebte. Nur heute nicht. Die Flammen schlugen höher. Ingeborg legte den Brief darauf. Sie stellte sich vor den Kamin. »Ich lasse es nicht zu, dass mir jemand alles kaputtmacht«, sagte sie leise. »Dafür habe ich zu lange gekämpft. Wir haben alles wiedergutgemacht, Julius ein gutes Elternhaus gegeben, selbst die alte Hexe unterstützt. Was sollen wir denn noch tun? Irgendwann muss es doch genug sein. Hast du Handschuhe getragen?«

Er schüttelte den Kopf, obwohl sie das nicht sehen konnte.

Langsam drehte sie sich um. »Sag, dass das nicht wahr ist.«

Ihr Flüstern jagte ihm einen Schauer über den Rücken. »Ich habe sonst nichts angefasst.« Und weil sie immer noch stumm blieb, fügte er an: »Ehrlich. Du kannst dich auf mich verlassen.«

Sie presste die Lippen aufeinander. Ihre Augen formten sich zu Schlitzen. So sehen Ehrgeiz und Entschlossenheit aus, dachte er und fühlte sich unwohl in ihrer Gegenwart. Zum ersten Mal verspürte er Angst vor ihr.

34

»Jeannette, wie schön, Sie zu sehen. Was kann ich für Sie tun?«

»Diesmal bin ich diejenige, die Sie überfällt. Haben Sie mir gestern eine SMS geschickt und um ein Treffen gebeten?«

Ferdinand Weber sah sie verwirrt an. »Kommen Sie rein. Nein, wieso sollte ich? Außerdem kann ich im Moment schlecht telefonieren, wie Sie wissen. Zwar ist der Akku jetzt wieder voll, aber ich hänge gerade in der Warteschleife des Telefonanbieters.«

Jeannette folgte ihm. Unsicher stand sie im Wohnzimmer. Den Hörer ans Ohr haltend, bat Weber sie, sich zu setzen.

Er zog eine Grimasse. »Das Ganze geht von vorn los. Wieder die automatische Ansage. Eins.« Pause. »Nein.« Pause. »Reklamation.« Pause. »Seit drei Tagen soll mein Festnetz funktionieren, es geht immer noch nicht.« Weber blieb höflich, doch seine Stimme bekam einen eisigen Unterton. »Ihr Wort in Gottes Ohr. Eine Stunde? Ich verlasse mich darauf.«

Er legte auf und wandte sich wieder Jeannette zu. »Ich bin gespannt«, sagte er. »Was ist das für eine Geschichte mit der SMS?«

»Schauen Sie.« Sie zeigte ihm die Nachricht, erzählte, wie sie zum Willy-Brandt-Platz gegangen war und das Gefühl gehabt hatte, beobachtet zu werden.

Weber wurde ernst. »Das ist böse. Woher weiß der Täter, dass Sie mit an der Sache dran sind?«

Auch wenn Jeannette diese Formulierung freute, machte ihr der Sinn hinter den Worten Angst. »Sie meinen, der Mörder von Aust wollte mich treffen, hat mir aufgelauert? Das heißt, wenn die Jugendlichen nicht gekommen wären, wäre ich ...« Vor Erregung stand sie abrupt auf, was ein Fehler war. Sie taumelte, ihre Knie gaben nach. Weber fing sie auf, bevor sie zu Boden stürzen konnte.

»Danke«, sagte sie. »Das alles war wohl zu viel. Zu allem Überfluss muss ich heute Nachmittag in der Buchhandlung aushelfen. Meine Kollegin hat gefragt, ob ich ausnahmsweise mit ihr tauschen könnte. Natürlich habe ich zugesagt, aber …«

»Vielleicht ist das gar keine schlechte Idee. Dort sind Sie immer unter Leuten. Besser als allein zu Hause, oder? Ich bringe Sie hin und sorge dafür, dass Sie abgeholt werden. Privater Personenschutz, bis dieser Fall geklärt ist. Ich frage nicht, ob Sie damit einverstanden sind, es wird so gemacht. Widerstand zwecklos.« Noch nie hatte sie Weber so energisch und gleichzeitig besorgt gesehen.

»Haben Sie etwas zu trinken für mich?«, fragte Jeannette schwach. »Aber keinen Alkohol, Kaffee wäre auch schlecht. Mein Herz rast auch ohne.«

»Tee? Ich koche Ihnen eine schöne Tasse Pfefferminztee.« Louises Allheilmittel. »Legen Sie die Beine hoch. Das hilft.«

Jeannette tat wie ihr geheißen. Sie zog die Stiefeletten aus und legte sich auf das Sofa. Es fühlte sich seltsam an, sich woanders als zu Hause heimisch zu benehmen, war aber nicht unangenehm. Kurz darauf kam Weber mit einem kleinen Tablett zurück, auf dem es aus einer Speyerer Weihnachtsmarkttasse dampfte.

Während Jeannette den Tee in kleinen Schlucken trank, erzählte Weber ihr von dem Ärger mit dem Telefonanbieter und dass er überlegte, sich ein modernes Smartphone zuzulegen. Jeannette hörte zu, dankbar, dass er kein Wort über die Bedrohung verlor. Seine Erzählungen über Belangloses aus dem Alltag lenkten sie ab. Im Hinterkopf konstruierte Weber einen Plan. Jeannette brauchte Schutz, dafür würde er – ob mit oder ohne Hamacher – sorgen. Ihn würde er gleich informieren. Er hoffte sehr, dass er sich nicht in Hamacher täuschte und der sich tatsächlich entgegen Maulbeers Anweisungen verhielt. Ihm war wichtig, dass sich Jeannette sicher fühlen konnte.

Innerlich ballte Weber eine Faust und drohte dem Täter. Jeannette durfte nichts passieren, das würde er mit allen Mitteln zu verhindern wissen. Außerdem hatte er genug von Überlegungen und taktischem Verhalten. Alle Hinweise führten zu Schindlers, er würde dorthin gehen und sie mit seinen Überlegungen konfrontieren. Wenn sie etwas mit der Sache zu tun hatten, musste irgendwas geschehen. Er konnte auf sich selbst aufpassen.

Weber nahm sein Mobiltelefon zur Hand und tippte Schindlers Nummer ein. Als endlich jemand abnahm, legte er wieder auf. Nein, keine Anmeldung. Er setzte auf den Überraschungseffekt, wollte die Regung im Gesicht sehen, wenn er von Serge, dem verschwundenen Soldaten und Julius' Mutter sprach. Stattdessen wählte er eine andere Nummer.

Christian Hamacher war in Hektik und wimmelte Weber ab. »Es ist doch nichts passiert. Jeannette hatte ein komisches Gefühl und hat eine SMS bekommen. Ich bitte dich, Ferdinand, wenn ich das Maulbeer sage, weißt du, was der davon hält.«

Das reichte Weber. Er hatte keine Lust, Hamacher in seine weiteren Pläne einzuweihen. Das ging ihn nichts an. Auf seine Hilfe, Jeannette zu beschützen, konnte er auch verzichten. Die Idee, Hamacher zu bitten, Jeannette nach der Arbeit nach Hause zu bringen, verwarf Weber. Das würde er selbst übernehmen.

Um halb acht machte sich Weber auf den Weg zu den Schindlers. Er nahm an, dass auch erfolgreiche Geschäftsleute zu dieser Zeit zu Hause waren. Außerdem hatte ihm Julius erzählt, dass es oberstes Gebot im Hause Schindler war, gemeinsam um sieben Uhr zu Abend zu essen.

Er klingelte und lauschte dem Westminsterschlag. Für seinen Geschmack ein viel zu langer Klingelton. Pünktlich, als der letzte Ton verstummte, öffnete sich die Tür. Eine Frau um die dreißig stand vor ihm.

»Ja bitte?« Ihren Akzent konnte Weber nicht auf Anhieb einordnen. Osteuropäisch. Polen?

»Ist Herr oder Frau Schindler da?«

»Wer sind Sie?«

»Ferdinand Weber.«

»Einen Moment.«

Er wartete vor der Tür.

»Kommen Sie bitte.« Das Verhalten der Hausangestellten war gleich geblieben und gab keinen Aufschluss darüber, wie Schindlers auf seinen Namen reagiert hatten.

Weber betrat den großen Flur. Glänzende weiße Marmorfliesen. Viele Türen mit Messingarmaturen, die alle geschlossen waren. Er hörte gedämpftes Klavierspiel. Dazu Stimmen. In welche Gesellschaft platzte er hinein?

Die Hausangestellte sah ihn auffordernd an. Er folgte ihr. Sie öffnete eine Flügeltür und forderte ihn erneut mit einem Kopfnicken auf, einzutreten.

Walter Schindler saß mit Kopfhören auf den Ohren in einem gewaltigen dunkelbraunen Ledersessel. Wieso Kopfhörer?, fragte sich Weber. Gerade erst hatte er doch Klaviermusik vernommen. Dazu Stimmen. Was ging hier vor? Was sollte das für eine Taktik sein?

Die erfuhr er kurze Zeit später. Als Walter Schindler Weber erblickte – er tat, als sei sein Auftreten eine riesige Überraschung und nicht von der Angestellten angekündigt –, lächelte er süffisant. Mit seinen sehr weißen Zähnen und der gebräunten Haut wirkte er kalt und künstlich. Seine Körpersprache war eindeutig: Was willst du kleiner Wicht eigentlich von mir?

»Guten Abend, Herr Schindler. Danke, dass Sie mich empfangen.« Weber fand, er klang wie ein Idiot. Irgendwie anbiedernd. Das Ambiente schüchterte ihn ein. Ebenso das Verhalten Schindlers. Früher war er in die Rolle des Kommissars geschlüpft. Sein Beruf hatte ihn wie ein Panzer umgeben, machte ihn immun gegen Überheblichkeit und Arroganz. Doch jetzt war er Privatier. Ohne Befugnisse und ohne den schützenden Rahmen des Polizeiapparats.

»Herr Schindler.« Er holte Luft. »Eine schöne Abendentspannung. Musik hören. Klavier, wenn ich es richtig erkannt habe. Klassisch, Jazz oder etwas ganz anderes?«

Walter Schindler grinste wieder auf seine überhebliche, abstoßende Art. »Sie irren. Weder noch«, sagte er, stand auf und kam Weber entgegen. Dabei reichte er ihm weder die Hand, noch machte er sonst eine Willkommensgeste. »Hörbuch. Ich komme kaum zum Lesen. Und so genieße ich die Stimmen, die mich die Geschichte erleben lassen. Kopfkino. Die Kopfhörer habe ich nur kurz abgestellt, als Marlene eintrat. Eigentlich wollte ich Sie noch etwas länger im Salon warten lassen, um das Kapitel zu Ende zu hören, doch Marlene hat mich falsch verstanden und Sie hierhergeführt. Der Krimi muss warten.«

»Ein Krimi?«, fragte Weber interessiert.

»Schwedisch. Ich mag diese düsteren Charaktere, die melancholische Stimmung. Die kaputten Ermittler. Meist Alkoholiker und depressiv. Und Sie?« Die Pause war kunstvoll eingeplant. Bevor Weber reagieren konnte, um die Unterstellung abzuwehren, sprach Schindler weiter. »Auch Krimiliebhaber?«

Weber schüttelte den Kopf. »Weder Alkoholiker, auch wenn ich einem guten Wein nicht abgeneigt bin, noch depressiv. Auch kein Krimiliebhaber. Ich habe so viele Verbrechen real erlebt, dass ich mich nicht auch noch in meiner Freizeit mit fiktiven beschäftige.«

»Was bedeutet das? Mit realen kriminellen Handlungen schon? Sind Sie deshalb hier?«

Schindlers Grinsen weckte in Weber Aggressionen, machte ihn wütend. Seine Hände steckten in den Manteltaschen und ballten sich zu Fäusten. Niemand hatte ihn gebeten, abzulegen, man wollte ihn schnell wieder loswerden.

»Julius ist adoptiert, oder?«

Walter Schindler schaute auf. »Das weiß jeder, im Übrigen auch Julius. Meine Frau und ich haben Wert darauf gelegt, dass er es früh erfährt und nicht erst in der Pubertät und dann aus allen Wolken fällt. Diese Fälle gibt es ja auch zuhauf. Julius ist unser Sohn, auch wenn wir nicht seine Erzeuger sind. Haben Sie diese spektakuläre Neuigkeit ausgegraben? Schade, dass Sie damit so gar nicht punkten können. Es wäre albern, damit an die Öffentlichkeit zu gehen. Oder was wollen Sie?«

Weber ging nicht darauf ein. »Julius' Mutter war Maria Selbach. Eine junge Kellnerin, die in Mechthild Krauses Bar arbeitete. Sie waren häufig da. Quasi Stammgast.«

Täuschte sich Weber, oder bröckelte Schindlers Selbstbewusstsein? Eine senkrechte Falte zwischen den Augen zeigte seinen Unmut. Oder war es Angst?

»Auch das ist kein Geheimnis. Was wollen Sie?«

»Fast dreißig Jahre ist das her«, sagte Weber. »Nicht alles ist mir in Erinnerung geblieben. Damals war ich noch aktiv im Dienst, war auch ein paarmal in der Kneipe. Berufsbedingt, nicht privat. Dort ging es oft hoch her.«

»Und?«

»Maria Selbach hatte viele Verehrer. War ja auch ein hübsches Ding.« Weber machte eine Pause, um abzuwarten, wie seine Worte wirkten. Immer noch Pokerface bei seinem Gegenüber. »Das war vorbei, als sie sich verliebte, in einen Soldaten, und schwanger wurde.«

»Herr Weber, sagen Sie doch endlich, was Sie von mir wollen. Dieses Rätselraten ist ja lächerlich.«

»Ich habe mir Gedanken gemacht, wie es damals gewesen sein könnte. Es gab eine Schlägerei, an der Jean-Luc Dumont beteiligt war. Über einen französischen Freund habe ich erfahren, dass bei dieser Schlägerei auch Clément Hervier und Sie mitmischten.«

»Wie Sie schon sagten, manchmal ging es hoch her.«

»Ich glaube, dass an diesem Abend etwas passiert ist, was nicht üblich war. Denn Jean-Luc ist ausgerastet. Vielleicht hat jemand Maria beleidigt, die ja ein Kind von ihm erwartete. Er wollte mit ihr eine Familie gründen. Alles Spekulationen«, fügte Weber an, als er Schindlers Miene sah. »Jean-Luc hat Marias Ehre verteidigt, und als ein Kamerad dazwischenging, hat er ihn k. o. geschlagen. Kräftig, wie er war, das hat mir sein Kommandant gesagt, dachte er wohl, dass er zu fest zugeschlagen habe. Daraufhin hat er sich aus dem Staub gemacht. Es ist nicht so einfach, Fahnenflucht zu begehen und sich vor der Militärpolizei zu verstecken. Dazu braucht man Hilfe.«

Weber machte erneut eine Pause, um zu prüfen, ob seine Worte irgendeine Reaktion hervorriefen. Fehlanzeige.

»Ich könnte mir vorstellen, dass Jean-Luc warten wollte, bis das Baby da war, um dann gemeinsam mit Maria zu fliehen. Vielleicht sollte das Baby später geholt werden und bis dahin bei Frau Krause bleiben. Das wäre eine Möglichkeit, die mir plausibel erscheint. Nur ist dann irgendetwas schiefgelaufen.«

»Sie haben eine blühende Phantasie, Herr Weber. Unterstellen Sie mir etwa, dass ich der Fluchthelfer des Soldaten war? Wie war der Name? Jean-Luc?«

»Sie sind ein Mann mit Einfluss, Ihr Wort zählt. Wissen Sie, es wäre ja alles gut gelaufen, wenn nicht eine einsame alte, kranke Dame vor ihrem Tod das schlechte Gewissen gequält und sie sich nicht Dinge zusammengereimt hätte, die der Wahrheit zu nahe kamen.«

Walter Schindler lachte laut auf. »Ich verstehe überhaupt nicht, wovon Sie reden. Meinen Sie Frau Krause?«

Weber nickte. »Ich spekuliere ja immer noch. Aber ich denke, sie hat Postkarten verschickt, um an den Tod von Maria Selbach zu erinnern. Wissen Sie, dass Maria einen Rucksack bei sich hatte, als sie sich vor den Zug geworfen hat? Ich glaube, sie wollte sich mit Jean-Luc treffen und abhauen. Ihr Brief an Mechthild Krause macht viel mehr Sinn, wenn man ihn aus dieser Perspektive betrachtet. Als er nicht kam, hat sie keinen Ausweg mehr gesehen. Warum Jean-Luc nicht erschien, weiß ich nicht. Eventuell ein Streit mit seinem Helfer? Er neigte zu Hitzköpfigkeit, war aufbrausend und mit den Fäusten schnell bei der Sache. Wie wirkt sich das aus, wenn man sich wochenlang versteckt halten muss?«

Er sah, wie Walter Schindler die Augen schloss.

Weber fuhr fort. »Wie gut, dass da ein Baby war, dessen Sie sich annehmen konnten. Als Schweigegeld bekam Frau Krause einen Job in Ihrer Firma, als die Kneipe geschlossen wurde. Es passt alles.«

Schindler stand auf. »Es kann auch alles ganz anders gewesen sein. Ich kannte Frau Krause als eine kompetente und wohltätige Frau, die stets ein offenes Wort für die Soldaten und die anderen Gäste in ihrer Kneipe hatte. Sie hat Maria Selbach eine Chance gegeben. Wer weiß, wo sie sonst gelandet wäre. Dass sie schwanger wurde, war sicher nicht geplant, aber auch dann hat sich Frau Krause um sie gekümmert. Maria sah wohl keine Zukunft für sich und das Kind. In die Kneipe konnte sie ja auch nicht mehr zurück. Die musste geschlossen werden. Und was spricht dagegen, zu helfen? Ja, Frau Krause hat für uns gearbeitet. Wo ist das Problem? Man hilft, wo man kann. Nicht nur für die Armen der Welt spenden, sondern die Augen aufhalten, wo es vor der eigenen Haustür kriselt. Dann kommt die Hilfe direkt an.«

Weber fand das Gutmenschgehabe Schindlers unerträglich. Er wusste, dass es bei der Übernahme des Investors Kündigungen gegeben hatte, die mit Sozialverträglichkeit nichts zu tun hatten. Warum gaben Schindlers dann einer ungelernten Kraft einen Job? Schweigegeld, fiel ihm augenblicklich ein. Wofür?

Walter Schindler ging zur Tür. »Das alles war sehr tragisch. Mit Julius haben wir ein großartiges Kind bekommen. Wir haben es aufgezogen, als wäre es unser eigenes.«

Weshalb adoptiert man denn sonst ein Kind, wenn man es nicht wie sein eigenes aufziehen will?, dachte Weber, hielt aber seinen Mund. »Sagt er ›Mama‹ und ›Papa‹, oder wie nennt er Sie?«

»Ich denke, Sie gehen jetzt besser. Und wenn Sie mit Ihren Verdächtigungen nicht aufhören, könnte es ein Nachspiel für Sie haben.«

»Eine Frage habe ich noch. Julius arbeitet aber nicht in Ihrer Firma?«

»Das wissen Sie doch. Eigentlich ist es ja nicht mehr unsere Firma. Sie wissen doch, dass wir an einen Niederländer verkauft haben.«

»Ja. Das hörte ich. Für Entscheidungen haben Sie in der Familie nicht mehr die Mehrheit?«

»In der Tat. Was wollen Sie von mir?« Die Falte auf Walter Schindlers Stirn verschwand, stattdessen waren Pokerface und Coolness an der Reihe. Ein abgebrühter, eiskalter Geschäftsmann in Designerklamotten, die ein Vermögen gekostet hatten, soweit Weber das beurteilen konnte. Das Gerücht, dass allein seine Frau die Kalte und Unnahbare in dem Familienunternehmen war, widerlegte Walter Schindler gerade erfolgreich.

»Wo ist eigentlich Ihre Frau?«

»Auf Wiedersehen.«

Weber fühlte Wut in sich aufsteigen, die er unterdrückte.

Er spürte, dass hier etwas faul war, hatte aber keine Handhabe gegen den Mann. Doch mit Wut kam er nicht weiter. Nur mit Kalkül. »Wissen Sie, Herr Schindler, Sie haben recht«, sagte er gelassen. »Ich mische mich schon wieder in Dinge ein, die mich nichts angehen. Alte Gewohnheiten lassen sich nicht einfach so aufgeben, wie man die Dienstwaffe abgibt. Das sind meine Überlegungen zu damals. Aber es gibt im Hier und Jetzt einen Toten. Ich kannte Clément Aust nicht lange, aber ich fand ihn sympathisch. Er war ein netter Kerl. Einer, der die Stadt mochte, sich hier heimisch fühlte. Irgendetwas muss 1987 passiert sein, was er, vielleicht auch nur am Rande, mitbekommen hat. Frau Krause hat, den Tod vor Augen, Marias Suizid noch einmal in Erinnerung und damit etwas ins Rollen gebracht. Deshalb musste Aust sterben. Wie ich es auch drehe und wende, egal, was ich herausfinde, auf wen ich auch treffe, immer wieder taucht der Name Schindler auf.«

Sein Gegenüber zeigte keine Regung. »Vielleicht suchen Sie in den falschen Ecken und schließen irrige Schlüsse. Mal darüber nachgedacht?«

Weber nickte. »Vielleicht. Aber da ist noch etwas Merkwürdiges passiert. Ich besuchte einen alten Freund in Frankreich, der zur damaligen Zeit hier stationiert war. Er hat Jean-Luc, von dem ich annehme, dass er der leibliche Vater von Julius ist, gekannt. Seine Suche nach ihm war vergeblich. Und kurz nachdem ich bei ihm gewesen bin, erfahre ich, dass mein alter Freund mit Ihnen telefoniert hat. Schon wieder Sie. Dann bekommt meine Bekannte eine seltsame SMS, die sie in Gefahr bringt.« Er trat einen Schritt näher an Schindler heran und baute sich vor ihm auf. »Finde ich heraus, dass Sie etwas damit zu tun haben, dann gnade Ihnen Gott.«

»Marlene, Herr Weber möchte gehen. Bringen Sie ihn zur Tür.«

Weber zuckte die Schultern, ließ sich hinausbegleiten. »Ich finde heraus, was Ihre Rolle in dem Spiel war und ist.«

»Guten Abend noch.« Walter Schindler nahm wieder in seinem Ledersessel Platz und setzte die Kopfhörer auf. Sein Gesicht zeigte keine Anzeichen von Beunruhigung. Bis Weber die Tür hinter sich schloss. Er verlor jegliche Haltung, fiel in sich zusammen, sah plötzlich um Jahre gealtert aus.

Marlene lächelte meistens. Weber hatte das Gefühl, als mache sie sich über ihn lustig. Vielleicht verstand sie auch gar nicht, was um sie herum passierte.

»Marlene, wie lange sind Sie schon in Deutschland?«, fragte er.

»Nicht lange. Drei Jahre.«

»Woher kommen Sie? Aus Polen?«

»Ja. Polen. Breslau. Lerne hier Deutsch. Noch nicht sehr gut. Aber immer besser.«

Sie hatte nicht die ganze Zeit hinter der Tür gestanden, sondern war ihren Haushaltspflichten nachgegangen. Im Flur stand ein Korb mit Altpapier.

»Sind Sie ganz allein hier?«, fragte Weber. Nicht, dass ihn die Frage interessierte, aber er musste Zeit gewinnen. Was lugte da aus dem Stapel hervor?

Er wartete ihre Antwort nicht ab. »Marlene, so ist doch Ihr Name, nicht wahr?« Er hustete.

Sie nickte.

»Könnte ich wohl ein Glas Wasser bekommen? Ich …« Er fasste sich an den Hals, hustete erneut. »Ich habe mich verschluckt.«

»Oh ja, natürlich.« Marlene verschwand hinter einer der Türen.

Weber handelte sofort. Er bückte sich und zog an der Ecke des Papiers, das seine Aufmerksamkeit geweckt hatte. Auf seine Augen konnte er sich verlassen.

Eine Ansichtskarte. Mit dem Konterfei des Papstes. Blitzschnell steckte er sie in seine Jackentasche, gerade rechtzeitig, bevor Marlene mit einem Wasserglas den Flur betrat.

»Ich danke Ihnen.« Er trank einen großen Schluck, klopfte sich auf die Brust. »Es ist schon besser.« Noch ein Schluck, und das Glas war leer. Er gab es zurück, öffnete selbst die Haustür und verschwand im Dunkeln.

35

»Gut, dass er weg ist. Er weiß viel. Die Frage ist, wie gehen wir damit um?« Ingeborg Schindler trat aus dem Nebenzimmer.

»Ich dachte, du bist schon weg. Ich habe mich doch ganz gut geschlagen, denke ich. Den Einfall mit dem Hörbuch fand ich grandios.«

»Im Improvisieren lernst du dazu. Gut gemacht. Ahnt er die Zusammenhänge mit der Alten?«

»Sprich nicht so von ihr. Sie ist tot.«

»Sie war schwer krank, zum Glück ist es so schnell gegangen. Wer weiß, wie lange du sonst noch das Hospiz hättest zahlen müssen.«

Walter Schindler sah erschrocken auf. »Manchmal bist du so hart. Hast du überhaupt ein Herz?«

Ingeborg Schindler seufzte laut, bevor sie leise, aber energisch antwortete: »Ich fühle mich für alles verantwortlich. Es ist wichtig, die Kontrolle zu behalten. Dafür bin ich ausgebildet, und es entspricht meinem Charakter. Die Vergangenheit hat mir gezeigt, dass ich in der Regel die Einzige bin, die das Gesamtbild im Blick hat. Und natürlich im Kopf. Den Überblick zu behalten ist unendlich wichtig. Sonst gäbe es die Firma schon lange nicht mehr. Zumindest nicht so, wie sie jetzt dasteht. Das Unternehmen deiner Familie.« Sie betonte »deiner«. »Was, glaubst du, würden dein Großvater und dein Vater sagen, wenn sie sehen würden, was für ein Waschlappen die Geschäfte weiterführt und mehr als einmal beinahe alles zerstört hätte?«

»Das stimmt so nicht«, antwortete Walter Schindler. »Es wäre auch anders weitergegangen. Es gibt immer eine Alternative.«

»Nein, die gibt es nicht. Und das weißt du. Aber jetzt muss ich wirklich los. Die Aktivisten warten auf mich. Ich komme ungern zu spät. Du kennst das ja, ohne mich bricht das ganze Konstrukt zusammen.«

»Ihr trefft euch wieder im ›Philipp Eins‹?«

»Ja, wie immer. Die Gaststätte verfügt über genug Platz und hat ein wundervolles Ambiente. Hinzu kommt, dass sie für alle gut zu erreichen ist. Selbst mit Bus und Bahn.« Plötzlich brach es aus ihr heraus. »Ich lasse mir diese Chance nicht nehmen. Ich werde mich zur Wahl stellen, ich werde die Bevölkerung für mich einnehmen. Und ich werde Karriere machen. Mein zweites Leben in der Lokalpolitik. Mich wird nichts aufhalten.« Eine Haarsträhne hatte sich gelöst. Ihre emotionale Rede hatte hektische Flecken auf ihre Wangen gezaubert.

Früher, am Anfang ihres gemeinsamen Lebens, hätte Walter Schindler in solchen Momenten die Hand seiner Frau genommen. Sie gedrückt. Ihr einen Kuss gegeben. Doch die Zeiten waren lange vorbei. Wie sie wohl reagieren würde, wenn er es einfach täte? Würde sie nachgeben? Oder ihm eine Ohrfeige verpassen? Es reizte ihn, das auszuprobieren.

Er beugte sich zu ihr herab, doch sie drehte sich um.

Der Augenblick war vorbei. Ingeborg hatte sich verändert. Sie hatten sich verändert. Während er sie früher für ihre Hartnäckigkeit geliebt und bewundert hatte, ängstigte sie ihn heute. Scheidung kam nicht in Frage, für beide nicht. Es gab so viel zu verlieren. Die Politik war ihr Hafen, ihr Anker, der sie davor bewahrte, zu viel Zeit mit ihm zu verbringen.

»Komm nicht so spät wieder«, sagte er in einem Anflug von Sentimentalität. »Ich freue mich noch auf ein Glas Wein mit dir, wenn du magst. Wir stehen alles gemeinsam durch. Wie immer.« Er lächelte nicht. »Ingeborg?«

»Ja?«

»Hast du etwas mit Austs Tod zu tun?«

Ihren Blick konnte er nicht deuten. Einen Moment blieb sie stehen, dann ging sie zur Tür, drehte sich noch einmal um. »Bis später.« Sie verschwand ohne ein weiteres Wort.

Ein Gefühl von Einsamkeit überfiel ihn. Allein gelassen. Bilder der Vergangenheit drangen in sein Bewusstsein.

Die Nacht vor neunundzwanzig Jahren würde er nie vergessen. Ferdinand Weber hatte alles wieder hervorgebracht. Jean-Luc in ihrem Gartenhäuschen, manchmal auch im Keller. Niemand suchte ihn bei ihnen. Den Plan waren sie wieder und wieder durchgegangen. Die Aufregung um den Besuch des Papstes sollte ihm helfen zu fliehen. Zwei Tage vorher hatte er Maria eingeweiht, sie angefleht, sich nichts anmerken zu lassen. Das Kind sollte bei Mechthild bleiben, bis Jean-Luc und Maria einen Ort gefunden hatten. Alles klang wohlüberlegt und hätte funktionieren können.

Hätte, wenn er nicht so töricht gewesen wäre und gesagt hätte, er wünsche sich auch ein Kind. Jean-Luc wurde weiß vor Zorn, bekam Panik, dass sie ihm das Kind nicht wiedergeben wollten. Ein Wort ergab das andere. Jean-Luc war schnell mit den Fäusten dabei, und er hatte nur einmal zurückgeschlagen. Es war ein Unglück, dass er auf die Kante der Marmortreppe fiel. Anstatt den Krankenwagen zu rufen, hatten sie alles vertuscht. Hans hatte geholfen, den Leichnam zu vergraben. Neben dem Gartenhäuschen.

Der Rest war ein einziges Drama. Wer hätte denn ahnen können, dass sich das Mädchen umbringt? Clément und Mechthild erzählten sie, dass Jean-Luc mitten in der Nacht abgehauen war. Hervier konnte man zu günstigen Konditionen das Haus anbieten, Mechthild einen Job und Julius eine Familie geben.

Niemand ahnte etwas. Alles hätte gut sein können, für Ingeborg lief sowieso alles perfekt. Sie hatte das alles in die Wege geleitet, geplant, gemacht, getan. Nur er funktionierte anders. Das Herzrasen, wenn er den Garten betrat, die Schweißausbrüche und immer häufiger schlaflose Nächte.

Als sie den Auftrag an Land zogen, bei der Bebauung des Quartiers Normand mitzuwirken, hatte Ingeborg wieder die Lösung parat. Sie hatten Jean-Luc umgebettet. In einer Nacht- und Nebelaktion und mit Hilfe von Hans bekam Jean-Luc seine letzte Ruhestätte auf ehemals französischem Boden. Ab da wurde alles besser. Er konnte wieder schlafen, das Herzrasen verschwand – bis zum Gerücht, dass die Reithalle eventuell abgerissen werden könnte. Und bis zur Karte, von der er erst später erfuhr, dass Mechthild sie geschrieben hatte. Als wenn er das Unglück je hätte vergessen können.

Nur was er nicht verstand: Warum waren alle Mitwisser tot?

Wer hatte Aust auf dem Gewissen? War Mechthild wirklich eines natürlichen Todes gestorben?

Und dann Ingeborgs Blick, als sie sagte, es sei gut, dass Mechthild nicht so lange gelebt habe. War er mit einem Ungeheuer verheiratet?

Wie konnte es weitergehen, auf welche Ideen würde sie noch kommen? Ihre Pläne besprach sie schon lange nicht mehr mit ihm. Eines wusste er definitiv: Sie würde sich nicht aufhalten lassen. Von nichts und niemandem. Auch nicht von ihm.

Er fragte sich, wie weit sie gehen würde. Oder, und diese Überlegung verursachte ihm Übelkeit, was sie getan hatte.

Von Walter Schindler hatte Ferdinand Weber nichts erfahren, was ihn weiterbrachte. Seine Frau war im Namen der Erhaltung der Sporthalle unterwegs. Im Prinzip eine gute Sache. Doch auch hier spürte Weber eine Unstimmigkeit. Es ging nicht allein um die Halle, da gab es noch etwas anderes.

Ingeborg Schindler versuchte einen Imagewechsel. Für sich und das Unternehmen Schindler. Nicht nur Weber kam es so vor. Ihr soziales Engagement wirkte aufgesetzt und unehrlich, der Erhalt der Reithalle schien ihr dennoch eine Herzensangelegenheit zu sein.

Natürlich hatte er gehofft, dass sie auch da gewesen wäre. Ihre Reaktion auf seine Thesen und Fragen wäre interessant gewesen. Zumal Eheleute, die mit unerwarteten Informationen konfrontiert wurden, viel über ihre Beziehung preisgaben. Ein kurzer Blick, ein Zucken des Augenlids oder Mundwinkels gaben ihm beziehungsweise hatten ihm früher hilfreiche Hinweise auf die Psyche der Verdächtigen gegeben.

Das Gehen half Weber beim Denken. Ein kleiner Abendspaziergang hatte ihm schon früher gutgetan. Sein Speyer! Die schmalen Gassen, diese Ruhe. Wo fand man so eine Atmosphäre ein zweites Mal? Niemals hätte er sich vorstellen können, von hier fortzuziehen. Und über allem wachte der Dom.

Er wechselte die Straßenseite und schlug den Mantelkragen hoch, als ein heftiger Windstoß aufkam. Auch wenn es tagsüber schon nach Frühling roch, wurde es abends empfindlich kühl.

Hier in der Nähe des Wassers kam noch Feuchtigkeit hinzu, die ihn frösteln ließ.

Unter der nächsten Straßenlaterne hielt Ferdinand Weber an und nahm die Karte aus seiner Jackentasche, die er aus der Altpapierkiste der Schindlers gezogen hatte. Seine Finger zitterten. Es konnte kein Zufall sein, dass auch Schindlers eine Karte bekommen hatten. Er war gespannt auf den Text.

Im Schein der Lampe versuchte er, das Geschriebene zu entziffern – auf den ersten Blick waren es die gleichen akkurat gemalten Buchstaben wie bei ihm und Aust.

»Das Glück genommen, den Tod bekommen. Maria Selbach – geboren am 1.5.1968, gestorben am 4.5.1987«.

Was zum Teufel bedeutet das?, fragte sich Weber. Er gab sich selbst die Antwort. Schindlers hatten Maria das Glück genommen und waren somit für ihren Tod verantwortlich. Das untermauerte seinen Verdacht, dass Jean-Luc bei Schindlers Unterschlupf gefunden hatte.

Das Aufheulen eines Motors ließ ihn zusammenzucken. Neugierig blickte er um sich und sah in blendende Scheinwerfer. Schützend hielt er die Arme vor sein Gesicht. »Was für ein Idiot«, schimpfte er.

Seine Meinung wurde von aufheulendem Motorgeräusch untermauert.

»Was soll das?«, murmelte Weber. Er drehte sich zur Seite, hörte, wie das Motorheulen näher kam. Als er aufblickte, sah er den Wagen auf sich zukommen. Wie gebannt blieb er stehen, unfähig, sich zu bewegen.

Sekunden später traf ihn ein kurzer, heftiger Schmerz, er spürte ein Stechen in der Brust. Er verlor das Bewusstsein, fiel zu Boden und blieb auf dem feuchten Asphalt liegen.

36

Jeannette lief unruhig in ihrer Wohnung auf und ab. Sie hatte Angst. Sicherheitshalber hatte sie von innen die Haustür abgeschlossen und alle Fenster kontrolliert. Sie gestand es sich ungern ein, aber es tat ihr gut, dass Weber sie zur Buchhandlung brachte und von dort abholte. Die Arbeit lenkte sie ab und hatte heute besonders viel Spaß gemacht. Nur nette Kunden, die alle gut gelaunt gewesen waren. Jetzt freute sie sich auf ein Glas Rotwein und hoffte auf einen Fernsehkrimi, der sie ablenkte.

Sie schenkte gerade ein, als ihr Telefon klingelte. Vor Schreck zuckte sie zusammen und verschüttete den Wein. »Ja?«, fragte sie schüchtern.

»Jeannette, hier ist Christian. Es gab einen Unfall.«

In böser Vorahnung krampfte sich ihr Magen zusammen. »Was ist passiert?«

»Ferdinand liegt im Krankenhaus auf der Intensivstation. Er hatte einen Autounfall. Wie es auf den ersten Blick aussieht, auch mit einem Geländewagen.«

Jeannette konnte nichts sagen, sie fühlte sich wie gelähmt. Zu viele Gedanken kreisten in ihrem Kopf, um auch nur einen vollständigen Satz zu formulieren. Ihre böse Ahnung schien bestätigt. Jemand hatte es auf alle abgesehen, die auch nur im Entferntesten mit dem Fall Aust in Berührung gekommen waren.

»Was?«, brachte sie schließlich heraus. »Warum? Wo ist es passiert?« Sie schluckte. »Wie bei Aust?«

Christian Hamacher ignorierte ihre Frage. »Weißt du, wo er hinwollte? Was er vorhatte? Hast du einen Hinweis für mich? Sollen wir uns im Krankenhaus treffen? Jetzt gleich?«

Der Boden schwankte. Jeannette kämpfte mit den Tränen, die ihr die Sicht nahmen. Die Möglichkeit, dass Ferdinand ernsthaft verletzt werden könnte, hatte sie nicht für möglich gehalten. Nicht jetzt, nicht in naher Zukunft – nie! Ferdinand war unzerstörbar. Ein gebrochenes Bein, Gehirnerschütterung, Platzwunden. Aber Intensivstation?

»Wieso Intensivstation?«, flüsterte sie. »Das kann nicht sein, Ferdinand doch nicht. Er, das ist … Ist eine Verwechslung ausgeschlossen?«

»Ja, Jeannette. Das Auto hat ihn böse erwischt. Gebrochene Knochen. Schädel-Hirn-Trauma. Die Ärzte meinen, wir müssen abwarten und hoffen, dass er allein aus dem Koma erwacht.«

Koma, dachte Jeannette. Koma bedeutete näher am Tod als am Leben. Es gab Menschen, die jahrelang im Koma lagen, Flucht aus dem Hier und Jetzt.

»Koma«, flüsterte sie kaum hörbar. »So schlimm?«

»Wir müssen optimistisch sein. Das wäre Ferdinand auch. Wann kannst du hier sein?«

»Wo liegt er? Im Diakonissen?«

»Genau.«

»Bis gleich.«

Sie stand eine Weile in der Küche, unfähig, sich zu bewegen. Das war ein böser Traum, das war nicht real. Sie drehte die Herdplatte an. Wartete, bis sie rot wurde, und spürte mit ihrer Hand, ob es warm wurde. Kein Traum. In ihr zerbrach etwas. Wenn Ferdinand etwas zustoßen konnte, dann war niemand mehr sicher.

»Jeannette.« Es lag so viel Trauer und Wut in Hamachers Stimme, dass sie wusste, wie er sich fühlte. Auch sie stand unter Schock. Anders konnte sie sich ihr eigenes Verhalten nicht erklären. Wie in Trance bewegte sie sich, zog die Schutzkleidung an, ging mit vorsichtigen Schritten auf das Bett zu, in dem ihr väterlicher Freund lag. Mit beiden Händen wischte sie die Tränen weg, die ihr über die Wangen liefen. Behutsam strich sie mit ihrem Zeigefinger über seine Hand. »Das spürt er nicht, oder?«

Hamacher zuckte die Schultern. Was für eine Frage. War er Arzt? Ich bin ungerecht, schimpfte er sich in Gedanken. Sie sorgt sich genau wie ich um ihn. Nur bei mir kommen Schuldgefühle hinzu. Ich hätte es verhindern müssen.

»Weißt du, was er vorhatte? Ein Anwohner, der mit dem Hund spazieren ging, hat ihn in der Großen Pfaffengasse gefunden.«

»Hat er nicht mit dir gesprochen? Weißt du von unserem Besuch in Frankreich? Von Serge? Und von der SMS, die ich bekommen habe?«, fragte Jeannette.

»Er hat mit mir über diesen alten Freund vom französischen Militär, ich nehme an, das ist Serge, gesprochen. Der verschwundene Soldat war ja eine fixe Idee von ihm. Die SMS hat er auch erwähnt und Polizeischutz für dich gefordert.« Hamacher machte eine entschuldigende Geste. »Das geht natürlich nicht, nichts gegen dich persönlich …«

»Er hätte für sich Schutz beantragen müssen. Aber er hält sich ja für unverwundbar. Superman. Scheiße, Christian, was passiert hier?« Tränen liefen wieder über Jeannettes Gesicht, sie war kaum zu verstehen.

Hamacher hatte Angst, sie könne zusammenbrechen. »Setz dich erst mal. Ferdinand ist ein zäher Hund, der genießt es wahrscheinlich, zwei Tage zu schlafen, und ist dann wieder der Alte. Weißt du, ob er gestern bei den Schindlers gewesen ist? Er hat mir nur nebulös anvertraut, dass alle Hinweise zu der Familie laufen.«

»Mich hat er auch nicht richtig eingeweiht. Aber ja, Schindlers müssen damit zu tun haben. Doch würden sie einen Mord begehen? Ihn einfach überfahren? Wo ist das Motiv? Du könntest aber die Fahrzeuge überprüfen. Die besitzen bestimmt einen SUV, oder? Das alles muss ein Ende haben.« Jeannette wurde energischer.

Hamacher ging nicht darauf ein, sondern versuchte zu eruieren, ob sie mehr Informationen hatte. »Was hat er noch herausgefunden? Er wollte uns die Ermittlungen überlassen.«

»Hast du das wirklich geglaubt?«

Nein, aber gehofft. Sie kennt ihn besser als ich, dachte Hamacher und verzog das Gesicht. Die Erkenntnis brachte ihn jedoch in diesem Fall nicht weiter.

»Gibt es keinen Augenzeugen? Jemand muss etwas gesehen oder gehört haben. Reifenquietschen? Den Aufprall? Das geht doch nicht lautlos vonstatten«, sagte Jeannette immer noch aufgebracht.

»Wir wissen, was wir zu tun haben.« Nach einer Pause sprach Hamacher weiter. »Er hatte eine Postkarte in seiner Jackentasche.«

»Er hat eine zweite bekommen, das weiß ich. Er sollte sich aus alten Sachen raushalten. Ist das jetzt die Antwort auf seine Einmischung? Aber warum schleppt er die Karte mit sich rum? Wem wollte er sie zeigen?«

»Es ist eine andere, ein neuer Spruch.«

»Bitte?«

»›Das Glück genommen, den Tod bekommen.‹ Dazu Geburts- und Todesdatum von Maria Selbach.«

Eine Schwester unterbrach ihre Unterhaltung. »Sie müssen jetzt gehen. Wir melden uns, sobald es ihm besser geht.«

Im Flur stehend, gaben Jeannettes Knie plötzlich nach. Ihre Hände begannen, unkontrolliert zu zittern. Hamacher sah sie hilflos an. Als Polizist war er es gewohnt, mit emotionalen Ausnahmesituationen klarzukommen, sich abzuschotten und mit einer professionellen Attitüde Hinweise aufzunehmen. Reaktionen von Familienangehörigen, die einen Toten zu beklagen hatten, konnten für die Ermittlungen wichtig sein. Zu oft waren die Angehörigen in den Fall involviert.

Er glaubte nicht, dass Jeannette irgendetwas mit Webers Unfall zu tun hatte, dennoch irritierte ihn seine eigene Reaktion auf ihre Trauer. Zu sehr war er Polizist, er konnte seine Professionalität nicht abstreifen. Trost spenden gehörte nicht zu seinen Aufgaben, er war kein Seelsorger.

»Ein paar Kollegen werden in Webers Wohnung gehen und nach dem Umschlag der Karte suchen, vielleicht gibt das einen Anhaltspunkt. Fingerabdrücke und so weiter. Wir ermitteln weiter mit Hochdruck. Dich bringe ich jetzt nach Hause, und da bleibst du, verstanden? Du verlässt das Haus nicht. Ich habe keine Leute zur Verfügung, die dich überwachen. Aber ich bereite dem Ganzen ein Ende. Egal, ob es mich meine Karriere kostet.«

Es klang strenger als beabsichtigt. Er musste sich in die

Ermittlung hineinknien, ohne sich von Maulbeer ausbooten zu lassen.

Ein uniformierter Polizist kam auf Hamacher zu und reichte ihm einige Plastiktüten. »Das haben wir bei dem Opfer gefunden«, sagte er. »Viel ist es nicht. Portemonnaie mit Kredit- und Bankkarten, etwas Bargeld. Das war kein Raubüberfall.« Er grinste schief. »Sein Handy ist bei dem Unfall ziemlich zerstört worden. Die Kollegen der Technik versuchen trotzdem, herauszufinden, mit wem er zuletzt gesprochen hat. Schließlich noch diese Postkarte mit dem Konterfei des Papstes.«

»Die Karten verfolgen mich«, sagte Hamacher und wandte sich an Jeannette, die noch immer wie angewurzelt an ihrem Platz stand. Sie hatte sich keinen Millimeter bewegt.

»Darf ich mal sehen?«, fragte sie.

Hamacher hielt ihr die Karte hin.

»Diese kenne ich nicht«, sagte Jeannette verwundert. »Aber sie ist identisch mit den anderen. Die Schrift sieht auch gleich aus.«

Hamacher nahm die Karte wieder an sich und betrachtete sie eingehend. »Nein«, sagte er kopfschüttelnd, »wenn ich mich nicht irre, ist diese von Mechthild Krause geschrieben worden. Und nicht von der zweiten Person. Rainer, der Grafologe, hat mir ein paar Details gezeigt, die Webers zweite Karte von den beiden ersten unterschied. Der Kringel am d zum Beispiel. Hier sieht es aus, als wäre der Stift abgesetzt worden, das war auch bei der Warnung an Weber so. Wir müssen das noch genau überprüfen. Die Frage ist: Wie kam Weber an diese Karte?«

Hamacher fühlte sich mies. Er hatte seinem Freund nicht richtig zugehört. Maulbeer erteilte ihm immer mehr neue Aufgaben, die ihn von den Ermittlungen in Webers Fall abhielten.

»Das kann Kollegin Sommer machen«, »Die Brinkmann muss ja auch mal ran« waren Sätze, die er oft, zu oft zu hören bekam.

Sabotierte Maulbeer aktiv die Ermittlungen? Mehr als einmal hatte er betont, wie wichtig das Engagement der Familie Schindler war. Stand Maulbeer auf deren Gehaltsliste?

Hamacher hätte Weber nicht abkanzeln dürfen. Es hätte ihm egal sein müssen, was sein Chef von Weber dachte. Niemand durfte ihm den Umgang mit einem ehemaligen Kollegen verbieten, nur weil dem neuen Chef dessen Nase nicht passte.

Was war er für ein Freund?

Jetzt lag sein Kamerad, sein Unterstützer im Koma, und keiner wusste, wann er wieder aufwachen würde. Und er, Hamacher, hatte Schuld an dieser ganzen Misere. Ein zu hoher Preis für einen kleinen Karriereschritt, der ihm gar nicht sicher war und nur auf den vagen Aussagen eines opportunistischen Chefs beruhte. Wieso hatte er sich so schnell verführen lassen? Warum war ihm Karriere wichtiger gewesen als Freundschaft?

37

Die Postkarte lag vor Christian Hamacher. Wie lange er sie schon anschaute, wusste er nicht. Sein Gefühl, dass hier die Lösung steckte, verschwand nicht. Die Karte schien bis auf den Text identisch mit den anderen zu sein. Die ersten Karten an Aust und Weber waren von Mechthild Krause geschrieben worden, wie Rainer festgestellt hatte. Die zweite an Weber von einem Nachahmungstäter. Diese hier wieder von Krause.

Die Frage aller Fragen war: Wer war der Nachahmungstäter? Vieles sprach dafür, dass er der Mörder war. Um die Schrift von Mechthild Krause nachzuahmen, hatte er eine Vorlage gebraucht. Das hieß, er hatte auch eine Karte bekommen. Verdammt, Weber war noch immer nicht aus dem Koma erwacht, er hatte bestimmt Antworten für ihn.

Hamacher hätte sich gewünscht, dass sich Weber gemeldet hätte, um ihm von dieser Karte zu erzählen. Doch es war kein Wunder, dass er es nicht getan hatte. Die Erklärung lag auf der Hand. Weil er sich nicht wie ein Freund verhalten hatte. Er hatte Weber behandelt wie einen lästigen Parasiten, den man loswerden wollte. Deshalb schalt er sich seit dem Krankenhausbesuch einen Idioten. Ein anderer wichtiger Punkt war, dass ihn der Inhalt dieser Karte bei den Ermittlungen weitergebracht hätte. Und egal, wie sauer, enttäuscht oder was auch immer Weber war, er hätte niemals die Aufklärung eines Falls absichtlich behindert.

Das konnte und wollte Hamacher nicht glauben. Deshalb saß er hier und grübelte über anderen Erklärungen. Doch je mehr er den Papst anstarrte, desto weniger verstand er. In seinem Hirn gab es ein heilloses Durcheinander an wirren Gedankenkonstruktionen, die selbst mit viel gutem Willen keinen Sinn ergaben.

Der Bericht über Maria Selbach lag neben ihm. Wie oft hatte er ihn jetzt gelesen? Nichts klingelte, nichts brachte ihn weiter.

Sie hatte sich umgebracht, am 4.5.1987, am Tag des Papstbesuchs, vor einen Zug geworfen. Das passierte in Speyer relativ selten, Hamacher erinnerte sich nur an ein einziges Mal – und da war er selbst betroffen gewesen. Am Speyerer Bahnhof hatte sich jemand von der Brücke auf die Gleise gestürzt. Er konnte sich deshalb so gut daran erinnern, weil er an diesem Tag nach Mannheim zum Zahnarzt wollte. Um sich zu dem Zahnarzttermin nicht auch noch mit dem morgendlichen Berufsverkehr zu belasten, wollte er gemütlich mit der Bahn fahren. Letzten Endes hatte er statt der halben Stunde Bahnfahrt fast eineinhalb Stunden gebraucht. Zuerst musste er in einen Bus steigen, kurz vor Ludwigshafen ging es in eine Straßenbahn. Nervlich am Ende und nass geschwitzt war er beim Zahnarzt angekommen. Im Normalfall ein Zustand, in dem er sich erst nach der Behandlung befand.

Damals hatte er sich gefragt, ob die Selbstmörder überhaupt eine Vorstellung davon hatten, welche Auswirkungen ihr Entschluss auf andere Menschen hatte. Im Bus hatte er schimpfende Angestellte erlebt, Telefongesprächen gelauscht, wie hektisch Termine verschoben wurden. Das war das eine. Dann gab es noch die Zugführer.

In einem Zeitungsartikel hatte er gelesen, dass es im Schnitt eintausend Mal im Jahr Personenschaden bei der Bahn gab. Eintausend Einzelschicksale der Menschen, die keinen anderen Ausweg sahen – und auch mindestens eintausend Zugführer, die das verarbeiten mussten. Die, die zufällig Augenzeugen wurden, nicht mitgerechnet.

Zurück zu Maria Selbach. Hamacher verstand das Ganze nicht. Das junge Mädchen hatte bei Mechthild Krause gewohnt, bei ihr in der Kneipe gearbeitet, solange die Bar existierte. Wenn diese Karte auch von Mechthild Krause geschrieben worden war – und daran zweifelte er nicht –, verstand er den Zeitpunkt und den Zweck nicht.

Was sollte das? Eine alte Frau, tödlich erkrankt, wollte sich noch einmal in Erinnerung bringen? Auf den Zusammenhang zwischen Papstbesuch und Marias Suizid hinweisen? Warum?

Um alte Wunden aufzureißen? Eine alte Rechnung zu begleichen?

Hamacher nahm ein weißes Blatt Papier und notierte seine Überlegungen.

Krause = Barbesitzerin. Tod, natürlicher?
Selbach = Kellnerin. Tod, Suizid. Mutter. Vater: der verschwundene Soldat? Wer profitiert von seinem Verschwinden? Schindlers können Baby adoptieren. War das so einfach?
Aust/Hervier = ehemaliger Soldat in der nahe gelegenen Kaserne. Tod, Unfall, Mord? Wusste er mehr über den Fahnenflüchtigen?
Weber = damaliger Kommissar in Speyer. Unfall, Koma. Ein weiterer Mordversuch?

Es klopfte.

»Störe ich?« Karoline Sommer stand vor der Tür und sah Hamacher mit einem Gesichtsausdruck an, den er nicht deuten konnte.

»Nein, was gibt es?«

»Die Ergebnisse der Fingerabdrücke in Krauses Wohnung sind da.«

»Und? Sag schon, ich brauche etwas, damit ich weiterkomme, ich dreh mich im Kreis«, sagte Hamacher.

»Das wird dir aber nicht gefallen, schon gar nicht dem Chef.«

Hamacher lehnte sich zurück, wurde sehr ernst. »Los.«

»Julius Schindler war ja klar. Das hat er ja erzählt. Natürlich Krauses und die von einer dritten Person.«

»Dem Täter. Kein Profi, sonst hätte er Handschuhe getragen. Engt den Kreis der Verdächtigen immens ein. Ist die Person bekannt?«

»Nicht im Strafregister.«

Hamacher wurde hellhörig.

»Wir haben Vergleichsabdrücke von einem Einbruch in einem Bürokomplex.«

»Muss ich dir eigentlich jedes Wort aus der Nase ziehen? Was für ein Einbruch? Welche Fingerabdrücke?«, fragte er ungehalten.

»Vor ein paar Tagen in dem Bürokomplex an der Stadthalle. Hast du das nicht mitbekommen? In dem Gebäude haben vier Unternehmen ihre Geschäftsräume, unter anderem auch die Schindler Wohnungsbaugesellschaft. Bei allen ist in den letzten Tagen eingebrochen worden. Die Kollegen haben Vergleichsabdrücke genommen. Statt beim Einbruch ist die Information bei mir gelandet. Aber jetzt steht fest: Walter Schindler hat zwar nichts mit den Einbrüchen in dem Bürokomplex zu tun, war aber definitiv in der Wohnung von Mechthild Krause. Seine Fingerabdrücke befinden sich an der Haustür und auf den Papieren. Und auch auf dieser Postkarte.«

In Hamachers Kopf überschlugen sich die Gedanken. Walter Schindler? Warum Maulbeers strikte Anordnung, die Familie Schindler in Ruhe zu lassen?

Lena Brinkmann trat aufgeregt ins Zimmer. »Ich habe die Anrufliste von Webers Handy«, sagte sie triumphierend.

»Spann mich nicht auf die Folter. Wen hat er wann angerufen? An dem Abend seines Unfalls? Wer war sein letzter Kontakt?«

»Es bedeutet Ärger.«

Hamacher sprang auf. »Das ist mir doch egal. Und wenn es der Polizeipräsident persönlich ist. Wer?«, hakte er nach.

»Walter Schindler. Dessen Frau in die Politik will und sich vehement für den Erhalt der Reithalle einsetzt. Die beiden sind die Eltern von Julius Schindler, der den Auftrag zur Auflösung von Mechthild Krauses Wohnung bekommen hat. Sie wissen, wer Julius Schindler ist? Er ist der leibliche Sohn der Frau, die sich am Tag des Papstbesuchs umgebracht hat. Und an dem Abend, als Ferdinand Weber Opfer eines Verkehrsunfalls mit Fahrerflucht wurde, hat er die Festnetznummer von Schindlers angerufen.«

Einen Moment herrschte Stille. Selbst das Brausen der Computerlüfter erschien leiser als sonst.

»Der Mann ist die Verbindung zu allem.« Hamacher sank langsam zurück auf seinen Stuhl.

»Wer ist die Verbindung zu allem?« Maulbeers Stimme drang durch den Raum, dass alle zusammenzuckten. »Und was ist dran an dem Gerücht, dass der Weber im Koma liegt? Das ist Unsinn, nicht wahr?«

Hamacher ließ den Kugelschreiber, der vor ihm auf dem Schreibtisch gelegen hatte, nervös auf- und zuschnappen. Er sah seinen Vorgesetzten nicht an, als er anfing zu sprechen. »Ihr Freund Walter Schindler ist die Verbindung zu allem. Wir brauchen einen Durchsuchungsbeschluss. Dringend.« Er wiederholte die Fakten.

Maulbeers Adamsapfel bewegte sich hektisch auf und ab. »Ich ruf den Staatsanwalt an. Wir treffen uns in fünf Minuten am Wagen. Ich begleite Sie.«

Manchmal muss man den Teufel mit ins Boot holen, erinnerte sich Hamacher an Jeannettes Worte. Maulbeer konnte bei der Befragung nützlich sein. Seltsamerweise spürte er in diesem Moment keine Befriedigung über den Verlauf des Falles. Er hatte recht behalten, sein Gespür hatte ihn nicht im Stich gelassen. Doch Triumph fühlte sich anders an.

Er sah Karoline Sommer nachdenklich an, dann machten sie sich auf den Weg.

Das Klingeln des Telefons hörten sie auf dem Flur nicht mehr.

Schwester Maja legte auf. »Erst machen sie ein Drama, dass man auf jeden Fall anrufen soll, wenn etwas passiert, und dann geht keiner dran. Super«, machte sie ihrem Ärger Luft. »Ich freu mich sehr, dass der Patient aufgewacht ist. Ein netter älterer Herr.«

Ihre Kollegin grinste. »Kennt man doch. Aber Vorsicht, der hat es faustdick hinter den Ohren. Ein ehemaliger Kriminaloberrat, der schon jede Menge Verbrechen gelöst hat. Dem macht man so leicht nichts vor.«

»So sieht er gar nicht aus.« Schwester Maja stand auf. »Die Arbeit ruft. Ich gehe gleich noch zu ihm.«

38

Wie einfach es war, den Eindruck eines normalen Besuchers zu vermitteln. Nicht hektisch, nicht lauernd. Ein von Sorge erfüllter Blick, ein Blumenstrauß in der Hand. Ein gewöhnlicher Krankenbesuch. Das Risiko, hier erwischt zu werden, war groß. Doch das, was es zu bewahren galt, war es wert. Heute wie vor neunundzwanzig Jahren.

Das Glück war auf seiner Seite. Ein Anruf hatte genügt, um die Zimmernummer zu erfahren. Hätte Ferdinand Weber noch auf der Intensivstation gelegen, wäre es schwieriger gewesen, seine Arbeit zu vollenden.

Der Flur war wie ausgestorben. Am Ende des Ganges eilte eine Schwester hektisch vorbei und beachtete ihn nicht. Trotzdem hob er den Blumenstrauß vor das Gesicht, um unerkannt zu bleiben. Das Zimmer war nicht schwer zu finden. Ein Polizist saß auf einem Stuhl vor der Tür und las in einer Zeitschrift. In diesem Moment kam eine Krankenschwester und sprach den Uniformierten an. Gemeinsam gingen sie fort.

Glück musste man haben, dachte er. Jetzt galt es, schnell zu handeln. Er klopfte kurz, trat ein.

Da lag er. Der Mann, der alles kaputtmachen wollte. Schlafend, zumindest waren seine Augen geschlossen. Er sah furchtbar aus. Der Kopf bandagiert. Die linke Gesichtshälfte blau und geschwollen. Ein Bein in Gips. Ein Bild des Jammers. Nichts an dem kranken, zerbrechlich wirkenden Mann erinnerte an den Kommissar Ferdinand Weber. Er hatte leichtes Spiel. Es würde schnell gehen, wie bei der alten Frau. Die Kanüle erleichterte sein Vorhaben erheblich. Luftembolie war bei einer Obduktion nachzuweisen. Doch wie beim ersten Mal würde niemand eine Untersuchung des Leichnams fordern. Es gab keine Gründe, keinen Hinweis auf einen unnatürlichen Tod. Wenn er etwas Falsches tat, hätte ihm dann der liebe Gott seine Vorhaben nicht schwerer, wenn nicht sogar unmöglich gemacht?

Er musste das Erbe des alten Schindler bewahren. Er hatte

ihn aufgenommen, hatte ihn stets gut behandelt und ihn nie im Stich gelassen. Für die Frau hätte er es nicht getan, aber für den Sohn. Das Versprechen, das er dem alten Mann auf dem Sterbebett gegeben hatte, musste eingelöst werden – egal, um welchen Preis.

»Was Sie von sich geben, ist totaler Unsinn, Herr Hamacher.«

»Hauptkommissar Hamacher, wenn ich bitten darf. Noch einmal, wir haben den Beweis, dass Ferdinand Weber Sie angerufen hat, Herr Schindler. Was wollte er?«

»Verdammt noch mal, ich sage Ihnen doch, hier hat niemand angerufen, ich habe mit keinem Weber gesprochen. Ihr seltsamer Beweis muss getürkt sein.«

»Ein getürkter Beweis von fünf Sekunden?«

»Walter, es ist ja nicht schlimm, wenn du mit ihm gesprochen hast. Das ist noch lange kein Schuldeingeständnis«, sagte Maulbeer.

»Himmel noch mal, ich habe nicht mit ihm telefoniert! Jetzt glauben Sie mir doch. Ich wohne hier nicht allein, vielleicht hat jemand anders mit ihm geredet. Meine Frau?«

Ingeborg Schindler stand direkt hinter ihrem Mann. Er warf ihr einen flehenden Blick zu, den sie ignorierte.

»Marlene? Hans?«, fuhr Walter Schindler fort und stand wütend auf. Dabei warf er einen Stuhl um. »Aber er war tatsächlich hier«, gab er schließlich kleinlaut zu.

Nach diesem Geständnis blieb Maulbeer der Mund offen stehen. »Weshalb?«, fragte er, bevor Hamacher wieder eine Anklagetirade auf Schindler niederlassen konnte.

»Er erzählte uns, was er alles herausgefunden hatte. Und was er vermutete. Höchst abenteuerlich.«

»Die Kollegen vom Einbruch haben übrigens Ihre Fingerabdrücke als Vergleichsabdrücke genommen. Es gibt zwar noch keine Hinweise auf die Täter, die in Ihr Büro eingebrochen sind. Allerdings …«, eine Kunstpause, »sind uns die Abdrücke woanders aufgefallen.«

Walter Schindlers Unruhe nahm sichtbar zu.

Hamacher wechselte das Thema, um ihn noch unsicherer

zu machen. »Haben Sie vielleicht eine Postkarte bekommen?« Er verfolgte einen Plan. Seinen Überlegungen zufolge konnte Weber die Karte von hier haben. Oder Schindler hatte sie in Krauses Wohnung geklaut. Das Motiv stand in den Sternen. Stochern im Trüben, aber irgendwann gab es Antworten.

»Wir kriegen häufig Post«, sagte Schindler.

Der süffisante Unterton entging Hamacher nicht. Auch nicht das leichte Zucken des linken Augenlids. Walter Schindler wurde immer nervöser.

»Eine anonyme Karte mit dem Konterfei des Papstes. Und einem Reim, in Gedenken an Maria Selbach«, führte Hamacher aus. »Der Name ist Ihnen ja gut bekannt.«

Das Zucken verstärkte sich.

Die Untersuchung der Karte lief. Wenn Hamacher das Ganze hier und jetzt abkürzen konnte, war es ihm recht. Er dachte an Ferdinand Weber, wie er die Vernehmung geführt hätte. Nur einen Moment ließ er sich von der Sorge um seinen Freund ablenken. Hoffentlich ging alles gut bei ihm.

»Natürlich kennen wir Maria Selbach«, sagte Walter Schindler.

»Ja, wir haben die Karte bekommen«, bestätigte seine Frau. »Ich wusste, dass sie von Mechthild Krause kam. Sie hatte sich, den Tod vor Augen, in etwas verrannt. Sie wollte, dass sich alle an Maria erinnern. Was ich sehr unpassend fand, denn wir bezahlten ihr schließlich den Hospizplatz.«

»Was haben Sie mit der Karte gemacht?«

»Ins Altpapier getan. Was sonst.« Aus jeder Pore versprühte Ingeborg Schindler Arroganz, Narzissmus und Überheblichkeit. Sie wirkte weder schuldig, noch hatte sie ein schlechtes Gewissen.

»Was haben Sie in Mechthild Krauses Wohnung gesucht, Herr Schindler?«

Walter Schindler wirkte ertappt. »Wieso?«, fragte er. Seine Hand zitterte. »Ach verdammt, ja. Sie haben meine Fingerabdrücke in ihrer Wohnung gesichtet. Ja, ich war da. Ich hatte Angst, dass sie irgendetwas für Julius hinterlassen hatte, was wir nicht wissen sollten. Uns kam es so seltsam vor, dass sie ausgerechnet ihn für ihre Wohnungsauflösung ausgesucht hatte. Ich habe nichts gestohlen. Ich war nur verwirrt und habe überreagiert. Sie können mich wegen Einbruchs anklagen. Soll ich schon mal meinen Anwalt anrufen? Der wird sich freuen.«

»Reg dich nicht auf, Walter«, sagte Ingeborg Schindler. »Hauptsächlich geht es um den Mord an Clément Aust, oder irre ich mich?«

»Auch um den versuchten Mord an Ferdinand Weber«, warf Hamacher ein. Maulbeer war ein Arschloch, wie hatte er sich nur von ihm um den Finger wickeln lassen können? »Damit sind wir beim nächsten Thema. In welchem Verhältnis standen Sie zu Clément Aust beziehungsweise Hervier?« Es musste eine Verbindung geben, die es zu finden galt. Hamacher wunderte sich nur, dass Maulbeer ihn machen ließ. Bisher hatte er ihn noch kein einziges Mal unterbrochen.

»Aust? Hervier? Ein Franzose?« Eine steile Falte erschien auf Ingeborg Schindlers Stirn, als denke sie angestrengt nach.

Netter Versuch, dachte Hamacher, aber das nehme ich dir nicht ab.

»Ach, Walter, das war doch dieser nette Mann, dem wir das Haus im Vogelgesang verkauft haben, oder? Er hatte den Namen seiner Frau angenommen.«

»Sie sind ja richtige Wohltäter. Ein Haus für einen netten ehemaligen Soldaten, Frau Krause haben Sie einen Job in Ihrer Firma angeboten und dem armen Waisenkind ein Zuhause gegeben«, sagte Hamacher, ohne die beiden aus den Augen zu lassen. Es war offensichtlich, dass Ingeborg Schindler versuchte, ihrem Mann zu soufflieren.

»Jetzt machen Sie aber mal einen Punkt. Mein Vater hat sich in dieser Stadt seit jeher für die Belange seiner Mitmenschen eingesetzt. Der Name Schindler stand schon immer für Wohltätigkeit, Fürsorge und Spenden. Für Schulen und Vereine, für jeden, der es gebrauchen konnte. Mein Vater hatte stets ein offenes Ohr für die Nöte seiner Angestellten. Da wurde auch mal ein Führerschein des Sohnes bezahlt. Wir haben Hans Gumbel, der meinen Vater sein ganzes Leben begleitet hat, einen Job als Gärtner gegeben. Wir haben Marlene eingestellt, die eine ganze Familie in Polen unterhalten muss. Ja, unsere Familie war schon immer wohltätig. Und das lass ich mir von einem drittklassigen Staatsbeamten nicht madig machen.« Walter Schindlers Kopf wirkte, als drohe er zu platzen.

Hamacher ließ sich von dem Ausbruch nicht irritieren. »Wer von Ihnen hat Ferdinand Weber gestern angefahren?«, hakte er nach und warf dabei seinem Chef einen auffordernden Blick zu. Sag auch was, unterstütze mich.

»Walter, es gibt tatsächlich Hinweise, dass Weber …«, begann Maulbeer.

»Dann überprüft doch unsere Garage. Es müssten ja Spuren zu finden sein«, sagte Walter Schindler. »Ingeborg war gestern im ›Philipp Eins‹ und ich zu Hause. Von uns hat niemand Ihren Kollegen angefahren. Warum auch? Das ist doch Quatsch.«

Es klingelte. Maulbeer nickte Hamacher zu, der zur Haustür ging und mit zwei uniformierten Polizisten und einem Schreiben in der Hand wiederkam.

Maulbeer nahm das Dokument entgegen. »Walter, Ingeborg, der Staatsanwalt hat den Durchsuchungsbeschluss für eure Privaträume und die Garage bewilligt. Ich habe mit ihm telefoniert. Es besteht der dringende Verdacht, dass ihr etwas mit dem gestrigen Unfall von Ferdinand Weber zu tun habt. Aber nicht nur damit.«

Ingeborg Schindler fasste sich als Erste. Mit fester Stimme nahm sie routiniert, als überprüfte sie einen Geschäftsbrief, das Schreiben entgegen und las es durch. »Bitte«, sagte sie gelassen. »Auch wenn ich nicht verstehe, wie ihr darauf kommt. Das ist Irrsinn. Soll ich meinen Anwalt anrufen?«

Walter Schindler schnappte nach Luft, als bekäme er einen Herzanfall. »Wieso? Was denn noch?«

»Sehen Sie denn nicht, dass alle Verdachtsmomente zu Ihnen führen?«, sagte Hamacher. »Ich muss Ihnen nicht erneut alles wiederholen.«

»Und daraus schließen Sie, dass mein Mann ein Mörder ist? Das ist doch lächerlich«, sagte Ingeborg Schindler.

Hamacher ließ sich nicht beirren. »Ist es nicht. Die Verletzungen von Weber sind die gleichen wie bei Clément Aust. Für mich ist die Sachlage klar.«

»Sie glauben wirklich, wir hätten etwas damit zu tun? Das ist verrückt. Völlig verrückt«, verteidigte sich Walter Schindler. Seine Hände zitterten. Er warf seiner Frau um Rat suchende Blicke zu. »Wir haben doch nur …«

»Was haben Sie nur? Was haben Sie getan?« Hamacher blieb hartnäckig.

Walter Schindler fiel in sich zusammen. »Ingeborg!« Das eine Wort klang wie der Hilferuf eines gebrochenen Mannes. »Damals …«

»Tu es nicht, Walter«, sagte Ingeborg Schindler. »Mach mir nicht alles kaputt. Wir haben mit den aktuellen Todesfällen nichts zu tun, das gehört nicht hierher!«

Walter Schindler ignorierte die Worte seiner Frau. Leise sagte er: »Es hat doch keinen Sinn, Ingeborg.« Zu Hamacher gewandt, redete er weiter. »Es gab damals eine Schlägerei in der Kneipe von Mechthild Krause. Ich war häufig Gast dort. Mochte die Atmosphäre. Die Menschen, die Soldaten. Das war so anders als bei mir zu Hause.« Er holte tief Luft. »Die Kellnerin war nicht da. Alle wussten, dass sie schwanger war, nur nicht, von wem. Ein Soldat begann, sich über sie lustig zu machen, über sie zu lästern. Ich verstand so halbwegs Französisch, das ging ziemlich unter die Gürtellinie. Als der Rädelsführer nach draußen ging, ist ein Soldat hinterher und hat ihn massiv zur Rede gestellt. Er war wie von Sinnen, erst später habe ich erfahren, dass er der Freund war.«

»Die Kellnerin war Maria Selbach und der Soldat Jean-Luc Dumont?« Hamacher versuchte, die Puzzleteile zusammenzubringen.

Walter Schindler nickte. »Es begann eine heftige Schlägerei, bei der einer zu Boden ging und auf die Steine schlug. Er hat furchtbar geblutet, wir dachten, er sei tot … Jean-Luc drehte durch und ergriff die Flucht.«

»Wer war ›wir‹?«, fragte Hamacher. »Wer war noch dabei?«

»Clément Hervier und ich.« Walter Schindler suchte nach Worten. »Wir standen alle unter Schock. Die Militärpolizei kam, und der Typ, der zu Boden gegangen war, ist einfach wieder aufgestanden, als wenn nichts passiert wäre. Doch Jean-Luc blieb verschwunden. Am nächsten Abend stand er an unserer Garage und bat uns um Hilfe. Ich sollte ihn verstecken. Nur bis das Kind da wäre und er mit Maria verschwinden konnte. Er wollte doch nur …« Er holte tief Luft. »Ich habe mich breitschlagen lassen. Sein Plan klang abenteuerlich, hätte aber funktionieren können. Und irgendwie hatte ich ein schlechtes Gewissen, weil ich doch auch mitgelästert hatte. Sie kennen das ja, wenn Männer so loslegen, und ich fand's toll, es war so männlich, wenn Sie vielleicht wissen, was ich meine …«

Walter Schindlers Stimme war immer leiser geworden. Er brach ab, begann zu weinen.

»Walter, reiß dich endlich zusammen! Bist du ein Mann oder ein Waschlappen?«, rief Ingeborg Schindler empört.

Er beachtete sie nicht, starrte an die Wand und sagte nichts mehr.

Maulbeer drehte sich peinlich berührt ab, Hamacher hingegen schaute Walter Schindler aufmunternd an. Er machte einen Schritt auf ihn zu und legte vorsichtig eine Hand auf seine Schulter. »Und dann?«, fragte er einfühlsam.

»Sie wollten den Trubel beim Papstbesuch zum Verschwinden nutzen und später das Kind holen«, fuhr Walter Schindler fort. »Maria wurde erst zwei Tage vorher eingeweiht.«

»Was ging schief?«

»Walter!«

Wieder ignorierte er den Einwurf seiner Frau. »Ingeborg und ich haben immer ein Kind gewollt«, flüsterte er, »aber das klappte nicht, es liegt an mir, das hat der Arzt festgestellt. Am 4. Mai 1987 sagte Ingeborg morgens zu mir, dass es ja Wahnsinn sei, wenn das Kind zu einer Barfrau komme. Wir hätten doch alle Voraussetzungen, um einen Jungen großzuziehen, ihm eine grandiose Perspektive zu bieten. Das hat Jean-Luc gehört und ist wieder ausgerastet. Er hat mich geschlagen, mich geboxt. Ich wollte mich nur wehren. Das war Notwehr, wirklich. Er ist auf die Marmortreppe gestürzt. Er war sofort tot.«

Einen Moment blieb es ganz still. Hamacher atmete erleichtert aus. Endlich kamen sie voran. Der erste Stein war ins Rollen gebracht, es galt, den Rest aus Walter Schindler herauszuholen. »Was haben Sie dann getan?«

»Hans, unser Faktotum, hat geholfen, ihn zu vergraben. Er hat Büsche gepflanzt, in unserem Garten, und Jean-Luc dort seine letzte Ruhestätte gegeben. Wenn alles so geblieben wäre, hätte nie jemand davon erfahren.«

»Was ist dazwischengekommen?«, fragte Hamacher, der fasziniert zugehört hatte. Konnte es so einfach sein? Ein verschwundener Mensch, begraben im eigenen Garten?

»Mein Gewissen. Ich habe Angstzustände bekommen. Konnte den Garten nicht mehr ohne Schweißausbrüche betreten. Habe nicht mehr geschlafen. Ich wurde richtig krank. Ob Sie es mir glauben oder nicht, ich habe eine empfindliche Seele. Als der Kasernenplatz verkauft wurde und die Stadt die Bauaufträge vergeben hat, konnten wir den Auftrag für einige Häuser dort bekommen, und …«

»… und ich hatte den Plan, Jean-Lucs Überreste neben die Sporthalle zu überführen.« Im Gegenzug zu Walter Schindlers Stimme klang die seiner Frau noch immer siegessicher. »Zum einen passte der Ort besser, weil er doch Franzose war«, sagte sie, »und zum anderen wollte ich, dass mein Mann wieder normal wurde. Meine Therapie hat ja auch funktioniert. Nur, würde die Halle jetzt abgerissen, würde man die Überreste finden. Das wollte ich mit der Bürgerinitiative verhindern.«

»Warum musste Aust sterben?«, fragte Hamacher.

»Das weiß ich nicht«, flüsterte Walter Schindler. »Wir haben wegen der Postkarten miteinander gesprochen, er hatte auch eine bekommen. Wir haben überlegt, wie wir vorgehen sollen. Ich sagte, das mit Mechthild kriege ich in den Griff. Sie wollte doch nur in Ruhe sterben.« Nach einer kurzen Pause rief er erschrocken aus: »Nein, nein, nicht dass Sie das missverstehen. Ich habe sie nicht umgebracht, sie ist einfach gestorben, und es tat mir wirklich leid, sie war eine einsame alte Frau. Mit den Todesfällen haben wir nichts zu tun. Wir haben Alibis.«

»Warum haben Sie Aust oder Hervier, wie auch immer, das Haus so günstig verkauft? Ich habe recherchiert, der Preis lag weit unter Marktpreis.«

»Er hat uns erpresst.«

»Weil du sofort alles zugegeben hast. Dich braucht man ja nur anzuhauchen, und du fällst zusammen.« In Ingeborg Schindlers Gesicht spiegelten sich Abscheu und Ekel. Sie stand auf. »Wie gesagt, es war Notwehr. Ich weiß nicht, was man uns sonst noch vorwerfen kann. Ungesetzliche Beerdigung? Störung der Totenruhe? Ich würde dann gern unseren Anwalt informieren.«

Ein Kollege trat ein und flüsterte Maulbeer etwas zu. Hamacher hatte nicht für möglich gehalten, dass der Gesichtsausdruck seines Vorgesetzten noch ernster werden konnte.

»Ja«, sagte Maulbeer, »das solltet ihr wirklich tun. Tatsächlich wurden Blutspuren an eurem Geländewagen sichergestellt. Es sieht so aus, als wenn damit jemand angefahren worden wäre.«

Sogar Ingeborg Schindler fehlten die Worte. Ungläubig blickte sie zu ihrem Mann, der den Kopf schüttelte und vor sich hin murmelte. »Ich versteh das nicht. Das ergibt doch alles überhaupt keinen Sinn.«

In die Stille hinein klingelte Maulbeers Handy. »Entschuldigung«, sagte er und ging aus dem Raum. Wenige Minuten später kam er zurück und war weiß wie die Wand. »Walter, euer Faktotum Hans Gumbel, wo ist er?«

»Hans? Wieso? Ich weiß es nicht. Er wohnt im Anbau. Dort verbringt er meist seine Zeit, wenn er nicht im Garten oder bei den Autos ist.«

»Da ist er nicht. Was ist er für ein Mensch? Was bedeutet er dir? In welchem Verhältnis steht ihr zueinander?«

»Ich verstehe die Fragen nicht. Er ist ein alter Freund meines Vaters. Vater hat in seinem Testament verewigt, dass wir uns um ihn kümmern müssen. Er wohnt wie gesagt nebenan, im Anbau. Ein stiller Mensch, der selten ein Wort zu viel sagt. Er ist schon immer ein Praktiker, ein Macher gewesen. Jahrelang hat er sich um den Garten gekümmert, jetzt kann er körperlich nur noch wenig machen. Aber Nichtstun ist nichts für ihn. Er wäscht die Autos, macht Erledigungen …« Er stockte. »Warum? Ist ihm etwas passiert?«

Maulbeer holte tief Luft. »Er wurde gerade dabei überrascht, wie er Ferdinand Weber im Krankenhaus töten wollte.«

Hamacher reagierte als Erster. Mit der Faust schlug er hart gegen die Wand. »Das darf nicht wahr sein! Was ist mit Ferdinand? Ist er …?«

Maulbeer, der um Jahre gealtert wirkte, schüttelte den Kopf. »Nein, man konnte ihn rechtzeitig retten.« An Walter Schindler gewandt fragte er: »Hast du ihn beauftragt? War das deine Idee? Oder die deiner Frau?«

Walter Schindlers Mund blieb vor Entsetzen offen stehen. Mit zitternden Händen suchte er Halt an einem Stuhl. Dabei sah er ungläubig von einem zum anderen. »Wir hatten keine Ahnung, er hat … Aber warum? Mord?« Er rang nach Worten. »Was hat er sich dabei gedacht?«

In diesem Augenblick wurde die Kluft zwischen den Eheleuten überdeutlich. Während Walter Schindler dem Zusammenbruch nahe war, richtete sich Ingeborg Schindler auf. In ihren Augen blitzte Kampfgeist. »Walter, du sagst kein Wort mehr. Ich kümmere mich um alles.«

39

Das Krankenzimmer war überfüllt. Zweimal hatte Schwester Maja bereits versucht, den Besucher hinauszubitten, doch der Patient widersetzte sich.

Weber sah noch immer schlimm aus. Die Schwellungen in seinem Gesicht waren zurückgegangen, das Farbenspiel jedoch nicht. Bei jeder Bewegung stöhnte er vor Schmerz, dennoch sah er rundherum zufrieden aus. »Er hat gestanden?«

Christian Hamacher grinste. »Ja. Sogar den Mord an Mechthild Krause. Er befürchtete, dass sie seinem Walter Schaden zufügen würde. Dem alten Schindler hatte er versprochen, sich um Walter zu kümmern. Als die Postkarte eintraf, bekam er Angst. Er hat ein Gespräch zwischen Walter Schindler und Clément Aust mitbekommen, wusste von Krause. Und befürchtete, alles könne ans Licht kommen. Sogar die SMS an Jeannette war seine Idee gewesen. Dein französischer Freund hat ja auch bei Schindlers angerufen, was Hans ebenfalls mitbekommen und mitgehört hat. Darauf hat er reagiert. Er wollte euch einschüchtern. Ich denke nicht, dass er Jeannette etwas angetan hätte.«

Das bezweifelte Weber, doch er sprach es nicht aus. »Ich sehe es richtig, dass Frau Schindler die Bürgerinitiative nur aus Angst, die Halle könne abgerissen werden, ins Leben gerufen hat?«

»Richtig«, sagte Hamacher. »Als die Stadthäuser angelegt wurden, nutzte man die Halle schließlich noch. Aber jetzt, mit dem Absprung des Kaufinteressenten, war die Gefahr eines Abrisses wieder groß.«

»Was war mit Aust?«

»Er war an der Schlägerei damals beteiligt und hatte von Schindlers Verstecken des Soldaten Wind bekommen. Um ihn ruhigzustellen, haben Schindlers ihm das Haus günstig überlassen. Für Walter fing der Alptraum an, als die Postkarten kamen. Auf diese Weise hat Mechthild Krause doch noch dafür gesorgt, dass Maria nicht ganz vergessen wird. Genau wie sie es gewollt hat. Hans hat sich auf die Fahne geschrieben, Walter zu beschützen. Komme, was wolle. Je länger Mechthild Krause lebte, desto höher war die Wahrscheinlichkeit, dass man der Wahrheit auf die Spur kam. So wie Hans früher alles für Walter geregelt hat, hat er es heute wieder getan. Irgendwie ein sehr loyaler Mensch. Findet man nicht so häufig.«

Weber wusste, worauf Hamacher anspielte. »Finde nicht, dass es heute keine Loyalität mehr gibt. Wenn es drauf ankommt, kann man sich auf seine Freunde verlassen. Die Erfahrung habe ich gemacht.«

Hamacher nickte dankbar.

40

Der Tag fing grau an. Dicke Wolken zogen am Himmel auf, und es sah aus, als könne es jeden Moment regnen. Im Radio hatten sie von auflockernden Wolken im Laufe des Tages gesprochen. Trotz des aktuellen Wetters entschied sich Ferdinand Weber für das Fahrrad. Er hoffte darauf, dass der Wetterbericht recht behalten würde. Optimist von Natur aus.

Er trat vorsichtig in die Pedale, die Bewegung tat ihm gut, und die vorhandenen blauen Flecken schmerzten kaum noch. Außerdem lichteten sich so die dunklen Wolken in seinem Kopf.

Es war ja nicht alles schlecht. Er hatte Julius Schindler dazu gebracht, Jeannette eine neue Wohnung zu besorgen. Wozu saß er an der Quelle? Außerdem hatte er zwei, eigentlich drei Morde aufgeklärt. Waren das nicht Gründe, sich gut zu fühlen? Die Reithalle blieb erhalten, das hatte der Bürgermeister verkündet. Jean-Luc beziehungsweise seine sterblichen Überreste würden demnächst ausgegraben und ordentlich bestattet werden. Inwieweit man Schindlers belangen konnte, wusste er nicht. Ein guter Anwalt würde das sicherlich regeln können.

Mit Christian war wieder alles im Lot, selbst mit Maulbeer sprach er wieder. Und dennoch fühlte er sich mies.

Eine Frage trieb ihn noch um. Hätte er, wäre er damals aufmerksamer gewesen, die jetzigen Morde verhindern können? Er brauchte unbedingt Louises Rat. Ein Zwiegespräch mit ihrem Foto in seiner Wohnung reichte nicht. Er musste an ihrem Grab stehen, brauchte die Nähe zu ihr. Wie würde sie das Ganze sehen? Welche Worte würde sie finden, um ihn zu trösten?

Gegenüber vom Friedhof befand sich ein Blumenladen. Er stellte sein Rad davor ab. Er war nicht der einzige Kunde. Zwei Frauen waren vor ihm. Aufmerksam lauschte er dem Gespräch über Blumensorten, welche am längsten in der Vase hielten und wie man sie zu behandeln hatte. Er war immer davon ausgegangen, dass es reichte, einen Strauß ins Wasser zu stellen und zu hoffen, dass er länger als drei Tage schön blieb.

»Über Nacht am besten in einen kühleren Raum stellen, jeden zweiten Tag frisch anschneiden. Dann haben Sie mindestens zwei Wochen Freude daran. Garantiert«, sagte die Blumenhändlerin.

Weber staunte. So ein Getue um Schnittblumen? Hatte seine Louise das auch immer so gemacht? Er hatte keine Ahnung. In Erinnerung war ihm geblieben, dass ihre Blumen stets lange hielten. Oder hatte sie einfach neue gekauft? Das war die wahrscheinlichere Lösung, aufgefallen wäre es ihm mit Sicherheit nicht.

Als die Damen gegangen waren, musste ihn die Floristin zweimal nach seinen Wünschen fragen.

»Blumen. Einen schönen Strauß, einen, der nach Frühling riecht und auch so aussieht.«

Die Frau lächelte und bot ihm sofort etwas an. »Ein paar Freesien, die riechen nach Frühling, dazu ein paar Ranunkeln und etwas Grün. Was meinen Sie?«

Sie stellte einige der genannten Blumen zusammen, damit er sich ein Bild machen konnte. »Für wie viel darf es denn sein?«, fragte sie.

»Geben zwanzig Euro einen schönen Strauß her?«

Die Floristin nickte und machte sich an die Arbeit. Das würde Louise gefallen. Rot, rosa, orange und gelb. Bunt. Und schön.

»Folie oder Papier?«

»Papier. Ist für gegenüber.«

Sie stutzte einen kleinen Moment, dann verstand sie, was er meinte. Wenn sie seine Formulierung ungewöhnlich fand, ließ sie es sich nicht anmerken.

Weber zahlte und trat vor die Tür. Die Fußgängerampel sprang auf Grün, dennoch musste er anhalten, weil ein abbiegender Autofahrer das blinkende Warnsignal missachtete und einfach weiterfuhr. Im Gegensatz zu sonst regte Weber sich heute nicht darüber auf. Ein tiefer Atemzug und ein böser Blick reichten.

Auf dem Friedhof war um diese Zeit nicht viel los. Weber ließ sich Zeit, schlenderte durch die einzelnen Gänge und betrachtete andere Gräber. Er dachte an die Toten und die Hinterbliebenen. An ihre Trauer, die Tränen, den Verlust und die Einsamkeit. Große Familiengräber, die gefüllt waren, andere, die auf den Partner noch warteten. Auch er hatte sich bei Louise für ein Familiengrab entschieden. Er wollte bei ihr liegen. Die Vorstellung, dass nicht mehr viel von ihrem Körper übrig sein könnte, wenn seine Zeit gekommen war, verdrängte er, ließ er einfach nicht zu. Der Gedanke an den Tod folgte keinen rationalen oder logischen Überlegungen, zumindest nicht bei ihm.

Die unterschiedlichen Grabsteine stimmten ihn nachdenklich. Einige der Inschriften waren tiefsinnig und gingen zu Herzen, andere sachlich kühl. Wer von den Hinterbliebenen wirklich trauerte, vermochte man nicht zu beurteilen, das wusste er. Dennoch erschreckten ihn manche Grabsteine, die vergessen wirkten. Verwahrlost. Sagte das etwas über die Liebe aus? Er schüttelte den Kopf und stand auf einmal vor einem Grab, das er beinahe übersehen hätte.

Er trat näher. Unkraut. Ein Stein, von dem einzelne Buchstaben bereits abgefallen waren. »ari lbach«.

Konnte das sein? Als Todesdatum war der 4. Mai 1987 angegeben. Es gab keinen Zweifel. Das war das Grab von Maria Selbach. Er nahm an, Mechthild Krause hatte es gepflegt. Doch mit zunehmendem Alter hatte sie sich nicht mehr darum kümmern können.

Weber betrachtete seinen Blumenstrauß und nahm spontan eine gelbe Blume heraus. »Das Böse versteckt sich gern im Licht«, sagte er laut und dachte an Ingeborg Schindler und Hans Gumbel. Sie war eine Frau, die gern im Rampenlicht stand, die Anerkennung brauchte wie andere die Luft zum Atmen, dabei unfähig war, die Gefühle anderer zu bemerken, geschweige denn zu respektieren. Sie war, wenn auch nicht aktiv, ebenso schuld am Tod von Aust, Krause, an seinem Unfall und auch an Marias Suizid. Hätte sie ihrem Mann nicht geholfen, Jean-Luc zu vergraben, hätte sich Walter Schindler vielleicht gestellt, und Maria wäre nicht in eine für sie ausweglose Situation geraten.

Weber stellte sich vor, wie es in Maria ausgesehen haben musste. Was für ein Auf und Ab der Gefühle sie durchlebt haben musste. Endlich ein lang ersehntes Lebenszeichen von ihrem Liebsten, gemeinsame Pläne für einen Neuanfang – irgendwo. Und dann … Unwahrscheinlich, dass ihre Flucht geklappt hätte, aber die Hoffnung stirbt bekanntlich zuletzt.

Ingeborg Schindler hatte alles zunichtegemacht. Radikal, ohne eine Spur des Bedauerns. Weber sah sie immer noch mit eiskalter Miene vor sich, wie sie behauptete, es sei ihre Pflicht gewesen, die alten Geschichten nicht ans Licht kommen zu lassen. Um ihre Familie zu schützen, hatte sie gesagt.

Hans war ein verwirrter Geist, der aus falsch verstandener Loyalität Morde begangen hatte. Seltsamerweise hatte er genau die gleichen Worte wie Ingeborg Schindler benutzt. »Man muss die Familie schützen.« Ihm nahm man sie ab.

Und was war mit ihm selbst? Der große Ferdinand Weber. Trug er nicht Mitschuld am Tod von Maria Selbach, weil er zu blind, zu sehr auf den Papstbesuch fixiert gewesen war? Wie Mechthild Krause, die, erst ihren eigenen Tod vor Augen, versucht hatte, etwas wiedergutzumachen?

Die gelbe Blume – wenn er es richtig in Erinnerung hatte, war das eine Ranunkel – sah deplatziert auf dem Grab aus. Aber irgendwie gefiel es ihm.

Und jetzt würde er Louise alles erzählen, in der Hoffnung, Vergebung bei ihr zu finden.

41

Speyer, 4. Mai 1987

Es gab kein Durchkommen. Die Menschenmassen auf der Maximilianstraße versperrten ihr den Weg zum Dom. Absperrgitter, Personen- und Taschenkontrollen, je näher sie der Tribüne kam. Überall sah sie Helfer. Polizisten, Feuerwehrleute, Freiwillige. Neugierige, die auf den Fenstervorsprüngen saßen, um nichts zu verpassen.

Auf keinen Fall durfte sie Aufsehen erregen, sie musste in der Masse unerkannt bleiben. Niemand sollte sie aufhalten. Es war wichtig, den Plan einzuhalten. Sie wollte nur einen Blick auf den Papst werfen – wenn es nicht anders ging, auch von Weitem. Das würde reichen, ihr die Kraft zu geben, die sie für ihr Vorhaben brauchte. Ein Blick nur, der ihr unendlich viel bedeutete.

Die komplette Stadt befand sich im Ausnahmezustand. Tausende von Menschen warteten auf Johannes Paul II., der Speyer als letzte Station seiner Deutschlandreise ausgewählt hatte. Maria glaubte an Gott, auch ohne sonntäglichen Kirchenbesuch. Sie betete, meist wenn es ihr nicht gut ging. Zu Gott oder Maria oder zu einem der zahlreichen Engel. So, wie sie es in den letzten Monaten jeden Tag getan hatte. »Bitte lasst Jean-Luc zu mir kommen. Lasst ihn anrufen, sich irgendwie melden.«

Ihr Flehen blieb unerhört. Jeder Tag ohne Nachricht von ihm kostete Kraft, Hoffnung und Zuversicht. Hatte sie denn nicht auch ein bisschen Glück, ein winziges Stückchen, für sich und ihr Kind verdient? War Liebe nicht schützenswert und sowieso das Einzige, was zählte? Warum musste sie so leiden?

Sitzen gelassen von einem Soldaten, der verschwunden war, weil er glaubte, jemanden getötet zu haben. Während einer Schlägerei in Mechthilds Kneipe. Wäre sie da gewesen, hätte sie das Schlimmste verhindern können. Hätte sie nicht auf Mechthild und den Arzt gehört, die ihr Ruhe verordnet hatten, weil ihr Körper mit der Schwangerschaft überfordert war. Während sie faul auf der Couch gelegen hatte, hatte Jean-Luc ihre Ehre gegenüber einem Offizier verteidigt, hatte sich bis aufs Blut geprügelt. Weil sich niemand abfällig über Maria äußern durfte. »Unschön« statt »abfällig«, den Begriff hatte Mechthild verwendet, als sie ihr vorsichtig davon erzählte.

»Unschön« klang harmlos, fast niedlich, Maria durfte sich nicht aufregen. Egal, welches Wort man benutzte – die Bedeutung war identisch: Man hielt sie für ein leichtes Mädchen, Freiwild für die Soldaten.

Früher, vor Jean-Luc, war sie nicht wählerisch gewesen, hatte nur Spaß und Vergnügen im Sinn gehabt. Doch mit Jean-Luc hatte sich alles geändert. Sie hatte sich geändert. Zum ersten Mal hoffte sie auf Liebe und Familienglück. Während sie brav auf dem Sofa schlief, lösten sich all ihre Träume und Wünsche auf, verschwanden im Nirwana.

Jean-Luc war ein Hitzkopf, der innerhalb von Sekunden in Rage geriet und zuschlug. Dabei war er der zärtlichste und fürsorglichste Mensch, den sie in ihrem Leben kennengelernt hatte. Dass er wegen des Kindes einfach so aus ihrem Leben verschwunden war, glaubte sie nicht. Sie fand Hunderte von Ausflüchten und Entschuldigungen für ihn. Etwas war dazwischengekommen, er war verletzt, vielleicht so schwer, dass er sein Gedächtnis verloren hatte. Oder er lag irgendwo und verblutete. Die Militärpolizei suchte ihn, hatte bei ihr und Mechthild nachgefragt, und sie hatte sie angefleht, ihn zu finden. Ihre Angst um ihn war so groß, dass ihr seine Vergehen egal waren. Es gab immer einen Weg.

Aber er blieb vom Erdboden verschluckt.

Sie wurde depressiv. Konnte nicht schlafen. Alpträume quälten sie. Jean-Luc verletzt, blutüberströmt. Sie musste ihn finden, durfte nicht aufgeben.

Mechthild sorgte für sie, versuchte, sie aufzuheitern. »Du musst an dein Kind denken. Du darfst dich nicht so hängen lassen. Wenn schon nicht für dich, dann für das Baby.«

Maria spürte Mechthilds Angst, dass sie sich etwas antun

würde, auch wenn sie es nicht aussprach. Mechthild war kein Mensch, der viele Worte um etwas machte. Aber es stand in ihren Augen. Mehr als einmal dachte Maria daran, sich das Leben zu nehmen. Was sollte das für eine Zukunft sein?

Als völlig unerwartet der ersehnte Anruf kam, glaubte sie zu träumen. »*Ma chérie*, ich bin es. Lass dir nicht anmerken, dass ich es bin. Ich muss mich verstecken, muss fliehen. Aber ich gehe nicht ohne dich und das Kind. *Je t'aime.*«

»Aber der Mann ist nicht schwer verletzt. Das regelt sich alles.«

»Nein, ich habe einen anderen Plan. Ich gehe nicht ins Gefängnis. Hör mir bitte zu, ich habe nicht viel Zeit.«

Als er ihr den Plan erklärte, blieb sie skeptisch, doch er überzeugte sie. Je mehr sie darüber nachdachte, desto machbarer klang es. Egal, wie man es drehte und wendete, es blieb der einzige Weg, doch noch glücklich zu werden. Ohne Strafe, ohne Gefängnis. Dafür nahm sie in Kauf, einige Menschen verletzen zu müssen. Menschen, die sie ins Herz geschlossen hatte, die ihr immer zur Seite gestanden hatten. Wie Mechthild. Sie durfte sie nicht in den Plan einweihen, vertraute aber darauf, dass sie tat, worum sie sie in ihrem Abschiedsbrief gebeten hatte, damit es Julius gut ging.

Später würde sie ihr alles erklären.

Julius. Ein so kleiner, aber doch vollkommener Mensch, ein Wunder der Natur, mit winzigen Händen und Füßen, großen blauen Augen, mit denen er sie ansah und sie an Jean-Luc erinnerte.

Wieder überfielen sie Zweifel. Konnte es wirklich klappen, oder war das alles irrsinnig, verrückt? *»Je t'aime.«* Jean-Lucs Stimme in ihren Ohren. »Vertrau mir.«

»Alles wird gut«, murmelte sie wie ein Mantra vor sich hin.

Und was, wenn es schiefging? Wenn sie Julius nie wiedersehen würde? Wenn Jean-Luc nicht alles bedacht hatte, wenn …

Schluss, befahl sie sich. Sie musste damit aufhören. Deshalb war sie hier, um Kraft zu schöpfen. Alles war möglich. Liebe fand immer einen Weg.

Die Aufregung, die der Papstbesuch nach Speyer brachte,

war wie geschaffen für ihr Vorhaben. Sie musste sich nur umschauen, alle schienen wie von Sinnen. Mit einem seltsam entrückten Lächeln im Gesicht. Voller Euphorie und Glückseligkeit.

Heute begann ihre Zukunft.

Eine Frau rannte gegen sie. Sie war Teil einer Gruppe von Ordensschwestern. »Es tut mir leid«, sagte die ältere der vier Nonnen, »ich habe Sie gar nicht bemerkt. Aber wir müssen da vorn hin, wir haben Karten!«

Es klang verschwörerisch. Wir haben Karten. Wir gehören zum erlauchten Kreis. Maria erinnerte die Szene an ein Popkonzert. Aber hier ging es nicht um einen Musiker, sondern um das Oberhaupt der katholischen Kirche. Sie hofften, ihm nahe zu kommen. Nah genug, um ihre Blumen zu überreichen.

Na ja, ein Kleidungsstück wäre vielleicht unangebracht, dachte Maria und lächelte. Sie dachte an Bilder von Konzerten, bei denen weibliche Fans ihren Idolen Büstenhalter und Höschen auf die Bühne warfen. Ein völlig alberner Gedanke, der sie schmunzeln ließ. Wenn auch nur für einen Moment.

Sie trat noch einen Schritt zurück, um den Nonnen den Weg frei zu machen, und sah ihnen hinterher. Nicht voller Neid, wie sie es vor ein paar Tagen noch getan hätte. Sie wirkten so glücklich, aber bald würde sie auch wieder glücklich sein können. Vereint mit dem Mann, den sie liebte, und ihrem gemeinsamen Kind.

»Er kommt!«, schrien auf einmal die Menschen um sie herum. »Ich sehe ihn!«

Im kugelsicheren Papamobil wurde Johannes Paul II. die Maximilianstraße entlangchauffiert.

Maria stellte sich auf ihre Zehenspitzen und erhaschte einen Blick auf ihn. Ihr war, als blickte er sie an, lächelte ihr zu. Sie schloss die Augen, ihr wurde warm ums Herz. Das hatte sie gebraucht. Alles würde gut gehen. Jean-Luc hatte recht. Liebe versetzt Berge, schafft alles, was unmöglich scheint.

Sie musste los. Zum Rheinufer. Während der Eucharistiefeier würde sich niemand dort aufhalten. Der ideale Zeitpunkt für das Treffen mit Jean-Luc, für ihr gemeinsames Verschwinden.

Sie war pünktlich. Wie erhofft, war der Ort menschenleer. Sie wartete, versteckt hinter einem Baum, immer nach ihm Ausschau haltend. Minutenlang. Eine halbe Stunde, eine Stunde. Unaufhaltsam schritt die Zeit voran, ohne dass Jean-Luc erschien.

Ihre Nervosität nahm zu. Wo steckte er nur? Was war passiert?

Hatte sie ihn vielleicht missverstanden? War das Treffen nicht hier, sondern im Domgarten? Von Minute zu Minute nahm ihre Verzweiflung zu. Was sollte sie tun? Was, wenn er nicht kam? Wenn sie ihn verpasst hatte?

Ihr wurde kalt. Die Feuchtigkeit setzte sich in ihrer Kleidung fest. Der Mai machte seinem Beinamen Wonnemonat keine Ehre. Es war nasskalt, dicke Wolken hingen am Himmel.

Was, lieber Gott, soll ich nur tun?

Er war im Domgarten, an ihrer Bank. Sie hatte ihn in ihrer Aufregung sicher falsch verstanden. Sie hielt an diesem Strohhalm fest.

Maria lief los, schaute sich immer wieder um, ob er nicht doch irgendwo auftauchte. Ihre Angst nahm ihr die Luft zum Atmen. So nah am Ziel und doch so fern. Warum kam er nicht? Was war passiert? Er liebte sie doch. Das waren keine leeren Versprechungen gewesen.

Auch der Domgarten war wie ausgestorben. An ihrer Bank, wo sie sich so oft getroffen hatten, wartete niemand.

Maria setzte sich, blickte auf die Bäume, hörte wie aus weiter Ferne Gesänge, Musik und Stimmen. Wie lange sie dort saß, wusste sie nicht. Immer wieder strich sie mit ihrer Hand über das Holz der Bank, hörte Jean-Lucs Stimme, wie er ihr Liebesversprechungen machte, spürte, wie seine Hand ihren Bauch berührte, als sie ihm sagte, dass sie ein Kind erwartete. Sein Geruch, als säße er neben ihr, seine Lippen, die ihre suchten.

Irgendwann stand sie auf und ging los. Menschen kamen ihr entgegen, lächelnd und glücklich. Doch keiner war Jean-Luc.

Der Domplatz war noch abgesperrt, immer noch standen Tausende von Menschen herum. Über Lautsprecher hörte sie weitere Reden von Geistlichen, Fürbitten und Gebete. Sie nahm nichts wirklich wahr, flüchtete in die schmalen Gassen, die parallel zur Maximilianstraße verliefen, um allein zu sein. Jetzt spürte sie auch die Kälte nicht mehr. Sie spürte gar nichts mehr. Weder Angst noch Verzweiflung. Als lebendige Tote setzte sie automatisch einen Fuß vor den anderen. Kutschergasse, Hellergasse. Postplatz, Mühlturmstraße. Bis nach Hause war es nicht mehr weit. Nach Hause. Zu Mechthild. Zu Julius. Zu einem Leben, das sie nicht wollte. Ohne Jean-Luc.

Die Schranken am Bahnübergang der Schützenstraße versperrten ihr den Weg. Was für eine Ironie des Schicksals, dachte Maria. Sie hatte einen Brief geschrieben. Darin stand, dass sie gehen musste. Man konnte ihn wie einen Abschiedsbrief eines Menschen verstehen, der aus dem Leben scheiden wollte. Sie bat Mechthild, sich um Julius zu kümmern. Alles würde gut. Zumindest für ihn.

Danksagung

Die Idee zu diesem Buch kam mir beim Blick aus meinem Küchenfenster, als ich von dort aus auf den Uhrenturm der Reithalle im Quartier Normand sah. Die Geschichte des Kasernengeländes und der Umbau beflügelten meine Phantasie. Schnell stand für mich fest, dass der nächste Speyer-Krimi etwas damit zu tun haben musste.

Aber natürlich brauchte ich erst einmal Hintergrundwissen. Ich unterhielt mich mit Nachbarn, Ur-Speyerern, recherchierte im Internet und stieß dabei auf den 4. Mai 1987. Mich faszinierte die Wirkung, die der Papstbesuch auf die Stadt und ihre Einwohner hatte – und jener Tag schien mir perfekt für ein persönliches Drama. So entstand die Geschichte von Jean-Luc und Maria. Der Rest kam fast von allein.

Ich möchte allen danken, die mir Fakten, Hintergrundwissen und Emotionen von damals mitgeteilt haben. Ich hatte das Glück, einen ehemaligen Soldaten der Kaserne und seine Tochter befragen zu können. Vielen Dank, Albert Heckmann und Jeannette Berlinghof.

Mein Kriminaloberrat a. D. Heinrich Schuster stand mir erneut zur Verfügung und verhinderte ein paar peinliche Dinge, die sich ein Autor am Schreibtisch ausdenkt, die aber wenig mit der Realität zu tun haben.

Im Stadtarchiv stand mir Frau Natalie Fromm, Dipl.-Archivarin, hilfreich zu Seite.

In unmittelbarer Nachbarschaft des Stadtarchivs befindet sich das »Philipp Eins«. Die älteste Gaststätte Speyers ist immer einen Besuch wert und ein idealer Ort für Veranstaltungen und Familienfeiern.

Die Facebookgruppe »Du bist ein Speyerer, wenn …« half mir beim Verstehen des örtlichen Dialekts, der mir noch immer sehr fremd ist. Ich glaube, das wird auch nichts mehr.

Catrin George las meinen Text vorab, gab mir nützliche Tipps zum Überarbeiten und schenkte mir viele aufbauende Worte.

Bei allen Fakten und realen Hintergründen ist »Speyerer Geheimnisse« eine Geschichte, die ich mir ausgedacht habe. Einige Fakten musste ich ändern, damit sie sich in meinen Plot einfügen konnten. Die Reithalle ist noch da, es gibt keine Pläne, sie abzureißen.

Vielen Dank an den Emons Verlag und die vielen fleißigen Mitarbeiter, die meist im Hintergrund agieren, aber maßgeblich zum Entstehen eines Buches beitragen. Ich liebe das Cover!

Sicherlich bin ich für ein paar zusätzliche graue Haare bei meiner Lektorin Susann Säuberlich verantwortlich. Ich möchte mich für ihre Geduld und Fachkompetenz bedanken.

Hinter allem steht mein Mann wie ein Fels in der Brandung. Auf ihn kann ich mich immer verlassen. Er wird nicht müde, mich aus tiefen Tälern herauszuziehen, mich aufzumuntern und an mich zu glauben. Er verzeiht mir, wenn die Protagonisten unaufgefordert in unser Zuhause einziehen und ich viel mehr Zeit mit ihnen verbringe als mit ihm.

Liebe Leser, danke, dass Sie sich die Zeit nehmen, meine Bücher zu lesen. Ich hoffe, ich schenke Ihnen unterhaltsame Stunden. Schreiben Sie mir, wie Ihnen »Speyerer Geheimnisse« gefallen hat. Im Gästebuch meiner Homepage, auf Facebook oder per E-Mail.

www.KerstinLange.com

www.facebook.com/Kerstin.Lange.Autorin

Herzlich
Ihre Kerstin Lange

Kerstin Lange
STROMSCHWIMMER
Broschur, 176 Seiten
ISBN 978-3-95451-277-5

»Kerstin Lange erzählt eine leise, nachdenklich stimmende Geschichte, die durch den geschickten Handlungsaufbau und durch den überraschenden Schluss ein hohes Spannungspotenzial enthält. Mit der Figur Staufenbergs erweckt sie einen Protagonisten zum Leben, dem man gern auch im wahren Leben begegnen würde. Nicht zuletzt, weil er den Mut hat, auch einmal ›gegen den Strom zu schwimmen‹.« Rheinische Post

Kerstin Lange
RIESLING UND EIN MORD
Broschur, 256 Seiten
ISBN 978-3-95451-687-2

»Spannend, humorvoll und ganz wie der Titel der Geschichte: andersartig.« Die Rheinpfalz